漱石の書斎

外国文学へのまなざし　共鳴する孤独

飛ケ谷美穂子
Higaya Mihoko

慶應義塾大学出版会

早稲田南町、いわゆる「漱石山房」の書斎　1917（大正６）年
（県立神奈川近代文学館所蔵）

千駄木、いわゆる「猫の家」の書斎にて　1906（明治 39）年 3 月
（『漱石全集』第 1 巻、岩波書店、1993 年より）

漱石の書斎　外国文学へのまなざし　共鳴する孤独

はじめに

夏目漱石は、明治維新前夜の一八六七（慶応三）年一月五日（旧暦）に生まれ、一九一六（大正五）年十二月九日に世を去った。二〇一六（平成二十八）年は歿後百年、二〇一七（平成二十九）年は生誕百五十年という節目の年にあたり、それを記念して関連書籍の出版や講演会・展覧会・シンポジウムなど、さまざまな企画やイベントが催された。彼の作品は一世紀以上の時を経て、今なお古さを感じさせることなく、多くの読者の心をとらえ続けているのである。

漱石の生涯は満年齢でいえば五十歳に満たず、しかも作家として過ごしたのは、一九〇五（明治三十八）年正月に『吾輩は猫である』でデビュウしてから絶筆まで、足かけ十二年にすぎない。一九〇七（明治四十）年三月、四十歳にして東京帝国大学英文科講師の職を辞し、朝日新聞のお抱え作家となるまでの彼は、洋行帰りの英語教師であり当代一流の英文学者であった。漱石作品にしばしば外国文学への言及やその投影がみられるのは当然であり、彼の小説を充分に読み味わうためには、比較文学的アプローチすなわち外国文学との比較研究が不可欠といってよい。

筆者は前著『漱石の源泉――創造への階梯』（慶應義塾大学出版会、二〇〇二年十月）において、スウィンバーン、ジョージ・メレディス、サー・トマス・ブラウン、ヘンリー・ジェイムズといった作家の作品を中心に、漱石が英文学をいかに読み、みずからの作品にどのように反映させたかを、比較文学の視点から論じた。本書はその後十数年の間に発表した論考をまとめ、前著同様、漱石作品と外国文学の本文比較にもとづく源泉研究《ソース・スタディ》と、その前提となる漱石旧蔵書や自筆資料の調査分析を土台に、そこから作品の新たな読みを探ろうとするものである。

源泉研究といえば、比較文学において最も古典的かつ基本的な手法であり、本来、典拠の存在が作品の独創性や芸術的価値を左右するものではないことは、シェイクスピアやゲーテの例からもあきらかである。だがじっさいのところ、研究の目的が「出典探し」に終始し、その結果いわゆる「ネタバレ」というかたちで作品の評価が損なわれたり、読者にとっても興味や魅力が半減する例も少なくない。

しかし漱石の場合、典拠の発見は目的地《ゴール》ではなく起点かせいぜい通過点であり、研究の醍醐味はむしろその先にある。彼は源泉研究が作品の読みを幾重にもゆたかなものになしうる稀有な作家といえる。平たくいえば、漱石は典拠を知って読む方が、絶対に面白いのである。

その理由として、漱石ならではの換骨奪胎の妙や、俳諧の付け合いを思わせる連想のひろがりも考えられるが、筆者が注目したいのは、研究の過程でしばしば経験する一種独特の感覚――テクストの細部を探り、その奥へ深く入りこんで行けば行くほど、その先が広く開けていくような不思議な感覚である。それはおそらく、漱石の視線が典拠そのものではなく、それを超えた「何か」を見ており、読者も漱石の目をとおしてその「何か」にふれるような感覚を味わうということにほかならない。漱石作品においては、典拠は単なる素材や背景ではなく、作品の外の世界、別の時空への通路として存在しているのである。

そしてそれを象徴するのが、作品の処々に鏤《ちりば》められたことば、とくに外国文学からの引用句である。話や曲の一番のきかせどころを意味する「さわり」とは、もともと義太夫節のなかで他流の曲節をとりいれた部分、つまり異質なものが「さわっている」ところを指すという。筆者にとって、漱石作品における引用句とは、まさに「さわり」であり、作品世界のなかに穿《うが》たれた異質な世界への小さな扉のように感じられる。本書はその扉をひらき、漱石のまなざしの先にある世界をかいまみようとする、ささやかな試みである。

本書は全体を八章で構成しており、はじめの二章は漱石の蔵書とそれにまつわる逸話について考証したもの、あとの六章は漱石作品と外国文学との比較研究が中心で、おおむね漱石の年譜に沿って配列している。とりあげた主な作家には、トマス・ラヴ・ピーコック、ウィリアム・シャープ、ロバート・ブラウニングなど英国の文人に加え、ヘンリク・シェンキェヴィチ、ヴァルター・カレといった、ポーランドやドイツの小説家・詩人も含まれている。これは従来から指摘されてきたように、漱石がある時期から英国以外の外国文学にも目を向けるようになったからでもあり、またいくぶんかは筆者自身の関心のありようが変化してきたためでもある。なお第五章は江藤淳の漱石論を扱ったものだが、本書のテーマともかかわりが深く、ここに収録した。

各章はそれぞれ独立したものなので、目次の順にこだわらず、興味を感じる章から自由に読んでいただきたい。

正宗白鳥が「書斎の人」と評したように、漱石はその生涯の多くの時間を書斎のなかで過ごした。しかしそこはけっして閉ざされた空間ではなく、漱石は独り座して古今東西の書物と向き合い、門人たちと談論風発を楽しむなかで、世界を見据え時代の風を感じていた。そうした漱石の書斎の空気を、本書が少しでも伝えることができれば幸いである。

目次

凡例

一、漱石の著作・書簡・日記などからの引用は、平成五年版『漱石全集』全二十八巻（岩波書店、一九九三〜九六）・同第二次刊行（二〇〇二〜〇四）に拠り、『漱石全集』あるいは『全集』として示した。なお、昭和四十年版『漱石全集』（「菊判」全集）全十六巻（岩波書店、一九六五〜六七）・同追加二巻（一九七六）を参照し、現在刊行中の『定本漱石全集』（岩波書店、二〇一六〜）も一部参看した。

一、漱石作品の引用は、底本の表記を尊重し、旧仮名遣いとした。漢字は原則的に新字体とし、引用者において一部ふりがなを施した。

一、漱石作品以外の著作・書簡・談話・新聞や雑誌の記事などについては、原則として新字体・現代仮名遣いとし、適宜句読点やふりがなを補った。

一、本書中に引用した英語／ドイツ語の邦訳は、原則的に引用者によるものである。それ以外の場合は翻訳者および訳文の出典を明記した。また原文・訳文ともに、引用者において下線・傍線を施した箇所がある。

一、引用文中に、今日の人権意識に照らして不適切と思われる表現があるが、時代背景と作品の歴史的価値にかんがみ、底本のままとした。

漱石の書斎　外国文学へのまなざし　共鳴する孤独

第一章　漱石文庫をたずねて——蔵書は語る

Ⅰ　「漱石山房」から「漱石文庫」へ

杜の都仙台。駅前から街を東西に貫く欅《けやき》並木の広い通りを直進して都心部を抜け、広瀬川をわたって急勾配の坂を上ると、すぐ左手に青葉城址があって眼下に市街を一望することができる。そこから程近く扇坂と呼ばれる高台を中心に、山ふところに抱かれるように広がっているのが東北大学川内《かわうち》キャンパスである。附属図書館はその中でちょうど扇のかなめのような位置にある。広いエントランスホールを横切り、カウンターの前をとおって渡り廊下を抜けると、その先は別館となっていて、明るいロビーの奥には参考図書類や学術雑誌などの詰まった書架がずらりとならぶ。この建物の四階、厚い扉をいくつか隔てた貴重書庫の奥に、「漱石文庫」はひっそりと収められている。

この「漱石文庫」とは、夏目漱石が自宅書斎に遺した蔵書約三千冊を収蔵し、あわせて書簡・日記・手帳や草稿・画軸などの遺品も数多く保管するものである。

作家の旧蔵書というと、ごく一部のマニアやコレクターが珍重する骨董品のようなものと思われがちだが、漱石蔵書の場合は単なる希少価値や「文豪ゆかりの品」としての意味ばかりでなく、研究資料としての重要度もきわめて高い。

『吾輩は猫である』による文壇デビュウから一年後の一九〇六（明治三十九）年一月、漱石は雑誌『帝国文学』に「趣味の遺伝」という短篇を発表し、そのなかに

余の如きは黄巻青帙《こうかんせいちつ》の間に起臥して書斎の外に如何《いか》なる出来事が起るか知らんでも済む天下の逸民である。

と記している。「黄巻青帙」とは書物のことで、つまり自分は専ら本に埋もれて日々を送る世外の人だというのである。おそらく『帝国文学』の読者の大半にとって、この小説の「余」という語り手と帝大講師である作者との境はさほど明確なものではなかったであろうし、当人も充分にそのことを意識していたはずである。多少の理想化あるいは戯画化がなされているにせよ、この言葉は「黄巻青帙の間に起臥」する漱石自身の日常を反映したものと見てよいだろう。

たしかに漱石の背景にはつねに和漢洋にわたる膨大な書物の堆積があったし、書斎の中で過ごした時間は、書斎の外での生活に劣らず、彼の文学の大きな部分をかたちづくり支えていた。彼は作品の

なかで数多くの作家や作品を引用あるいは言及し、またしばしば書物そのものを効果的な小道具として用いている。漱石を取り囲んでいた書物について知ることは、その人と作品を考えるうえで重要な手がかりとなるのである。

しかも漱石には、書物を読みながら本文に傍線や印をつけたり、余白に感想や批評を書き入れたりする習慣があった。東北大学図書館の調査によれば、漱石文庫全体の四分の一以上、洋書に限っていえばじつにその三分の一以上に、なんらかの書き入れのあることが確認されている。一口に書き入れといっても、ちょっとしたメモ程度のものからまとまったコメントまで長さも内容もさまざまであり、読んでみるとこれがなかなか面白い。一読者として虚心に感動をしるしたものや、学者として作品を精細に分析したもの、さらには同じ創作家として自負と対抗意識をのぞかせたものなど、さながら彼の読書と思索の跡をたどる思いがする。

今からちょうど百年前、漱石の一周忌にあたる一九一七（大正六）年十二月九日、岩波書店は最初の『漱石全集』の配本を開始した。このとき小宮豊隆を中心とする全集編者たちは、書き入れのうちとくに重要と思われるものを翻刻し、「蔵書の余白に記入されたる短評並に雑感」として別冊（第十四巻、一九一九年十一月配本）に収録した。その後も全集編者や個々の研究者による翻刻の努力が重ねられ、全集の版があらたまる度に増補が行なわれている。いかに断簡零墨まで漏らさぬ全集といえども、書き入れまで収録するのはさすがに稀有なことであり、漱石研究における蔵書の重要性をものがたるといえよう。

仙台の地に漱石文庫が誕生したのは、漱石歿後三十年ちかく経った太平洋戦争のさなか、一九四四（昭和十九）年早春のことである。

漱石の蔵書が東北大学図書館にあるというと、東京大学ではないのかと、怪訝そうな顔をする人が多い。たしかに漱石は一高から東京の帝大へと進み、英国留学後は母校の教壇に立つなど東大との縁が深く、門下生と呼ばれる人たちもほとんどが東大出身者である。『坊っちゃん』の舞台となった松山や、妻鏡子との新婚時代を含め五高教授として五年間を過ごした熊本ならともかく、仙台には年譜上も特別なつながりが見られないだけに意外の感が強いのだろう。

漱石は『明暗』のなかで、偶然とは「複雑の極致」であるとするポアンカレの説を紹介している。そんな意味では、彼の蔵書が東北大学に収められたことも、ひとつの偶然と云えるかもしれない。この件にかんしては小宮豊隆・菊田茂男・原田隆吉らによる東北大学側の貴重な証言や資料もあるが、(1)ここではそのほかに管見に入ったさまざまな資料(2)も参照しつつ、あらためて漱石文庫成立にいたる経緯をたどっておきたい。

一九一六（大正五）年十二月九日、漱石は十年間住みなれた早稲田南町の自宅で五十年の生涯を閉じた。この屋敷は家賃三十五円の古い借家で、六十坪ほどの平屋のうち、三方をヴェランダに囲まれた板の間と畳敷の各十畳二間が、いわゆる「漱石山房」すなわち漱石の書斎と居間にあてられていた。この二間のほかに居室といっては十畳・九畳・六畳の三間があるばかりで、二男四女（五女雛子は早世）をかかえる一家の住まいとしてはかなり手狭であった。夏目家では一九一八年にこの屋敷を二万円で買い取り、松岡譲と長女筆子の結婚を機に母屋を建て替えることにした。一九二〇年までに旧家屋は取りこわされ二階建ての新宅ができあがったが、漱石の遺室二間とヴェランダだけは別棟として残され、生前の状態のまま保存されることになった。

芥川龍之介が一九二三（大正十二）年一月に発表した小品「漱石山房の冬」(3)には、洋書のつまった書棚や鶴模様の南京絨毯、紫檀の机や瀬戸の火鉢にいたるまで、主の七回忌を迎えてなお在りし日を髣髴とさせる書斎のたたずまいが映し出されている。

ところがこの年の九月一日、関東大震災が東京を襲った。漱石山房は火災こそ免れたものの、屋根瓦が落ち壁紙が裂け、遺愛の陶器類が粉々に毀れるなどの損害を蒙った。自筆の書画類も山房に保管されていたものは無事だったが、折悪しく遺墨集出版のため日本橋の刷師に預けられていた南画《南山松竹圖》など貴重な画軸数点が焼失した。

これをきっかけに、漱石山房を今後いかに保存管理すべきかという問題が、夏目家と九日会（漱石の月命日に集う旧門下生の会）とのあいだで話し合われるようになった。なかでも松岡譲は、芥川龍之介や久米正雄らとともに東大在学中に漱石晩年の門に入り、漱石歿後は長女筆子と結婚して夏目家に同居したという特殊な立場もあって、この問題についてとりわけ強い責任を感じていたらしい。彼は漱石山房をより安全かつ閑静な環境に移したいと考え、震災直後から鏡子夫人の説得につとめる一方、田園都市を開発していた渋沢秀雄からの申し出を受けて、鈴木三重吉とともに洗足池畔や田園調布に足を運び移転候補地の下見までしていたという。九日会が中心となって財団を組織し、夏目家の委嘱を受けて維持管理にあたるというのが彼の目論見であった。しかし案に相違してこのときは九日会の賛同を得られず、移転の話も立ち消えになってしまった。

ひとつには、夏目家と九日会とのあいだに微妙な感情のいきちがいがあったようだ。ことに寺田寅彦をはじめとする古くからの門人たちには、漱石山房部分を残したとはいえ、旧宅を取り壊して屋敷を新築した鏡子夫人への反発が強かったという。山房の移築保存について、あらかじめ九日会の先輩たちに説明しておかなかったことを、松岡は後々まで「かえすがえすも残念な事をした」(4)と悔やんでいる。

震災の翌年、松岡夫妻は夏目家から離れて京都に一家を構えた。幼かった漱石の遺児たちも次々と成人し、長男純一が十八歳にして音楽修行のため渡欧するなど、それぞれに家を巣立っていった。変化の波は九日会の顔ぶれにも訪れ、元号が昭和に改まるとまもなく芥川龍之介が、十年代に入ると寺田寅彦と鈴木三重吉が相次いで鬼籍に入った。そのほかの門人たちも留学したり地方の大学に赴任するなど、東京を離れる者が多かった。毎年十二月九日の命日におもだった門人たちの顔が揃うと、きまって漱石山房の保存問題が話頭にのぼったが、はかばかしい結論の出ないままに月日が流れた。

一九三八(昭和十三)年十二月九日、漱石の二十三回忌法要が営まれた。当時鏡子夫人は三女栄子とともに池上に移り住み、漱石山房のある早稲田南町の屋敷はひさしく空き家となっていた。このときドイツ留学から帰朝してまもない小宮豊隆は「漱石二十三回忌」(5)という随筆に山房に寄せる複雑な

心情を綴っている。小宮は「先生の家」が改築されてしまったことを惜しみ、いささか頑なまでの懐旧の情をこめて

……遺蹟を理想的に保存する上からいうと、……縁の下の砌《みぎり》には木賊《とくさ》が茂り、客間の窓からは芭蕉の広葉が見え、道を隔てる枳穀垣《きこくがき》と縁との間の赭土《あかつち》の庭には、相当沢山の檜葉《ひば》の植込が、昔の通に列んでいなければならない。のみならず、玄関も、寝間も、茶の間も、すべて昔の儘《まま》でなければならない。

とするす。しかし一方では「夏目家の財政」と「非常時の今日」という現実がそれを許さないことも、現在の彼にはわかっている。

そこで彼は建物の復元保存についてはひとまず措いて

せめて蔵書だけでも先にどうにかしたいという問題も起り得る。現在の家は、家番を置いて閉め切ってあるために、風通しが悪く、鼠が暴れ、本が痛んでしようがないからである。

と考えるにいたる。「せめて蔵書だけでも」という言葉のかげには、じつは鼠よりむしろ当時大陸で急速に拡大しつつあった戦火への危惧があったにちがいない。すでに夏目家でも次男伸六が応召して

中支戦線に在り、松岡譲の弟が漢口で戦死したとの報せも届いていた。

このとき小宮は蔵書保管の具体的方法として、「例えば何所かの図書館に寄附し、一纏《まと》めに漱石文庫として、人人が読めるようにしてもらう」という案を示している。「漱石文庫」という名称と構想が公に語られたのは、おそらくこれが初めてではあるまいか。

翌一九三九年春には夏目家の当主である長男純一が十三年ぶりにヨーロッパから帰国し、早稲田南町の旧宅の処分について家族で話し合いが持たれた。その結果、母屋については適当な買い手があれば売却して負債整理にあて、別棟の漱石山房については東京市や学校などの公共団体に寄附して維持管理をゆだねるという方向で意見がまとまった。

同年五月十七日付読売新聞は「漱石の家売物に――逝いて廿四年、遺愛の書斎はどうなる」というセンセーショナルな見出しでこのことを伝えている。これを見て漱石山房そのものが売りに出されたと勘違いする読者もあったらしいが、本文中には「当家としても書斎（漱石山房）だけは皆さまの御意見を伺って適当に保存したいと考えています」という純一の談話が紹介され、記事の末尾は松岡譲の次のような談話で締めくくられている。

「私たちの理想としては早稲田の家をそのまま記念館とかあるいは〝漱石文庫〟といったようなものにして保存したいのが念願なのですが、いろいろ事情もあって実現しません、こんどは書斎だけを市かあるいは他の公共団体へ寄付して家屋敷を処分するということですがこれなら実現するでしょう、ただ書斎の寄付をどこへ持って行くかは色々と議論もあるところで学校――特に故人の母校でもあり一時教壇にもたっていた因縁浅からぬ第一高等学校へなり寄贈して年に一、二度の一般公開をして戴けるようなら結構なんですが……」

この松岡の発言にも「〝漱石文庫〟といったようなもの」という表現がみられ、さきの小宮随筆と併せて、「漱石文庫」という言葉が関係者のあいだに定着しつつあったことをうかがわせる。

しかしこの頃から時局は悪化の一途をたどり、一九四一（昭和十六）年にはついに太平洋戦争に突入、旧宅の復元はおろか漱石山房の保存すら困難な状況となっていった。夏目家では小宮の言うように「せめて蔵書だけでも」保全をはかろうと、漱石との縁故や利用者の便も考慮して、まず東京帝大図書館に受け入れを打診した。ところが東大図書館ではすべての図書に対して例外なく「分類配架方式」を採用しており、たとえ漱石蔵書であっても特別扱いせず、一般図書と同じように各部門別に分散して収蔵するという方針を示したため、「漱石文庫」として一括保管を希望する夏目家側と折り合わず、結局この案は断念された。

そこへ名乗りをあげたのが東北帝大附属図書館である。東北大では数年前にも蔵書収蔵を申し入れたが夏目家との話し合いが調《ととの》わずにおわったことがある。しかしこのたびは両者をむすぶ強力なパイプ役が存在していた。小宮豊隆が一九三九（昭和十四）年に東北大法文学部教授として着任、翌年からは附属図書館長という絶好の地位にあったのである。さらに当時東北大には九日会からもうひとり、

『三太郎の日記』で知られる哲学者阿部次郎も、法文学部教授として在職していた。彼らが漱石蔵書の受け入れを熱心に推し進めたことはいうまでもない。

また東大図書館とは対照的に、東北大図書館にはかねてから「特殊文庫独立配置主義」、すなわち貴重な個人蔵書などを一般図書とは別にひとまとめにして保管するという伝統があり、漱石の親友狩野亨吉《かのうこうきち》や敬愛した哲学者ケーベル博士の蔵書もそれぞれ狩野文庫・ケーベル文庫として収蔵されていた。つまりここには夏目家の希望にかなう条件が揃っていたのである。

ひとつ問題があるとすれば、漱石山房からとおく隔たった東北の地に蔵書を移さなければならないということである。しかしこのころ迫りくる戦災を避けて、人々はもちろん文化財や施設なども続々と東京を離れ、東大の地方移転さえ取り沙汰されていたなかで、仙台という立地は疎開という意味でむしろ好条件となった。

こうして一九四三（昭和十八）年、漱石旧蔵書は東北大図書館に寄贈されることが最終的に決まった。

なおこれまで松岡や小宮の表現に従って「寄贈」という言葉を用いてきたが、むろん実際には東北大が夏目家にそれなりの金額を支払って蔵書を「購入」したのである。戦況にもいちだんと厳しさが加わったこの時期、それだけの予算をどこから捻出したのかと思えば、意外にも「東北大学の図書館はそのころ金が余ってこまっていた」のだという。東北大図書館調査研究室初代室長原田隆吉によれば、戦時中は国内の紙不足で出版物が減り、海外からも洋書を購入できない状態が続いたが、その一方、帝国大学特別会計によってあいかわらず毎年五〜六万円の図書費が支給されていたため、「終戦直前の大学はまとまった蔵書を次々に購入するこの上ない好機を恵まれていた」(6)というのである。今も昔も、この国のお役所のシステムは摩訶不思議なことばかりだが、このときに限ってはそれが幸いしたといえるかもしれない。

この年の暮、漱石蔵書三千冊は岩波茂雄の尽力を得て無事仙台まで移送され、当時片平丁《かたひらちょう》にあった東北帝大附属図書館の一室に収められた。翌年春には移管手続きも完了し、ここに漱石文庫が誕生した。

それからわずか一年後、一九四五（昭和二十）年四月二十四日夜の大空襲で、早稲田南町の漱石山房は一夜にして灰燼に帰した。

まさに天の時・地の利・人の和のすべての織りなす〝偶然〟が、私たちの前に漱石文庫をのこしてくれたのである。

Ⅱ　「漱石文庫」と「狩野文庫」

東北大学図書館特殊文庫には、「漱石文庫」のほかにも、「土井晩翠文庫」「ケーベル文庫」「ヴント文庫」などさまざまな学者文人の旧蔵書が収められているが、なかでも漱石文庫とならんでひときわ重きをなすのが、「狩野文庫」すなわち漱石の学生時代以来の親友狩野亨吉《かのうこうきち》の旧蔵書である。

狩野亨吉

狩野亨吉は哲学者にして一高校長や京都帝大文科大学の初代学長を歴任した教育家であるが、また稀代の蒐書家としても知られていた。古書肆の反故の山から『自然真営道』の稿本を見出して安藤昌益の存在を世に知らしめたのも彼の功績の一つである。丸善発行の雑誌『学鐙』一九一二（明治四十五）年一月号で、内田魯庵が当代の「敬重すべき読書家」を列挙しているが、そこにも「文芸学術百科に渉《わた》りて一冊も漏らさじとする精力ある博覧家」森鷗外や「該博なる渉猟家」徳富蘇峰らとならんで、「東西古今の図書を蒐集して細大択《えら》ばざる狩野博士」の名がみえる。[7]

世に「万巻の書」という表現があるが、狩野文庫の蔵書はじつに十万八千冊をかぞえるという。そのなかには国宝二点をはじめ天下の孤本や善本・稀覯書が数多く含まれている。しかもこの「狩野文庫」が彼のコレクションのすべてではなく、東京音楽学校（現・東京芸術大学）には楽譜約三千冊、京都帝大には古文書類、東京帝大には『自然真営道』の稿本百巻、そのほか九州帝大にも相当数の蔵書を収めているというから、まったく桁ちがいというほかない。

狩野は東京の帝大数学科を卒業後、哲学科に編入してから英文の漱石と知り合い、独文の菅虎雄《すがとらお》をまじえた三人で親しく往き来するようになった。[8] 三人のなかでは漱石が一番年少で、菅は三歳、狩野は二歳年長であった。この年齢差ゆえか狩野の人柄によるものか、漱石は狩野に対しつねに親しみつつも兄事する姿勢を示している。漱石の書簡集をみても、ときに熱っぽくときに諧謔《かいぎゃく》を交えて感情の迸《ほとばし》るままに筆を走らせた、あのおびただしい子規宛の書簡とは異なり、狩野宛の書簡はそのほとんどが端正な候文である。それだけにこの二人（あるいは菅を含めた三人）の間柄にはどこか〝君子の交わり〟とでもいった趣きが感じられる。

大学を出た後も、彼らは就職などで互いに力になり合うことが多かった。漱石は菅の周旋によって一八九五（明治二十八）年松山中学に、翌年には熊本の第五高等学校に赴任し、さらにその翌年には狩野が漱石の推輓をうけて五高教頭に着任している。

一八九八（明治三十一）年、狩野は三十四歳の若さで一高校長に栄転、そののち八年間にわたって一高黄金時代を現出し、不世出の名校長と謳われた。当時狩野の薫陶を受けた一高生のなかには、のちに漱石門下となる安倍能成・阿部次郎・岩波茂雄など錚々たる面々もあった。一九〇三（明治三十六）年、英国から帰国してまもない漱石をいちはやく一高講師に招き入れたのが、狩野校長であったことはいうまでもない。

一九〇六（明治三十九）年七月、狩野は京都帝大の文科大学初代学長に就任が決まると、さっそく漱石を教授として京都に迎えようと心を砕いた。しかし漱石はこのたびの誘いを受けようとしなかった。この頃には漱石も文名漸く高まり、教壇を離れて執筆に専念したいとの思いをひそかに固めつつあったのだろう。狩野はなおも再三にわたって説得をこころみたらしく、漱石は七月十日・十九日・三十日と三度もことわりの手紙を出している。十月二十三日には京都に着任した狩野のもとに、みず

からの心境を説明する長い手紙を、それも一日のうちに二通も書き送った。そのなかで彼はこの畏友を親しく「狩野さん」と呼び、

京都はい、所に違ない。……僕も京都へ行きたい。行きたいがこれは大学の先生になつて行きたいのではない。遊びに行きたいのである。

とか、

十余年前の余であるならば……京都で呼べば取るものも取り合へず飛んで行つたらう。君が居れば猶恋しく思って飛んで行つたらう。――然し今の僕は松山に行つた時の僕ではない。

などと、このときばかりは言文一致で語りかけている。

翌一九〇七(明治四十)年三月末、かねてからの念願どおり教職を辞して朝日新聞の専属作家となることが決まると、漱石は待ちかねたように京都を訪れ、二週間ほど下加茂の狩野宅に逗留して古都の春を満喫する。この京都行には大阪朝日新聞社への挨拶という意味合いもあったのだが、漱石自身問われればおそらく、手紙に書いたとおりに、ただ狩野さんのいる京都へ遊びに行くのだと、答えたにちがいない。

京都には狩野といふ友人有之《これあり》候。あれは学長なれども学長や教授や博士抔《など》よりも種類の違《う》ふたエライ人に候。あの人に逢ふために候。わざわざ京都へ参り候。……学校をやめたら気が楽になり候。春雨は心地よく候

これは京都に旅立つ前に門下生の野上豊一郎（臼川）に送った手紙（三月二十三日付）の末節である。「あの人に逢ふために」というまるで恋を語るようなみずみずしい表現や、たたみかけるような候文のリズムからも、漱石の心の弾みが伝わってくる。

同じころ菅虎雄も三高教授として京都に赴任し狩野のもとに寄寓していたから、この京都行ではひさびさに三人が一堂に会して旧交を温めることになった。漱石の「京に着ける夕」という小品はこのとき狩野宅で執筆されたものだが、作中「主人」あるいは「哲学者」として登場する人物こそ狩野亨吉その人であり、「居士」とか「禅居士」とあるのが菅虎雄である。

この旅での見聞は、朝日新聞入社第一作『虞美人草』にもさまざまなかたちで取り入れられている。たとえば作品の冒頭、甲野さんと宗近君が比叡山に登る場面は、あきらかに狩野や菅とともに叡山に登った体験を投影したものである。ちなみに、宗近君とその父親の人物像には菅虎雄とその父京山の面影があるといわれているが、その一方、主人公である哲学者「甲野（カウノ）さん」の呼び名は「狩野（カノウ）さん」から連想されたものではないかと、私はひそかに想像している。

漱石の京都滞在中に、狩野は東京からもうひとり大切な客人を迎えている。京都帝大創立十周年と文科大学新設の祝賀式典に出席するため、文部次官沢柳政太郎が大臣代理として京都を訪れたのである。狩野にとって、沢柳は番町小学校から一中・東大哲学科まで共に学んだ友人であり、みずからは文部官僚としてエリートコースをあゆみながら、狩野に対し公私にわたって援助の手をさしのべ続けた恩人でもあった。(9) 狩野の一高校長抜擢や文科大学長就任も、沢柳の尽力によるところが大きかったという。沢柳はむろん菅や漱石とも旧知の間柄で、このときも菅は狩野とともに宿泊先の俵屋まで沢柳をたずねて歓談したらしいが、漱石が同席したかどうかは記録がない。

翌一九〇八(明治四十一)年秋、「学長や教授や博士抔《など》よりも種類の違ふたエライ人」と評した漱石の言葉を裏づけるように、狩野亨吉は京都帝大文科大学長の栄職をわずか二年で去った。健康上の問題が表向きの理由だったが、じっさいは内藤湖南や幸田露伴ら在野の人材を教授に迎えようとして文部省と対立したことが原因だといわれている。以後二度と官に仕えようとせず、書画の鑑定売買などして生計をたてながら孜々《しし》として古書蒐集を続けた。

さらに三年後の一九一一(明治四十四)年、東京・京都に次ぐ第三の総合大学として東北帝大が新設され、沢柳政太郎が初代総長に任ぜられた。総合大学といっても開学当初は仙台に理科、札幌に農科があるだけの状態だったが、沢柳は将来の文科設置に備えて文系図書の充実が急務であると考えた。彼の手許には「私事を顧みるに財政益困難に陥り、健康益衰弱を加え……」と苦衷を告白する旧友狩野からの手紙があり、沢柳はこの窮状を救うためにも、狩野が長年蒐集してきた和漢書を大学で一括購入しようと決断する。(10)狩野蔵書は当時「約八万冊時価約十万円」(11)といわれたが、沢柳の奔走により、東北帝大が仙台出身の貴族院議員荒井泰治から三万円の寄附を受け、それを狩野蔵書の代金に充てることで購入がきまった。漱石もこのことを新聞記事で知り、(12)その日のうちに狩野に宛てて健康を気遣う手紙を送っている。

こうして一九一二（大正元）年十月、第一次納入分約三万九千冊が狩野みずから分類作成した目録ノート四十一冊とともに仙台に届けられたのを皮切りに、第二次・一九二三（大正十二）年、第三次・一九二九（昭和四）年と、あわせて約八万一千冊の狩野蔵書が納入された。一九一一（大正二）年五月には沢柳が京都帝大総長に転任するさい、狩野を東北帝大総長の後任に迎えようと足を運んで説得をこころみたが、狩野はこれを固辞して承けず、その後も東京市長や昭和天皇の御進講役など度重なる官途の薦めを辞退して在野の境涯を貫いた。「先生は自ら例の微笑を浮べつゝ、私は古本屋ですよといっても居られた」と安倍能成は回想している。(13)

一方東北帝大では、一九二二（大正十一）年の法文学部新設にともない、本格的な図書の収集分類を開始したが、狩野蔵書についてはあまりにも膨大な量のため一般収蔵書と同列に扱うことができず、「狩野文庫」という独立したかたちで保管することになった。(14)爾来、東北大学図書館には貴重な個人蔵書などを別置収蔵する「特殊文庫」のシステムが生まれた。

漱石文庫成立の背景に、この特殊文庫の伝統が大きく関わっていたことは、さきに記したとおりである。「風が吹けば――」式にいえば、狩野の並外れた蒐書趣味が旧友漱石の蔵書を仙台に呼びよせ戦火から救ったことになる。しかし漱石はもちろん狩野自身もそれを知ることなく、一九四二（昭和十七）年師走にこの世を去っていた。遺された最後の狩野蔵書約二万冊は、翌年三月に一高時代の教え子岩波茂雄の尽力で東北大図書館に収められた。その年の暮れに、同じく岩波の手配によって漱石蔵書が東北大に届けられた。その中には、狩野が京都にいたころ漱石にプレゼントしたダンテ『神曲』のイタリア版原書[15]もまじっていた。

岩波はかつて最初の『漱石全集』を刊行した際、題簽の揮毫を狩野に依頼していた。長く親しまれた菊判全集や平成五年版全集にも用いられた「漱石全集」および「岩波書店」の文字は、ともに狩野の筆に成るものである。

ところがここに信じられないような逸話がある。この偉大な蒐書家は、みずから題簽まで手がけた旧友の著書を読んだことがないというのだ。狩野自身、一九三五（昭和十）年十二月八日付『東京朝日新聞』に掲載された談話「漱石と自分」のなかで、次のように語っている。

　夏目君が自分（狩野）のことを文学亡国論者だといって、おまえには小説などわからんから本を出してもやらぬよと冗談のようにいったので、自分も貰わなくてもよいといったが、これは事実上実行されて遂に一冊も本を貰ったこともなく、又夏目君のものを読んだこともない。[16]

もっとも、この談話の筆録者小林勇は「わたしは夏目が小説を書いて有名になったとき、その本をくれたけれども読まなかった。夏目はそれからは一切本をくれなくなった」という狩野の言葉も伝えており、[17]安倍能成は「先生は漱石の作品をもらっても読まず、漱石の小説よりは講談の方が面白いといって居られた」と証言しているから、[18]どうやら一冊くらいはもらったことがあるらしいが、ざっと目をとおして漱石本人に「講談の方が面白い」と感じたとおりを伝え、「そうか、それじゃもう贈るのは止そう」ということにでもなったのであろうか。

どんな対話が交わされたにせよ、それきりお互い読みたいとも読んでくれとも言わず、それでも終生かわらぬ友人として過ごしたのだから、なんとも不思議といおうか暢気といおうか、ある意味ではこの上なく贅沢なつきあいと謂うべきかもしれない。

いまも東北大図書館の貴重書庫では、漱石の手沢本や自筆資料の傍らに、狩野蔵書が平積みの山をなして、幾重にもならんだ書架の列を埋め尽くしている。

Ⅲ　漱石の愛蔵書

英文学者斎藤勇《たけし》によれば、本好きには愛書家《ビブリオフィル》・蔵書家《ビブリオマニアック》・読書家《リーダー》の三種類があり、古書珍籍を愛好するのが愛書家、万巻の書を蒐集するのが蔵書家、それに対して読書家とは、復刻版や廉価版でも満足し、「ただ書籍の内容から霊感を受けることができれば、無上の快感と昂揚とを得る人」であるという。[19]斎藤自身、愛書先生（Professor Bibliophile）や蔵書卿（Lord Bibliomaniac）にはなれなくとも、一介の読書家（Mr. Plain Reader）で満足し誇りをもちたいと述べているが、この言葉はおそらく東大英文科で彼の二十年先輩にあたる漱石にも、そのままあてはまるであろう。[20]

狩野亨吉の蔵書八万冊はあまりにも特異な例としても、漱石文庫に保存されている約三千冊というその数は、学者であり作家であった人物の蔵書として、けっして多いとはいえない。コレクションの内容も、珍籍だの稀覯書だのという言葉には縁どおい、廉価版やポケット版のたぐいか、または単なる古本が大半である。

ただ漱石文庫の整理調査にかかわった人々が異口同音に驚嘆をこめて語るのは、漱石が自分の蔵書をいかによく読んでいるかということである。手沢本の随所にみられる傍線や印、そして余白にしるされた膨大な量の感想や短評が、なによりも雄弁にそれを物語っている。彼自身この「書き入れ癖」を気にして、二年間の英国留学中も大英博物館のライブラリーをほとんど利用せず、知人に「あすこへは余り参りません、本へ矢鱈《やたら》にノートを書き付けたり棒を引いたりする癖があるものですから」（「自転車日記」）と説明していた。専ら廉価版をもとめたのは、経済的問題のほかに、心おきなく書き入れができるという理由もあったかもしれない。

彼の書物に対する姿勢は、小宮豊隆の次のような言葉に尽くされている――「漱石の蔵書は、愛書家としての漱石を物語るものではなく、読書家としての漱石を物語るものである……即ち漱石は、自分で読む為に本を買い、買った本は大抵は読んでいる」。[21]その意味で、彼は先ほどの分類でいえば、まぎれもなく「ただの読書家《プレイン・リーダー》」であった。

几帳面な漱石は、英国留学当初から明治末年頃まで十年余りにわたって、詳細な図書購入メモを書きのこしているが、そこにはまさに「自分で読む為に」本を買う姿がうかがわれる。

たとえば彼がもっとも愛読し、小説家としても大きな影響を受けた作家として、ジョージ・メレディスとロバート・ルイス・スティーヴンスンの名がしばしば挙げられる。漱石文庫にはメレディス作品十八冊、スティーヴンスン作品十一冊が残っており、このほか散佚したスティーヴンスン作品が二冊あったことも確認されている。しかしこれほど愛読した作家の著作でさえ、全集や作品集といったまとまったかたちでは購入せず、なるべく廉価な版をえらんでは一冊また二冊と、数年にわたって買いあつめている。

スティーヴンスン作品十一冊をみると、買った時期はもちろん出版社もまちまちで、その多くはポケット版や六ペンス版など一冊二十五銭から四十銭程度の廉価本である。もともと造りが安手のうえに愛読を重ねた結果、ついには出版時《オリジナル》の状態がわからないほどボロボロになってしまったものもある。

メレディスについては、留学中ロンドンの古書店で最初に二冊を買って読み、強くひかれるものを感じていたが、当時彼の作品は普及版でも一冊三円と値が張ったため、思うように購入することができなかった。その後一冊一円五十銭のポケット版が発売されたが、それでも漱石は「二三十銭のチープ、エデイシヨンが一つもない」と嘆き、全十八冊を揃えるまでにはかれこれ五年以上かかっている。彼のメレディスに対する傾倒ぶりを知るほどに、このつつましさには胸を打たれるものがある。私など一人前にメレディス全集を揃えていながら、未読の巻が半ばする自分の書架をながめるたびに、申し訳ないような恥ずかしいような気持でいっぱいになる。

もっとも漱石文庫のすべてが廉価本の寄せ集めというわけではない。斎藤勇は先ほどの分類に付け加えて、「彼（読書家）は経済上の余裕を得るなら、愛書家となるに違いない」と記している。彼自身一介の読書家（Mr Plain Reader）を自称しつつ、実際には（いうまでもなく）大いなる愛書先生（Professor Bibliophile）でもあった。読書家と愛書家の関係は、音楽愛好家とオーディオマニアの関係にも似ている。オーディオマニアが本当の音楽好きとは限らないが、音楽の好きな人間がある程度オーディオにこだわりを持つのは自然のなりゆきである。読書家漱石も、本来愛書家たる素質は充分に備えていた。

さすがに〝商売物〟のシェイクスピアとなると、個々の作品のほかに、次のような七種もの全集・作品集を所蔵している。

①ナイト註キャビネット版全集　全十巻
C. Knight ed., *The Works of William Shakespeare*, Cabinet Edition, 10 vols. (London: Orr & Co., 1851)

②ナイト註挿絵入り《ピクトリアル》版全集　全七巻
C. Knight ed., *The Works of William Shakespeare*, Pictorial Edition, 7 vols. (London: Routledge & Sons., 1867)

③ダイトン註版全集　全二十二巻
The Works of Shakespeare, With an Introduction & Notes by K. Deighton, 22 vols.（London: Macmillan & Co., 1890-96）

④ファーネス編新集註《ニュー・ヴェリオラム》版全集　七巻
H. H. Furness ed., *A New Variorum Edition of Shakespeare,* 7 vols.（Philadelphia: Lippincott & Co., 1877-1904）

⑤レオポルド・シェイクスピア　一巻（一巻本全集）
The Leopold Shakespeare, With an Introduction by F. J. Furnivall（London: Cassell & Co,1882）

⑥アーデン・シェイクスピア　全五巻
The Works of Shakespeare（Arden Shakespeare）5 vols.（London: Metheun & Co., 1899-1903）

⑦ヘンリー・アーヴィング版全集　全十四巻
Sir H. Irving & F. A. Marshall ed., *The Works of William Shakespeare,* 14 vols.（London: Gresham Publishing Co., 1906）

東大での講義にはおもに⑥アーデン版と③ダイトン註版を用い[22]、④ファーネス編新集註《ニュー・ヴェリオラム》版なども参照したらしいが、なかには研究用というより、鑑賞用に揃えたのではないかと思われる版もある。たとえば⑦ヘンリー・アーヴィング版は、緑色クロスにアール・ヌーヴォー調の草花を箔押しした装

ナイト註挿絵入り版シェイクスピア全集

丁の美しさもさることながら、各巻の扉口絵にホルマン・ハント（第一巻）やフォード・マドックス・ブラウン（第十四巻）など、当代一流画家の作品を用いているのが目をひく。

就中第九巻『オセロ／ハムレット』の巻頭を飾っているのが、ジョン・エヴァレット・ミレー描くところの、川の流れに沈まんとする《オフィーリア》である。この巻は一九〇六（明治三十九）年刊行、同年夏頃には漱石の手許に届いたと推定される。同年九月発表の『草枕』のなかで「ミレーのオフエリヤ」は重要なモチーフとなっており、漱石はこの絵をロンドンのテイト・ギャラリー（現テイト・ブリテン）で見たのだろうといわれているが、丸善から届いたばかりのこの巻をひらいて印象をよみがえらせていたと思われる[23]。

また②ナイト註挿絵入り版《ピクトリアル》は、半革装の背に精緻な箔押しを施し、平にはツリーカーフ風（後述）のマーブル（墨流し）紙を用い、見返しは光のさしこむような陰影模様《オンブレ》の色あざやかなマーブル紙、小口も三方に金を置いたうえ見返しと同じマーブル付けをするという、たいへん贅沢なつくりの全集である（図版参照）。留学中の一九〇一（明治三十四）年三月五日に、八巻揃を二十円で購入したものだが、東京の留守宅では同じ二十円で鏡子夫人が子ども二人をかかえて月々やりくりしていたのだから、相当に思いきった出費だったことはまちがいない。

　当時文部省から支給されていた留学費用は年額千八百円だが、漱石はそのほぼ三分の一、月平均にして五〜六十円ほどを書籍代に充てており、ときには一日で数十円もの古本をまとめ買いすることもあった。挿絵入り《ピクトリアル》版全集を買った当日の日記にも

Knight《ナイト》ノ沙翁集其《その》他合シテ50円許《ばかり》ノ書籍ヲ買フ

とある。メレディスやスティーヴンスンの作品をはじめて購入したのもこのときである。

　このころ漱石はロンドンでの生活にもようやく慣れ、週一回シェイクスピア学者クレイグの許で個人教授を受けるかたわら、ほうぼうの古書店や古書市をあるいては掘出し物をみつけるのを何よりの楽しみとしていた。こうして入手した古書のなかには、ベーコンの主著『新　機　関《ノーヴァム・オーガナム》』初版本（一六四五）をはじめ、トマス・ウォートン著『英詩の歴史』初版全四巻（一七七四〜八一）、ジョンソン博士の編んだ『英国詩歌集成』初版全七十五巻（一七九〇）など、貴重なものもあり、漱石にとって自慢の愛蔵書となった。(24)

　ことにウォートンの『英詩の歴史』を手に入れたときは、よほど嬉しかったとみえて、日記（一九〇一年二月五日）に

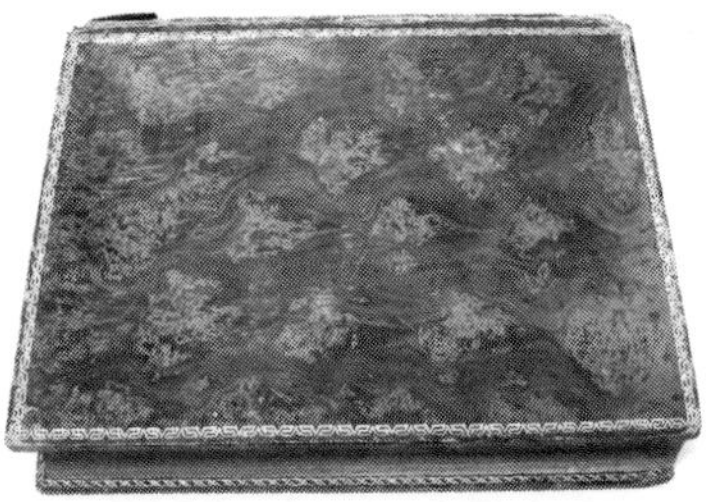

カルトーバー装丁『英詩の歴史』

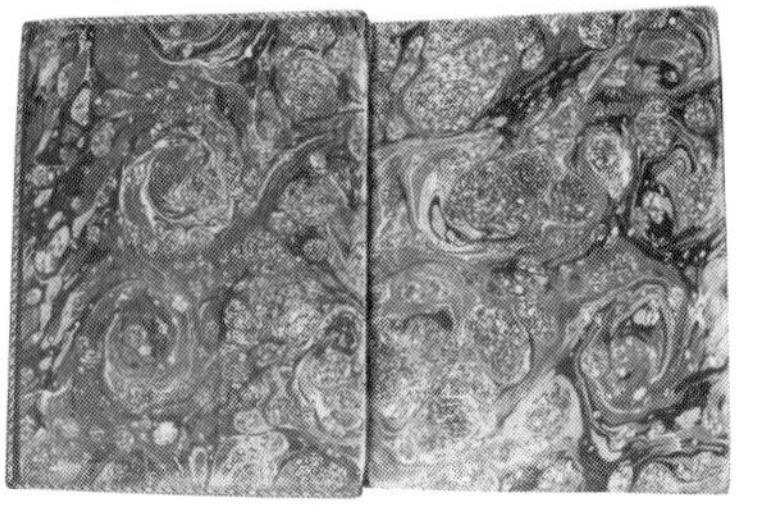

同・見返し

Don Quixote《ドン・キホーテ》、Warton ノ History 等ヲ買フ。
代価四十円程ナリ、頗《すこぶ》ル愉快

としるし、さらにはるか東京で病床にあった正岡子規にまで

この節買つた「ウァートン」の英詩の歴史は
製本が「カルトーバー」で古色蒼然として居
て実に安い掘出し物だ。

と誇らしげに報告している（「倫敦消息」）。「カルトーバー」というのは、十八世紀後半にロンドンで活躍した製本師クリスチャン・カルトーバーのことである。彼の師匠バウムガーテンは、ツリーカーフ（仔牛革に薬品処理して木目状の地模様を表したもの）の技法を普及させた名工として知られ、その後継者カルトーバーもまた卓越した技をもって内外に名を馳せた。

漱石文庫の『英詩の歴史』をみると、表紙は暗褐色のツリーカーフに細い金の飾り縁をめぐらせただけの、まさに「古色蒼然」たるものだが、背は手のこんだ箔押しパネルで覆われ、見返しは黒地に

ピンク・白・淡緑色などを流した華やかなマーブル紙である（前頁図版参照）。漱石はこの本に五円二十五銭を投じているが、現在でもカルトーバー製本というだけで古書の値段がはねあがることを思えば、たしかに「掘出し物」といえるだろう。ただ、この工芸品のような十八世紀の原装丁を保っているのが第二巻と第三巻の二冊だけで、第一巻と第四巻はもとの表紙をすっかり取り外し、補修用の厚紙表紙に替えられてしまったことは、やむをえないとはいえ、なんとも惜しまれてならない。

落ち着いた色合いの簡素な表紙と、美しく意匠を凝らした細部や見返しという取り合わせは、『英詩の歴史』のほか『英国詩歌集成』や『ドン・キホーテ』[25]など、漱石の愛蔵書にしばしばみられる特徴である。そういえば彼が図書購入メモに用いていたノートも、表紙は光沢のある濃紺無地、その裏は孔雀の羽のような櫛目模様のマーブル紙であった。こうした装丁に対する一貫した美意識には、どこか着物の表には華美を嫌いつつ裏地や小物に贅をつくした江戸っ子の粋を思わせるものがある。

しかし先ほど述べたとおり、このような美装本や全巻揃の全集などは漱石の蔵書としてむしろ例外であり、漱石文庫の大部分は、今日でいえば文庫や新書にあたるような廉価本で占められている。この時代安い洋書といえば、文庫本サイズ（ポット八折判）の手軽さと、紙装本なら三ペンス程度の廉価で親しまれた「カッセル本」すなわちカッセル社ナショナル・ライブラリー、そしてラウトレッジ、ハイネマン、ニュウンズなど数社から刊行されていた六《シックス》ペンス叢書あたりが代表格といえよう。

なかでも六《シックス》ペンス叢書は、その名のとおり一冊六ペンス（約二十五銭）で名作が読めるというので学生に人気があり、漱石が英文学者志望の一高生に「毎月シックスペンス・ライブラリーを二十冊ず

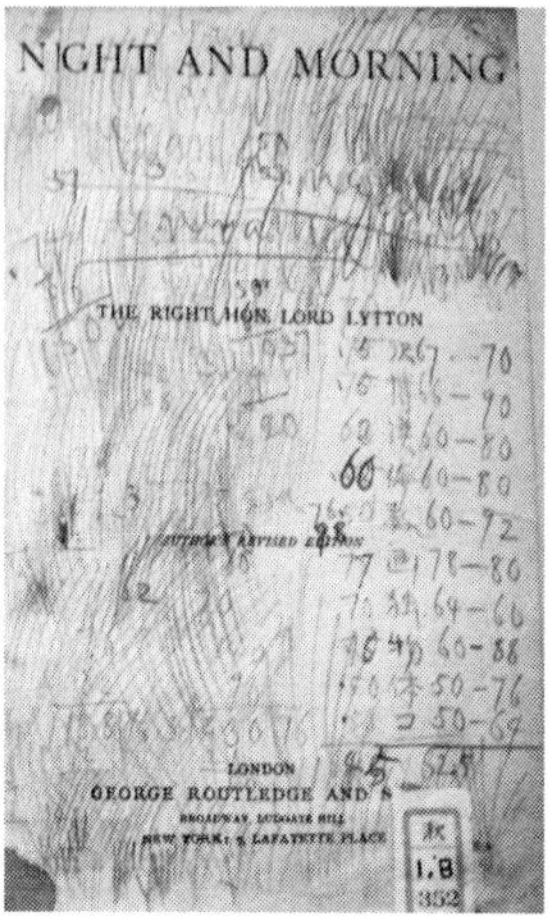

『夜と朝』扉　落書き

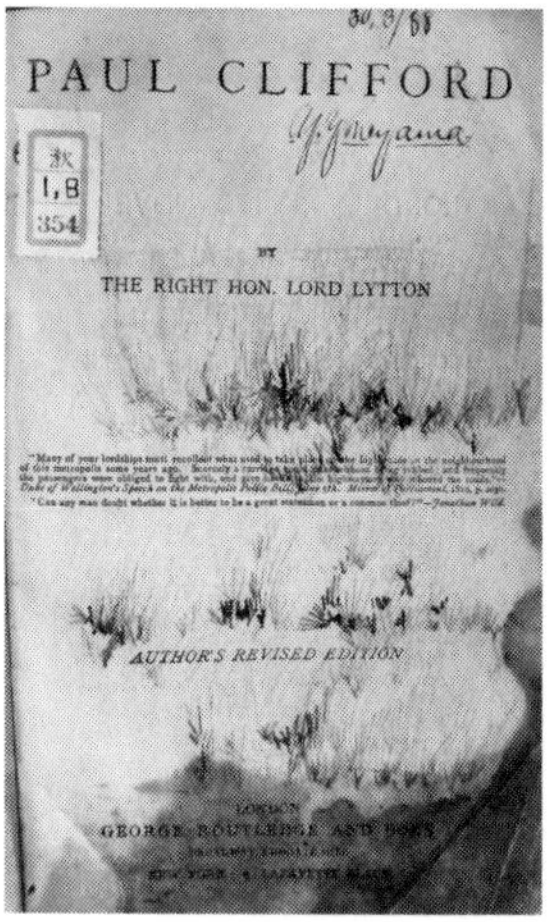

『ポール・クリフォード』扉
米山の署名

つ読め」と言ったという逸話でも知られている（三八頁参照）。漱石文庫には「六ペンス」を名に冠した叢書が十数点残っており、いずれも四六判ほどの大きさ（大型デマイ八折判）で、派手な色刷の絵入り厚表紙が特徴である。

そのなかに一種奇異な印象を与える書冊が二点ある。ラウトレッジ六ペンス叢書中のブルワー＝リットンの小説『夜と朝《ナイトアンドモーニング》』（*Night and Morning*）および『ポール・クリフォード』（*Paul Clifford*）である。蔵書というものは、他の所持品と同様、どこかに持ち主の個性――いわばその人の〝色〟とか〝匂い〟のような痕跡をただよわせているものだが、この二冊はあきらかに色も匂いもほかの漱石蔵書とはちがう。

第一にひどく汚い。むろん漱石文庫には、紙葉が古びて変色し、手擦れや指跡の浮き出た本も少なくないが、この二冊の汚さはそんな尋常一様のものではない。『ポール・クリフォード』には焦げたような跡と水に濡れたような染みがあり、扉などには鉛筆で雑草のような模様がびっしりと書き込まれている。『夜と朝』の扉には鉛筆で、かろうじて「May 5／88」と判読できる日付や、試験の成績表らしい文字と数字の列などがなぐり書きされ、さらにそれを塗りつぶすように滅茶苦茶に線が引いてある。この並外れた無頓着さは、漱石蔵書の綿密な書き入れとはまったく異質であり、これが本来漱石のものでないことは一目瞭然である。

さらに『夜と朝』の序文および本文第一頁の余白には、それぞれ紫色の鉛筆で「Y. Yoneyama」と記されている。また『ポール・クリフォード』の扉にも、鉛筆のいたずら書きに交じって、「30. 3／88　Y. Yoneyama」というインク書きの署名が読みとれる（前頁図版参照）。漱石が二十一歳の青年であった一八八八年当時、彼の近くにいた「Y・ヨネヤマ」といえば、考えられるのはただ一人——米山保三郎。これらの本は、漱石の学生時代の親友で早世した天然居士こと米山保三郎の遺品だったのである。

米山保三郎（右）と漱石
（1892年2月）

米山は一高時代から、天才的な博覧強記と天衣無縫の奇人ぶりをもって知られ、級友の漱石や子規とも親しく交わった。

一八八八（明治二十一）年九月、一高予科から本科に進むにあたって、漱石ははじめ建築家を志望していたが、米山に「文学の方が生命がある」と説得されて、英文学専攻を決意したという。[26] このとき米山は、自分が読み終わったばかりの洋書――同年三月三十日および五月五日の日付をしるした二冊の六ペンス叢書を、「洋文学の隊長とならん」[27]とする漱石に贈ったのではあるまいか。これほど汚れた本を平気でプレゼントするところにも、米山の物にこだわらぬ性格と互いの親密さがうかがえる。

それから九年後、東大哲学科を卒業し大学院で空間論を研究していた米山は、過労から腹膜炎をこじらせ、二十七歳の若さで急逝する。赴任先の熊本で訃報に接した漱石は、友人宛の書簡で

> 文科の一英才を失ひ候事、痛恨の極に御座候。同人如きは文科大学あつてより文科大学閉づるまでまたとあるまじき大怪物に御座候。[28]

と、その大才を惜しんだ。

彼の哀惜の情の深さは、後年『吾輩は猫である』第三章において、苦沙弥先生の亡き親友・天然居士曽呂崎として彼を登場させ、「天然居士は空間を研究し、論語を読み、焼芋を食ひ、鼻汁《はな》を垂らす人である」「空間に生れ、空間を究め、空間に死す。空たり間たり天然居士噫《ああ》」と墓碑銘二首を記していることにも表れている。さらに第四章では、「頭は善かつたが、飯を焚く事は一番下手」で、仮に「電車へ乗つたら、乗るたんびに品川（終点）迄行つて仕舞《しまう》ふ」ような、天然居士の浮き世ばなれした日常や、彼と苦沙弥が「毎晩一所に汁粉を食ひに出た」というエピソードが語られる。

米山はついに一巻の著書も残すことなく世を去り、「蟄龍《ちつりよう》未だ雲雨を起さずして逝く」（前掲書簡。「蟄龍」とは「地に潜む龍」すなわち「世に知られぬ天才」の意）と漱石を嘆かせた。しかし米山に肩を押されて文学者となった漱石は、こうして処女作に天然居士の名を刻み、その面影を伝えたのである。そこに浮かびあがる米山の超俗的で強烈な個性と、あの落書きだらけの六ペンス叢書の印象とが、あまりにも見事に重なり合うことには、感動とともに微笑ましさを覚えずにいられない。

註

（1）小宮豊隆「漱石文庫」（『人のこと自分のこと』角川書店、一九五五）、菊田茂男「漱石の蔵書」（『英語青年』一九六六年七月）、原田隆吉「東北大学附属図書館『漱石文庫』の成立」（『原田隆吉図書館学論集』雄松堂出版、一九九六、初出『図書館学研究報告』九号、一九七六年十二月）、木戸浦豊和「東北大学附属図書館「漱石文庫」について」（『日本近代文学』七八号、二〇〇八年五月）など。

（2）夏目家側の証言としては、主に松岡譲「ああ漱石山房」・「盗まれた金ペン」（ともに『ああ漱石山房』朝日新聞社、一九六七）などの記述を参照。半藤末利子「まぼろしの漱石文学館」（『漱石の長襦袢』文藝春秋社、二〇〇九）は、父松岡の記した資料に加え、母松岡筆子（漱石の長女）や祖母夏目鏡子（漱石の妻）の直話も伝えている。

（3）『サンデー毎日』第二年第二号（一九二三年一月七日）所載、初出タイトルは「書斎」。のち『百艸』（新潮社、一九二四）に「漱石山房の冬」として収録。『芥川龍之介全集』第九巻（岩波書店、一九九六）所収。

（4）前出（註2）松岡譲「ああ漱石山房」。

（5）『漱石　寅彦　三重吉』（岩波書店、一九四二）所収。文末に「（一三・一二・二三）」（昭和十三年十二月二十三日）の日付あり。
（6）前出（註1）原田論文。
（7）内田魯庵「公開書一則」、『内田魯庵全集』第六巻（ゆまに書房、一九七四）所収。
（8）狩野と菅の事蹟については、青江舜二郎『狩野亨吉の生涯』（明治書院、一九七四、のち中公文庫、一九八九）および原武哲『夏目漱石と菅虎雄　布衣禅情を楽しむ心友』（教育出版センター、一九八三）参照。
（9）「沢柳君はよく私を同君の後任などに推薦して呉れた。……沢柳君が東北大学総長から京都大学総長に転任する際にも私を後任に推薦しようとして勧誘に来たのであった。当時私は浪人となって居たが再び仕官の望がなかったので辞退した。……私は自分の事で沢柳君の援助を求めた場合が二度ある。いづれも金に関して居る。一度は蔵書を手放さんとした時……沢柳君の世話で東北大学に買って貰ったのである。今一度は現金を借りた事がある。」狩野亨吉「沢柳君と余との関係」、前出（註8）青江『狩野亨吉の生涯』所収、初出『学苑』二十一号（一九二八年三月）。
（10）この決断については、東北帝大理科大学教授で図書館主幹でもあった林鶴一の功績も大きいと伝えられる。狩野蔵書には和算書のコレクションも含まれており、和算研究の第一人者である林が購入に尽力したのだという。原田隆吉「「全集」と「狩野文庫」」および「「狩野文庫」の蔵書構成の研究」、前出（註1）『原田隆吉図書館学論集』。
（11）「狩野博士の蔵書寄贈」、『東京朝日新聞』一九一二（大正元）年十月四日。
（12）前項（註11）に同じ。
（13）安倍能成編『狩野亨吉遺文集』（岩波書店、一九五八）年譜附記。
（14）狩野蔵書の第一次納入分が三万九〇六六冊に対し、当時の東北大図書館所蔵図書は全体でもその四割にも満たない一万四四〇一冊であった。村岡典嗣「狩野文庫について」、『東北帝国大学五十年史』一九六〇、初出『狩野文庫概説』東北帝国大学附属図書館、一九三七。
（15）Dante, *La Divina Commedia*（Milano: Ulrico Hoepli, 1903）.「漱石自筆図書購入ノート」に「1025　*La Divina Commedia* riveduta nel testo e comentata daa G. A. Scartazzini　狩野亨吉贈」とあり、一九〇八（明治四十一）年

に贈られたと推定される。なおこの本には中扉に「le 17. April 1906/Rome/T. Tôdô」というインク書きの署名と「藤堂氏図書印」という蔵書印があり、T・藤堂という人物がローマで入手したものと知られる。T・藤堂とは伊勢・津藩十二代目藩主藤堂高潔の長男藤堂高紹《たかつぐ》ではないかと思われる。彼は二十歳でケンブリッジに留学し、三年後の一九〇七（明治四十）年冬に帰国して外務省に入省、のち父の跡を襲って伯爵となった。一九三八（昭和十三）年には吉田弥邦とともに『伊日辞典』を編著・刊行している。『大正人名辞典』（東洋新報、一九一四）・『三百藩藩主人名事典』（新人物往来社、一九八七）参照。

（16）狩野は別の談話「夏目君と私」（昭和三年版『漱石全集』月報第五号、一九二八年七月）でもほぼ同様の話をしているが、文学亡国論にかんしては「私もその論を奉ずるものの様に誤り伝えられため」の誤解であるとしている。

（17）小林勇「狩野亨吉」（「編集者の回想録」より、一九五二）、『小林勇文集』第四巻（筑摩書房、一九八三）所収。

（18）前出（註13）『狩野亨吉遺文集』序。

（19）斎藤勇『蔵書閑談』（研究社、一九八三）。

（20）斎藤はその九十五年にわたる生涯で最初の著書『シェイクスピア　彼の生涯及び作物』（丁未出版社、一九一六）を漱石に贈っている。四六判・赤クロス装天金の瀟洒な本で、大正五年四月の刊記があり、巻頭に「謹呈　夏目先生　斎藤勇」という献辞が、繊細で美しい筆文字でしるされている。このとき斎藤は二十九歳、漱石が世を去るのはこの年の十二月である。

（21）決定版『漱石全集』（昭和十年版）第十八巻『別冊』解説（岩波書店、一九三七）。『漱石の芸術』（岩波書店、一九四二）所収。

（22）「沙翁の講義には Metheun 発行の The Arden Shakespeare を自身には使用され例のダイトン註の本も開けられた事はなかったが始終一緒に持つてこられた。或る時先生は此二冊の本が無ければ、一日も勤まらないと言われたことがあった。」松浦一「大学教授時代」、『新小説　文豪夏目漱石追悼号』（春陽堂、一九一七年一月）。

（23）拙著『漱石の源泉——創造への階梯』（慶應義塾大学出版会、二〇〇二）三二頁参照。

（24）それぞれ以下のとおり。F. Bacon, *Novum Organum Scientiarum*（1645）; T. Warton, *The History of English Poetry, from the Close of the Eleventh to the Commencement of the Eighteenth Century*, 4 vols.（London: J Dodsley, etc., 1774-81）; S. Johnson, *The Works of English Poets*, 75 vols.（London: J. Buckland, etc., 1790）.『英国詩歌集成』については本書第七章「趣味の審判者の系譜」一九八～一九九頁参照。

（25）漱石蔵書中には英訳『ドン・キホーテ』が二種ある。一つは一七三三年刊の四巻本（*The History of the Renowned Don Quixote de la Mancha*, tr. by Several Hands, revised by F. Ozell, 4 vols. 6th Edition, London: J. Knapton, etc., 1733）、もう一つは一八一五年刊の四巻本（*The History and Adventures of the Renowned Don Quixote*, tr. with the Author's Life by T. Smollett, 4 vols., Edinburgh: P. Hill, etc., 1815）である。いずれも革装箔押し、見返しと小口にマーブル付けした、簡素だが美しい装丁で「T. West」という名の蔵書票が貼付されている。漱石はその名前を消して、その上に「K. Natsume/Feb. 6, 1901」と署名している。なお前者は作家・翻訳家モトゥー（Antoine Pierre Motteux）訳で、現在では誤りも多いとされるが、モダン・ライブラリー版に用いられるなど長く流布した。また後者は〝悪漢《ピカレスク》小説〟で知られる作家トビアス・スモレットがみずから翻訳したうえセルバンテスの小伝を付したもので、数ある英訳の中でも貴重な版といえる。

（26）談話「時機が来てゐたんだ――処女作追懐談」（以下「追悼談」）、『文章世界』三巻十二号、一九〇八年九月。『漱石全集』第二十五巻所収。

（27）明治二十四（一八九一）年八月三日付正岡子規宛書簡。『漱石全集』第二十二巻、三六頁。

（28）明治三十（一八九七）年六月八日付斎藤阿具宛書簡。『漱石全集』第二十二巻、一二七頁。

第二章　英学から英文学へ——漱石の修業時代

I　六ペンス叢書の伝説

漱石はとかく逸話や伝説の多い人である。むろんそのすべてを鵜呑みにするわけにはいかないが、そこになにがしかの真実が語られていることも少なくない。

よく知られたところでは、東大での講義中、片袖を懐に入れたまま聴いていた学生に、「君、手を出したまえ」と注意したが、その学生が事故で片手を失った躰であることを知って、咄嗟に、「私だってない知恵を出して教えているのだから、君もない手くらい出してくれてもいいじゃないか」と言った——という話がある。実際には当人にむかって直接こう言ったわけではなく、後日自宅に出入りする学生たちに手のない人に手を出せといふのは愚物に賢人になれといふ様なものだ。是は近頃失敬の至であつた。然し僕抔《など》はない学問を出して講義をする位だから、学生の方でもない手位はだしてもよさゝ《そ》うに思ふ（1）。

などと洩らしていたことが、教室での発言のように誤り伝えられたらしい。もっとも「漱石枕流」の故事を雅号に撰ぶような人物ならば、これくらいのことを即興で言ってのけそうではある。

もう一つ、やはり漱石が一高・東大で英語英文学を教えるかたわら、小説家として名を知られるようになった時分のことである。ひとりの一高生が彼に向かって、「僕は英文学を研究したいと思うが、どうしたら、一番よいでしょうか」とたずねた。漱石の答えは、

「毎月毎月、シックスペンスライブラリーを二十冊ずつ読め。それと同時に、現時の作家の新作を、少くとも五、六冊ずつ読まねば駄目だ」

というものであった。これを聞いた学生が、とても人間業で出来ることではないと恐れいって

「そんなら、先生は毎月毎月、そんなに沢山お読みになるんですか」と重ねて問うと、漱石こたえて曰く、

「いいや、だから、俺なんぞ英文学者でも何でもない、やくざな小説家なんどになってしまった」。

これは一九〇七（明治四十）年七月に雑誌『文章世界』第二巻九号で紹介された逸話である。記事が出たのが漱石が教職を辞してわずか四ヶ月後のことであり、掲載誌が田山花袋を主筆とする青少年

向けの文芸雑誌であることなどから考えて、少なくともこれと似た問答が漱石と学生のあいだでじっさいに交わされたとみてよいだろう。

前章でもふれたように、シックスペンス・ライブラリーとは文字どおり一冊六ペンスで刊行されていた英国の大衆向け廉価版叢書のことで、出版社によって六《シックス》ペンス・シリーズ、六《シックス》ペニー・エディションなどとも称した。幸田露伴の弟で歴史学者の幸田成友は、その一高時代（明治二十年代前半）に「六ペンス叢書」が一冊十八銭で買えたと記しているが、明治三十〜四十年代には一冊二十五銭にほぼ定まっていた。漱石には古書珍籍をよろこび装丁や挿絵にこだわる愛書家の一面もあったが、じっさいに読んでいたのはポケット版や植民地《コロニアル》版などの廉価本が多く、六《シックス》ペンス（ペニー）の文字を冠した叢書だけでも、ウォルター・スコットやブルワー＝リットンの歴史小説など十数点が漱石文庫に残っている。ちなみに『文章世界』の記事が出てから約一年後には、『学鐙』一九〇八（明治四十一）年八月号に、六ペンス小説（Sixpenny Novels）の広告が二頁にわたって掲載された。漱石のこの逸話がつたわって、「とみにこの叢書は有名になった」のだという。(3)

この話のおもしろさが『吾輩は猫である』流の〝オチ〟にあることは言うまでもないが、漱石ははにも初めから〝オチ〟をつけようとして質問に答えたわけではない。ここで注目したいのはむしろ漱石の答えの前半部分である。いかにみずから否定してみせようと、彼が当代随一の英文学者だったことは紛れもない事実であり、英文学者たらんとする者は毎月廉価版叢書二十冊と新刊五、六冊以上の洋書を読むべしという忠告そのものは、けっして単なる誇張や冗談ではなかったはずである。おそらくこのとき彼は自分自身の学生時代を想起していたと思われるが、それでは漱石はどのようにして英語と出会い、英文学の道を志すにいたったのであろうか。

II　英語との出会い

漱石が少時から漢籍を好んで読んだことはよく知られているが、それに比して英語を学び始めた時期は当時としても特に早いものではない。

一八七九（明治十二）年春、彼は満十二歳にして東京府第一中学に入学した。この中学は、その名のとおり東京府ではじめての公立中学として前年九月に創立されたばかりであった。入学・進級・卒業は年二回春と秋に行なわれ、漱石は第二期生ということになる。彼が入学したころの校舎は、一橋外の大名屋敷（旧高田藩邸）を改造したもので、教室には表座敷や長局《ながつぼね》をそのまま用い、胡粉張《ごふんばり》の大《おお》襖《ぶすま》をもって間仕切りとしていた。(4)

創立時の教則によれば、この中学は正則と変則の二科に分かれ、正則は修業年限を四年（全八級）とし、「速《すみやか》ニ世ニ立《たた》ント欲スル者」に「高尚普通ノ諸学科」を日本語で教えるに対し、変則は修業年限三年（全六級）、「大学法理文三学部ニ入リ専門ノ学問ヲ修メンコトヲ要スル者」を対象に「普通ノ学科」を英語で教えていた。要するに、正則は一般教養コース、変則は大学進学英語特修コースである。開校時の生徒数をみても、正則十九名・変則六十三名と変則の方がだんぜん人気が高く、漱石の畏友狩野亨吉や沢柳政太郎も変則に在籍していたが、漱石が入ったのは英語のない正則であった。

正則を選んだ理由に関してはさまざまな推測がなされているが、教則のちがいについて、漱石とその家族がまったく無知あるいは無頓着であったとは考えられない。そこで授業に用いられた書目をみると、正則では文学・史学・修身学の三教科にわたって、文章軌範・八大家文格・史記・左伝・論語・中庸等々の書名がならぶのに対し、変則では英語のリーダーや文法書はもちろん、歴史・地理・数学などあらゆる教科に洋書を用い、和漢書はわずかに日本外史・十八史略・続十八史略の三点を数えるのみである。漢学好きの少年が変則より正則にひかれるのは当然かもしれない。

もう一つ考えられるのは、彼には英語を学校で習う必要がなかった――少なくともこのときの彼はそう思っていた――ということである。漱石は少年時代「一番上の兄に監督しられてゐた」（談話「僕の昔」）[5]という。正則か変則か――漢学か英語か――を択ぶにあたっても長兄に相談したにちがいない。かりにそのとき兄から、

「英語ならわざわざ学校で習わなくても、自分が教えてやる」

というようなことを言われたとすれば、あえて変則を選ばなかったことも理解できるのである。

そしてじっさい、漱石はこの長兄大助（幼名大一）から、はじめて英語の手ほどきを受けるのである。その時期は詳らかでないが、兄から習うのをやめてから一八八三（明治十六）年に成立学舎に入塾するまで、しばらくは「英語というものは学ばずにいた」（談話「一貫したる不勉強」、以下「不勉強」）[6]と語っていることから、おそらく中学在学時（一八七九～八一）前後とみてよいだろう。

長兄大助

大助は一八五六（安政三）年生まれで、末っ子の漱石とはひとまわり近い年齢のひらきがあった。一家の期待を背負った秀才で、東大の前身である開成学校に進んだが、肺結核のため中退し、その後警視庁翻訳掛に出仕していた。漱石の回想によれば「色の白い鼻筋の通った美くしい男であつた」（『硝子戸の中』三十六）といい、いっとき双方の父親が同じ警視庁の上司と部下だった関係で、樋口一葉とのあいだに縁談があったが、大助が結核を発病したため立ち消えになったとも伝えられる。

漱石はこの兄について、「まだ大学とならない前の開成校」で「英語をやつて居た」（『硝子戸の中』）とも「当時の大学で化学を研究していた」（「僕の昔」）とも言っているが、これはどういうことであろうか。

大助の学んだ開成学校は、もともと旧幕府の蕃書調所から開成所・大学南校と名を変えて引き継がれた洋学の牙城である。ここでは「西洋人」を教員として、あらゆる科目に英語の教科書を用い、すべての授業を英語で行なっていた。大学南校時代には英仏独三ヶ国語の教育が行なわれていたが、一八七三（明治六）年に開成学校と改称するさい、文部省から経費節減のため「専門学科之儀爾来英語ニ拠リ修業セシメ候様《よう》可致《いたすべき》事」との通達があり、英語が唯一の学内公用語《オフィシャル・ランゲージ》となったのである。「蘭学」に源を発するわが国の「洋学」は、このときを境に「英学」へと様変わりしてゆく。(7)

一八七四（翌明治七）年、開成学校は東京開成学校と改称され、文部省管轄の「官立大学校」となった。これに東京医学校を併せて「東京大学」が創設されるのは一八七七（明治十）年のことであり、この間の開成校は「大学にならない前」とも「当時の大学」とも言いうるのである。

開成学校では修業年限を予科（普通科）三年・専門本科三年の計六年間とし、本科は法・化・工・諸芸・鉱山の五学科に分かれていたが、専門科目の使用言語によって法・化・工の三学科を英学部とも総称した（諸芸・鉱山はそれぞれ仏学部・独学部と呼ばれたが、いずれも一八七五年に廃された）。おそらく大助は予科修了後、この「英学部化学科」に進んだのであろう。かつて蘭学が医学や天文学を意味したように、この時代に「英語をやる」ことと「化学を研究する」ことは別の事ではなかったのである。当時予科には二百名をこえる学生がいたが、専門本科に進む者は各学科わずか数名にすぎず、大助が群を抜く秀才であったことをうかがわせる。

なおここにいう「化学」とは、今日いうところの有機無機の化学《ケミストリー》に限らず、基礎科学全般をさしている（「理学」と記した資料もみられる）。のちに漱石が理系の学問にも旺盛な関心を示し、いわゆる文学者よりむしろ寺田寅彦や池田菊苗ら科学者に親近感をいだいたのは、彼自身の資質に加えて、どこかで「化学を研究してゐた」兄の姿を重ね合わせていたからかもしれない。

開成学校における英語授業に対応して、一八七四（明治七）年末までに文部省によって全国七ヶ所に英語学校が設立され、エリート養成のため徹底した英語教育が行なわれた。一八七六（明治九）年には開成学校予科の入試合格者七十九名全員が、全国七校の英語学校出身者で占められるにいたった。

この七十九名のなかに、愛知英語学校を卒業した十七歳の坪内逍遥の姿もあった。

要するに大助が在学した当時の開成学校は、まさに絶頂期を迎えた「英学」の、そのまたピラミッドの頂点ともいうべき位置にあったのである。漱石が中学生となったとき、自分自身が果たせなかった志をこの優秀な末弟に託そうとした大助は、彼に英語を学ばせることの必要を誰よりもつよく感じていたにちがいない。

だが家族間での習い事はうまくいかないのが常である。この場合も例外ではなかったらしく、漱石はこう語っている。

今は英文学などをやっているが、その頃は英語と来たら大嫌いで手に取るのも厭な様な気がした。兄が英語をやっていたから家では少しずつ教えられたけれど、教える兄は疳癪持《かんしやくもち》、教わる僕は大嫌いと来ているから到底長く続く筈もなく、「ナショナルの二」ぐらいでお終《しま》いになってしまった……

（談話「落第」(8)）

大助としては弟への期待が大きいだけに、余計いらいらしたり厳しく叱ったりすることも多かったであろうし、逆に生意気盛りの中学生からみれば、一まわりも年の離れた秀才の兄の存在が、上から頭を押さえつけられるように鬱陶しく感じられたのかもしれない。

漱石の口吻からすると、この英語レッスンは失敗に終わったように感じられる。しかしはたして本当にそうだったのだろうか。

ここで「ナショナル」とあるのは、明治中期の代表的英語読本『ニュー・ナショナル・リーダー』(*Barnes's New National Readers*) のことである。ただし「ナショナル」が輸入されはじめたのは一八八四〜五 (明治十七〜八) 年とされているので、このときじっさいに用いたのは、大助の学生時代から流布した「ユニオン」すなわち『サンダース・ユニオン・リーダー』(*Sanders' Union Reader*) あたりではないかと思われる。これらの英語読本はいずれも全五巻から成り、第二巻はほぼ現在の中学校終了程度のレベルとされるが、いまの英語教科書とちがって、もともとアメリカの小学生を対象として作られた米国版「国語」教科書であるため、語彙はさほど難解ではないが、文章の内容ははるかに多彩で分量もかなり多い。

当時学生たちのあいだでは、「ユニオンの四」が読めれば大学予備門に合格するといわれていた。その段階にはいたらなかったものの、まったくの初歩から習い始めてリーダー二巻を終えるまでには、いかに優秀な教師と生徒でも相当の時間と努力を要したにちがいない。大助とのレッスンは少なくとも二年間程度は続けられ、漱石はこれによって英語読解の基礎力を身につけたと考えられるのである。

Ⅲ　漢学塾から英学塾へ

一八八一 (明治十四) 年春、漱石は東京府第一中学校を約二年で中退し、麴町の二松学舎に転じて一年ほど専ら漢学を学ぶことになる。

中学をやめた理由については、彼自身このまま正則に在籍しても「英語を修めていぬから、当時の大学予備門に入ることがむつかしい。これではつまらぬ、今まで自分の抱いていた、志望が達せられぬことになるから是非よそうという考えを起した」(「不勉強」)と説明している。

もっともこの当時、中学中退そのものは別段珍しいことではなかった。一中の生徒数が一八七八(明治十一)年八十二名、十二年百五十八名であったのに対し、卒業生の数は一八八二(明治十五)年七名、一八八三年八名、一八八四年二月六名、同八月八名という按排で、卒業まで在籍する生徒はまれであった。変則科からは卒業を待たずに大学予備門に進む者が多く、一方正則科から上級学校進学を志す者は、中途退学して私立の予備校に入り受験に備えるのがごく一般的なコースだったのである。

ただ少々腑に落ちないのは、英語を修められないことが不満で中学を退いたはずの漱石が、英学塾ではなく、「むかしの寺子屋をそのまま」(「落第」)にした古めかしい漢学塾に入ったことである。漢学にかけてはひときわ早熟の才を示した彼にとって、正則中学で習う程度の漢学は期待はずれで物足りず、いちど心ゆくまで漢籍を学んでみたいと思ったのかもしれない。それと同時に、教育ママならぬ教育兄貴大助に対する反発が、彼をいったん英学とは逆の方向へ向かわせたのかもしれない。

しかし彼は結局二松学舎を一年ばかりでやめ、「英語を修めなければじっとしていられぬという必要」(「不勉強」)を痛感して、一八八三(明治十六)年駿河台にあった成立学舎という私塾に入り、大学予備門をめざして本格的に英語を学びはじめる。ここでは変則中学や各地の英語学校と同様に、数学・歴史・地理などすべて英書を用いて教えていた。漱石は「急に上の級《くらす》へ入つて、頭からスウィントンの『万国史』などを読んだので、初めの中は少しも分らなかつた」（「落第」）という。スウィントンの『万国史』（Swinton's *Outlines of the World History*）はこのころ「ユニオン」第四読本などとともに東大予備門の入学試験科目に掲げられ、変則中学や各地の英語学校で使用していたパーレーの『万国史』（Peter Parley's *Universal History*）に比べても段違いに難しいとされていた。

当時東京にはこれに類する予備校や私塾が数十校もあり、ちょうど同じころ神田淡路町の共立学校（私立開成中学の前身）では正岡子規が高橋是清にパーレー『万国史』を習っていたし、本郷の進文学社では東大文学部本科生だった坪内逍遥がアルバイト講師として、昼間は受験生に「ユニオン」やスウィントン『万国史』などを教え、夜間部ではシェイクスピアなど英文学を講じていた(9)。この三年後には、漱石自身も級友柴野是公《しばのよしこと》（のちの満鉄総裁中村是公）とともに本所松坂町の江東義塾で住込みのアルバイト教師となっている。

子規などは東大予備門に合格したあとも、英語力の不足をおぎなうためこんどは進文学社に通って逍遥から「ユニオン」の第四を習い、その「落語家の話のようで面白い」講義に「夢中で」耳を傾けたという(10)。すぐれた講師や質の高い授業に出会えるのが、名門高校や有名大学とは限らないのは、今に始まった現象ではないようだ。

そのためか、こういう塾には子規のような〝ダブルスクール〟学生も珍しくなかったらしい。漱石も成立学舎で「隣り合った席」に新渡戸稲造が居たことを覚えており、「新渡戸博士は、既に札幌農学校を済まして、大学専科に通いながら、その間に来ていた」ようだと語っている（「不勉強」）。漱石の記憶どおり、新渡戸は一八八一（明治十四）年に札幌農学校を卒業し、一八八三（明治十六）年九月から東大で英文学や社会学を学んだ。一年後には東大の授業にあきたりないものを感じて渡米することになるのだが、新渡戸の東大在学期間は漱石が成立学舎に通った一年間にほぼ重なっていた(11)。

すでに東京英語学校の三年間と札幌農学校の四年間みっちり英語を身につけていた新渡戸が、大学のあいまに通ってきたことからも、成立学舎の授業レベルは相当に高いものであったと察せられる。正則出身というハンディを取り戻すために、漱石が払った努力は並大抵のものではなかったであろう。とはいえ彼は入塾してすぐに「上の級《くらす》」に入りスウィントンを読んだのだから、基礎力はすでに充分ありと認められたことになる。このときになってはじめて、彼は兄大助から受けた英語レッスンの有難味をつくづく感じたのではあるまいか。

このあと漱石は英語を学ぶことに驚くべき集中力を発揮する。予備門受験という差しせまった目標があったにせよ、「其時は好きな漢籍さえ一冊残らず売ってしまい夢中になつて勉強した」（「落第」）というから、その覚悟のほどがうかがえよう。

……英語はこういう風にやったらよかろうという自覚もなし、ただ早く、一日も早くどんな書物を見ても、それに何が書いてあるかということを知りたくてたまらなかった。それでいわばやたらに読んで見た方であるが、……そうこうしている中に予科三年位からだんだん解るようになってきたのである。　　　　　　　　　　　　　　　　　　　（「不勉強」）

ここにはすでに、英語嫌いの少年の面影はない。英語習得の必要に迫られて読みはじめた洋書のなかに、彼は思いがけず新しい天地を――漢籍とは別の、未知の魅力にあふれる文学の世界を、発見しつつあったのである。

Ⅳ　英文学への道

一八八四（明治十七）年九月、漱石は東京大学予備門（一八八六年に第一高等中学校と改称）に入学した。一八九〇（明治二十三）年九月帝国大学に入学するまで、一年間の留年を含めて予科四年・本科二年の六年間を、彼はここで過ごすことになる。[12]

予備門・一高時代に彼が出会うさまざまな友人と書物についてはまた別の機会に譲るとして、ここでは彼が一高予科二級のときに経験したひとつの別れを記しておかなければならない。一八八七（明治二十）年三月二十一日、長兄大助が結核のためついに帰らぬ人となったのである。享年三十一歳。

それから二年後の一八八九（明治二十二）年二月五日、第一回第一高等中学校英語会の席で、一高本科一年の漱石は 'The Death of my Brother'（兄の死）と題する英文スピーチを発表した。「何にもまして悲しい思い出といえば、兄の死である」（原文 If there is one recollection which makes me sadder than another, it is the death of my brother.　山内久明訳、以下同）という書き出しに始まるこのエッセーのなかで、彼は病床の兄にたえず付き添い、「兄が元気だった頃の愛読書をよく読んであげた」（I often read to him some authors whom he loved to read when he had been well.）と語る。

漱石が十五、六歳のころ、「漢書や小説などを読んで文学というものを面白く感じ、自分もやってみようと」考えて兄に話してみると、大助は「文学は職業にゃならない、アッコンプリッシメント（教養）に過ぎないものだ」と言って彼を叱ったという（談話「処女作追懐談」[13]）。しかし大助にその言葉を発せしめたものは、文学への無理解ではなく、むしろみずから同じ傾きを共有するがゆえのおそれだったような気がしてならない。この兄弟はときに反発し合いながらも、互いが家族のなかで自分にもっとも近い頭脳と性向の持ち主であることを、冥々の裡に感じとっていたのではあるまいか。大助にも心ひかれる幾人かの作家（some authors whom he loved to read）はあったのである。

ヘヴン『修辞学──学校・大学・独習用教本』
（Haven, E.O., *Rhetoric: A Text-Book, designed for Use in Schools and Colleges, and for Private Study*, New York: Harper & Bros., 1874）
アンダーウッド『英文学便覧・英国作家篇』
（Underwood, F. H., *A Handbook of English Literature. British Authors*, Boston: Lee and Shepard, 1875）

漱石が所蔵していたこの二冊の本は、いずれも開成学校予科（普通科）で用いられた教科書であった。一八七五（明治八）年に定められた東京開成学校規則によれば、開成学校予科では「英語学《イングリシ、ラングエジ》」として、第一年第二期に「修辞《リトリック》」、第二年第一・二期に「文学《リテレチユール》」を教え、教材にそれぞれヘヴンの『修辞学』とアンダーウッドの『便覧』を用いたのである。したがって右の二冊は、おそらく大助が開成学校時代に使用し、のちに漱石に譲ったかまたは形見として遺したものと思われる。刊記をみると前者は一八七四年、後者は一八七五年であり、大助が一八七四年に官立大学校となったばかりの東京開成学校に入学したとすれば、学年もぴったり符合するのである。開成学校が東京大学となってからも、とくに理学部では一年から四年まで「アンデルウード氏ノ文学書」が英語教材として用いられた。

漱石蔵書の二冊には見返し遊びに署名があり、いずれも鉛筆書きで消えかかって読みとりにくいが、『修辞学』の方は「D. N.」と判読できそうである。(14) また『修辞学』の見返し遊びと『便覧』の遊び紙には、ともに直径五ミリほどの丸い「夏目」印が押してあるが、蔵書印というより学校で用いられる持物印のように思われる。

このうちアンダーウッドの『英文学便覧』は、坪内逍遥の『当世書生気質』にも「アンダルウード〈英文大家文章〉」として出てくるが、古今英国作家名文撰ともいうべきもので、目次をみるとシェイクスピアの諸作をはじめ、ミルトン、ポープ、スコット、シェリー、キーツ、テニスン、ディケンズ、さらにはカーライルやロレンス・スターンにいたるまで、抄録とはいえ古典から近代までの詩・戯曲・小説・エッセーなど、さまざまなジャンルの名作がならんでいる。

漱石が病床の大助のために読んだという「兄が元気だった頃の愛読書」が、具体的に何をさすのかはわからない。しかし少なくともそのなかの一冊は、この名文集であったような気がしてならない。彼がスピーチのなかで、兄の愛読書を本（books）ではなく作家（*authors*）と表現しているのも、この本の副題（*British Authors*）を連想させる。

大助にとっての「英学」すなわち開成学校時代の英学とは、英語をとおして西洋の知識を学び技術を移入することに他ならなかった。しかし大助が中退してまもなく、開成学校は東京大学と名を変えるとともに英学から国学・漢学へと次第に重点を移し、授業にも「英語ヲ廃シ邦語ヲ用ヒル」ようになっていた。その一方、一八八六（明治十九）年にいたって東京帝国大学文科大学に英文科が設置され、ここにプロフェッショナルな学問としての「英文学」が認知されるのである。

漱石が一高本科進学にさいして英文学専攻を決意するのは、兄の死の翌年——一八八八（明治二十一）年のことである。このころから彼は以前にもまさる勢いで英文学に取り組み、英語教師からカーライルの文体を模倣しないようにと注意を受けたり、[15]「洋書に心酔」していると子規から批判される[16]までになる。このころは本当に毎月六ペンス叢書の二十冊くらいは読んでいたのかもしれない。ただ多読するばかりではなく、メレディスにこそ未だ出会っていなかったが、カーライルには早くから私淑し、トマス・ラヴ・ピーコックのようないわば通好みの作家にも親しんでいた。

漱石が英文学の道を選んだ背景に、正岡子規と米山保三郎というふたりの天才的な友人の存在が大きくかかわっていたことはまちがいない。彼自身のなかに「我等が洋文学の隊長とならん」[17]とか「英語英文に通達して、外国語でえらい文学上の述作をして、西洋人を驚かせよう」（「処女作追懐談」）という青年らしい野心もあったであろう。しかし彼が英文学を「生涯を挙げてこれを学ぶも、あながちに悔ゆることなかるべし」（『文学論』序）と信じ、創立後二人目の学生として「単身流行せざる英文学科」（同）に進んだ第一の理由は、おそらくきわめて単純な一言に尽きる。

漱石は根っから英文学が大好きだったのだ。

註

（1）一九〇五（明治三十八）年十一月十三日付野村伝四宛はがき。『漱石全集』第二十二巻、四二九頁。

（2）「外国語修業」、『幸田成友著作集』第七巻（中央公論社、一九七二）。

（3）『丸善百年史――日本近代化のあゆみと共に』（丸善、一九八〇）

（4）『東京府立第一中学校沿革誌』（一九〇三、復刻版一九八九）。『日比谷高校百年史』（一九七九）も参照。

（5）談話「僕の昔」、『趣味』二巻二号、一九〇七年二月。『漱石全集』第二十五巻所収。

（6）談話「一貫したる不勉強――私の経過した学生時代」、『中学世界』十二巻一号、一九〇九年一月。『漱石全集』第二十五巻所収。

（7）明治期の「英学」については、土居光知他監修『日本の英学一〇〇年　明治編』（研究社、一九六八）、川澄哲夫編『資料日本英学史1下　文明開化と英学』（大修館、一九九八）などを参照。

（8）談話「落第」、『中学文芸』一巻四号、一九〇六年六月。『漱石全集』第二十五巻所収。
（9）柳田泉『明治文学研究第一巻　若き坪内逍遥』（春秋社、一九六〇、復刻・日本図書センター、一九八四）。
（10）正岡子規「墨汁一滴」（一九〇一）、『子規全集』第十一巻（講談社、一九七五）。
（11）『新渡戸稲造全集　別巻』（教文館、一九三六、再版一九八七）参照。
（12）漱石の英語力や予備門時代の英語学習については川島幸希『英語教師　夏目漱石』（新潮社、二〇〇〇）参照。
（13）前出（第一章註26）談話「時機が来てゐたんだ――処女作追懐談」。
（14）佐々木靖章『夏目漱石　蔵書（洋書）の記録――東北大学所蔵「漱石文庫」に見る』（てんとうふ社、二〇〇七、増補改訂版二〇〇八）では、「L.H.」と判読している（同書一五五頁）。なお同書は漱石文庫の洋書について、蔵書印・丸善レベル・署名などを調査・整理し、多数の写真図版とともに収めた労作である。
（15）一八八九（明治二十二）年六月十五日の英語作文 'My Friends in the School'。本書第四章「ロンドンの異邦人たち――漱石・カーライル・シャープ」八八頁参照。
（16）前出（第一章註27）一八九一（明治二十四）年八月三日付正岡子規宛書簡。
（17）註16に同じ。

第三章　奇人たちの饗宴――『吾輩は猫である』とピーコックの〈談話小説〉

I　〈写生文〉から〈長篇小説〉へ――『猫』の変容

『吾輩は猫である』（以下『猫』）は、一九〇五（明治三十八）年一月から翌年八月にかけて雑誌『ホトトギス』に掲載された長篇小説である。この一作によって、三十八歳の帝大英文学講師夏目金之助は、小説家漱石として世に知られるようになった。

しかし周知のように、この作品ははじめから〈長篇小説〉として構想され書き始められたものではない。友人高浜虚子に勧められるまま、俳句仲間の文章サークル「山会」で朗読する作品として「吾輩は猫である。名前はまだ無い」という書き出しの文章を綴った時、それは一風変わった〈写生文〉として認識されていたのであり、今日みるような〈長篇小説〉にまで発展するとは、おそらく作者自身も予期していなかった。「名前はまだつけて呉れないが欲をいつても際限がないから生涯此教師の家で無名の猫で終る積りだ」という結びは書き出しとみごとに照応して、読み切り作品としての完結性を示している。

現行第一章にあたるこの短篇は、活字になるやたちまち評判となり、これに勢いを得た漱石はただちに稿を継いで、翌二月「続篇」（現行第二章）を発表した。「吾輩は新年来多少有名になつたので、猫ながら一寸鼻が高く感ぜらるゝのは難有《ありがた》い」という書き出しに始まるこの第二章も、まだ読み切りとして一定の完結性を保っているが、作者は教え子野間真綱に宛てた元日付の書簡で早くも「続篇抔《など》をかく」気になったと漏らしており、この時点ですでに長篇化を念頭に置いていたことがうかがえる。じっさい、一ヶ月おいて四月に発表された第三章では、「吾輩は猫である（三）」と章番号を付すなど、連載小説としての体裁も整い、その後一年半余にわたり断続的に掲載を重ねて、最終的には全十一章から成る〈長篇小説〉として完結したのである。

このような成立事情から、『猫』第一章と、第二章、および第三章以降のあいだには、構想上の大きな変化や差異がみられる。その変化は漱石が小説家として急速に成熟してゆく過程であり、その差異を検証することで当時の彼がめざしていた〈長篇小説〉の方向性を探ることができると思われる。

英文学者夏目金之助がはじめて〈長篇小説〉を志向した時、その視野には彼の本業たる英文学があったにちがいない。これまでも作中に言及のあるロレンス・スターン『トリストラム・シャンディ』やトマス・カーライル『衣装哲学』をはじめ、さまざまな文学作品との比較研究が行なわれ、興味深い指摘がなされてきた(1)。

本章では『猫』の〈長篇小説〉化にさいし、構想や技法など多くの面で重要な示唆を与えたと思われる存在として、英国の作家トマス・ラヴ・ピーコックを取り上げ、その人と作品が漱石にとってどのような意味を持っていたかを考察する。[2]

『猫』の長篇化に伴う変化は、登場人物の呼称に最も端的に表れている。

『猫』第一章のきわだった特徴の一つは、登場人物に「名前がない」ことである。語り手である猫（「吾輩」）の「無名性」に隠れて見逃されがちであるが、じつは名前がないのは「吾輩」ばかりではなく、第一章においては、飼主である「此家の主人」にも、「其《その》友人」である「金縁眼鏡の美学者」にも、「こゝのうちの小供」たちにも、一切名前は与えられていない。例外的に名前を持つのは、「筋向の白君」「隣の三毛君」「車屋の黒」という猫仲間だけで、それも名前というよりむしろ符丁に近いものである。

これはおそらく『猫』の成立事情によるものであろう。この文章が朗読された「山会」の場では、「学校の教師」である「此家の主人」が作者の自己戯画にほかならないことを誰もが承知しており、固有名詞は必要なかったのである。つまり第一章における「無名性」とは普遍性を示すのではなく、逆にきわめて私的で内密な言語空間をあらわしているのだ。

続く第二章では、「主人」は依然として無名のままだが、美学者には「迷亭」の名が与えられ、また「水島寒月」「越智東風」という名前を持った人物があらたに登場する。登場人物に名前が与えられるということは、作品が独自の世界を持つ虚構《フイクション》として自立することであり、作者自身が『猫』を小説として意識し始めたことを意味する。ただし『猫』の場合、その名前が月並みではない。「寒月」「東風」はまだ良いとして、「迷亭」となると字面が尋常でないうえ、音はあきらかに「酩酊」の地口である。

さらに第三章以降になると、第一章の「無名性」と対照的に、珍名奇名の持主が続々と登場する。第三章の「金田鼻子・富子」、「津木ピン助・福地キシャゴ」、第五章の「とん子・すん子・めん子」（苦沙弥の子供たち）、第九章の「八木独仙」・「縫田針作」・「天道公平」こと「立町老梅」・「理野陶然」、第十章の「古井武右衛門」などがその代表的なものである。(3)「此家の主人」も第三章でようやく「苦沙弥君」と呼ばれるようになり、字義の持つ厭世的（苦）・脱俗的（沙弥＝出家修行者）な印象と「クシャミ」という音との落差が、その言行とあいまって笑いを誘う。第九章ではさらに「珍野」という姓を冠することにより、フルネームが「珍野苦沙弥」すなわち「狆のクシャミ」――俗にいう「チンクシャ」――となって滑稽味が強調される。

それに伴って、語り手である「吾輩」の立場にも変化がみられる。『吾輩は猫である』というタイトルにもかかわらず、「吾輩」が猫の世界で行動するのは、「車屋の黒」との交流や「三毛子」との恋など最初の一～二章のうちにすぎない。第三章の冒頭には早々と「己が猫である事は漸く忘却し」「吾輩も亦《また》人間界の一人だと思ふ折さへある位に進化した」「人間同等の気位で彼等の思想、言行を評隲したくなる」など、みずから猫としてのアイデンティティを否定するような発言を繰り返す。じっさい第五章で鼠を捕ろうと試みたり第七章で「蟷螂狩り」「垣巡り」等の運動をするなど、時おり思い出したように猫としてのふるまいを示すことはあるものの、全般的には章が進むにつれて、「吾輩」が猫であることの意味は薄れてゆく。

それと入れ替わるように提示されるのが、寒月と富子の「ロマンス」という主題である。第二章で「○○子さん」として寒月の話に登場する女性が、第三章で実業家金田の令嬢富子と判明し、二人の縁談が取り沙汰される。その顚末は作中唯一の物語的な筋として最終章まで持ち越され、この作品に長篇小説としてのまとまりを与えている。

このロマンス――正確にいえばロマンスのパロディ――という主題が作品全体を貫く経糸だとすれば、各章を織りなす緯糸は苦沙弥の日常生活と客人たちとの会話である。このうち第五章の泥棒事件や第八章の落雲館騒動など、苦沙弥家の日常における小事件を描いたくだりは、夏目家における現実の出来事をほとんど同時進行的に戯画化したもので、第三章以降の中でも〈写生文〉的な色合の濃い箇所といえる。

それに対して、客人たちとの会話場面にはかなり明確な創作意識がみられる。漱石みずから筆をとった『猫』の広告文にも「主人は教師である。迷亭は美学者、寒月は理学者、いづれも当代の変人、太平の逸民である。吾輩は幸にして此《この》諸先生の知遇を辱《かたじけの》ふするを得てこゝに其《その》平生を読者に紹介するの光栄を有するのである」とあり、「変人」たちの会話を書くことを楽しんでいた様子がうかがわれる。ことに苦沙弥・迷亭・寒月・東風・独仙という「変人」たちが勢揃いする第十一章では、ほとんどの頁が彼らの会話だけで埋め尽くされ、現代に通じる文明批評の数々が展開される。その尽きるところを知らない饒舌と脱線、ラブレーと澤菴とメレディスが自在に飛び交う談論風発ぶりは、まさに漱石の独壇場と言ってよい。その一方、物語が終盤に近づくにつれて語り手の存在は次第に作品の表面から後退し、「吾輩」に残された役回りは、己れの死をもって作品の幕を閉じることしかない。

こうして『猫』は寒月と富子の「ロマンス」の主題と「当代の変人」たちの談話によって虚構性と批評性を獲得し、近代小説としての奥行きを備えることになった。猫を語り手とした風変わりな〈写生文〉は、珍名の奇人たちによる衒学的《ペダンチック》な座談とユーモラスな小事件の数々を、物語《ロマンス》の細い糸によって数珠つなぎにした〈諷刺小説〉にまで行き着いたのである。

漱石が親しんだ英国小説の世界にも、ジェイン・オースティンやウォルター・スコットが文名を馳せた十九世紀前半――わが国では馬琴が『八犬伝』を書き続けていた頃――、まさにそのような作風の〈諷刺小説〉群をもって異彩を放った作家がいた。トマス・ラヴ・ピーコックがその人である。

II　ピーコックと漱石

ここでピーコックの生涯を簡単に紹介しておこう。

トマス・ラヴ・ピーコック（Thomas Love Peacock）は、一七八五年ガラス商人の父と海軍軍人の娘であった母の間に生まれたが、三歳にして父を喪い、母方祖父トマス・ラヴの許で成長した。十二歳で小学校を出たあと一切の学校教育を受けなかったが、教養高く文学好きの母の薫陶を受けて書物に親しみ、十六歳から大英博物館図書室《リーディング・ルーム》に通って独学でフランス・イタリア・ギリシア・ラテンの言語に習熟し、古今の文学を読みこなして当代一流の古典学者と目されるまでになった。二十代で詩や戯曲を書き始め、一八一六年三十歳にして最初の小説『ヘッドロング・ホール』を出版した。一八一九年から東インド会社に勤務し、有能な官吏として腕をふるう傍ら、ほぼ半世紀の間に七篇の小説と多数の詩・批評・エッセーを著した。家庭的には一八二〇年にウェールズの牧師の娘ジェイン・グリフィズと結婚し、一男三女に恵まれた。妻子に先立たれるなどの不幸にも見舞われたが、引退後は養女や孫たちと好きな書物に囲まれて過ごし、一八六六年八十歳で世を去った。

そのほか彼の生涯には特筆すべき事項が二つある。青年時代にロマン派詩人P・B・シェリー（一七九二～一八二二）の親友であったことと、小説家ジョージ・メレディス（一八二八～一九〇九）が彼の娘婿にあたるということである。この二つの出会いについては後ほどあらためて考察したい。

トマス・ラヴ・ピーコック
（72歳のとき）

ピーコックはけっして大作家とか流行作家という存在ではなく、文学史上の短い解説以外に彼の名をみることは少ないが、その特異な作風は常に一定の文学愛好家たちをひきつけ、多くの作家に影響を与えてきた。

わが国で最初にピーコックを本格的に紹介したのはおそら

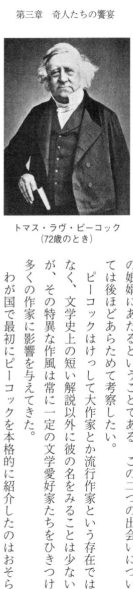

くラフカディオ・ハーンである。彼は一八九九（明治三十二）年に東京帝大で行なった「英文学畸人列伝」という一連の講義で、「文学的に非常に重要でありながら、一般に知られたり、研究されることのない人物」を十八世紀と十九世紀から各五人ずつ取り上げて論じており、その掉尾を飾ったのが「トマス・ラヴ・ピーコック」(4)であった。

この講義の中で、ハーンはピーコックを「英文学の世界でスウィフトにつぐ優れた諷刺作家」と呼び、その作品は「まことに完璧にちかい筆致で書かれ」「非常に洗練された類いの知的贅沢品である」と称讃したが、同時に次のようにも述べている。

ピーコックの著作は小説と呼ばれているが、余人の書いたどんな小説ともまったく似ても似つかぬもので、わたしたちがそれを小説と呼ぶのは、外に何と呼べばいいかわからないというだけの理由による。

この言葉はたとえば漱石が愛読し『猫』に影響を与えたとされる『トリストラム・シャンディ』などにも、そして『猫』そのものにも、あてはまるであろう。漱石が英文学から学んだ最大の教訓は、何よりも「小説というものは何をどのように書いても構わないのだ」ということだったかもしれない。

驚くべきことに、漱石は学生時代すでにピーコック作品と出会っていた。一八九一（明治二十四）年四月に、カッセル国民文庫《ナショナルライブラリー》版『クロチェット城』（*Crotchet Castle*, 1887）を入手しているのである。

『クロチェット城』

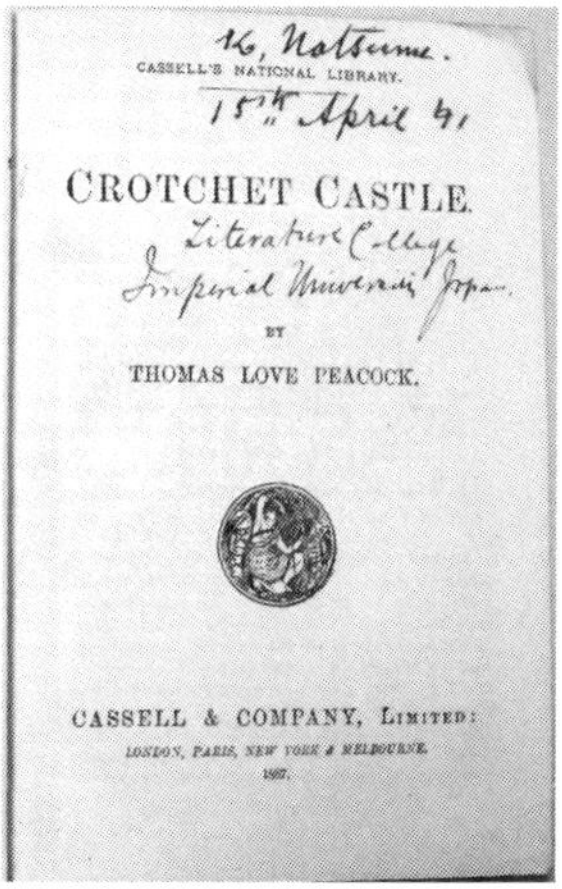

同・扉　漱石の署名

ハーンの講義に先立つこと八年、このとき彼は帝大文科一年の学生であった。漱石文庫所蔵の手沢本には、扉にインク書きで「K. Natsume / 15th April '91 / Literary College / Imperial University Japan」、（K・夏目／一八九一年四月十五日／日本　帝国大学　文科大学）中扉に鉛筆で「K. Natsume / 15th April 1891」と署名があり、本文にも十数ヶ所に鉛筆の下線・傍線や英語の書き入れがみられ、熟読の跡を示している。この「国民文庫《ナショナルライブラリー》」シリーズは、現在の文庫本より一まわり小さい判型（ポット八折判・約九・五糎《センチ》×十四・二糎）と、紙装版で一冊三ペンス（明治二十年代で約十銭）という手軽さから、わが国でも「カッセル本」の愛称で学生たちに親しまれていた。

　さらに漱石はもう一冊、『ピーコック小説集』（*The Novels of Thomas Love Peacock*, 1903）も所蔵していた。こちらも文庫本を少し縦長にした程度の小型本（約九・八糎×十六・八糎）なのだが、辞書や聖書に用い

『ピーコック小説集』

られるような薄い紙葉で九六〇頁もあり、ピーコックの小説七篇すべてが収録されている。漱石自筆図書購入ノート(5)などから、『猫』執筆中の一九〇五（明治三十八）年後半に丸善から購入したと推定される。

　この頃の漱石は小説執筆にとりかかる時、「人工的インスピレーション」と称して、小説（主に洋書）を読むことによって学者から小説家へと気分を切り替え、創作的感興を得ようとしていた。この時期に『ピーコック小説集』を購入したのも、『猫』の長篇化にさいして学生時代に熟読した『クロチェット城』の印象がよみがえり、ピーコックに新たな「人工的インスピレーション」を求めたのではないかと考えられるのである。

III　〈談話小説《ノベル・オブ・トーク》〉

　漱石の所蔵していた『ピーコック小説集』に収録されたピーコックの小説全七篇を刊年の順に掲げれば次のとおりである。

『ヘッドロング・ホール』（*Headlong Hall*）　（一八一六）
『メリンコート』（*Melincourt*）　（一八一七）
『悪夢の僧院《ナイトメア・アビー》』（*Nightmare Abbey*）　（一八一八）
『処女マリアン』（*Maid Marian*）　（一八二二）
『エルフィンの不運』（*The Misfortunes of Elphin*）　（一八二九）
『クロチェット城』（*Crotchet Castle*）　（一八三一）
『グリル・グレンジ』（*Gryll Grange*）　（一八六一）

　これら七篇はふつう二つの系列に分類される。『処女マリアン』と『エルフィンの不運』の二作は、それぞれロビン・フッドとアーサー王伝説を世界とする物語性の強い作品であり、他の作品と区別して〈諷刺ロマンス〉あるいは単に〈ロマンス〉と呼ばれている。

　それに対し、残る五作品——『ヘッドロング・ホール』『メリンコート』『悪夢の僧院』『クロチェット城』『グリル・グレンジ』——は、〈談話小説〉（novel of talk）とか〈意見小説〉（novel of opinion）などと呼ばれる独特のジャンルを形成している。本章で主に取り上げるのはこちらの作品群である。

　一口に〈談話小説〉といっても、処女作『ヘッドロング・ホール』と晩年の『グリル・グレンジ』

とでは執筆時期に半世紀近い隔たりがあり、この間に英国社会も彼自身もさまざまな変化を閲したが、それにもかかわらずこれら五篇はすべて驚くほど一定の形式と内容を呈している。すなわち、いずれの小説でも舞台となるのは地方の郷士や地主（いわゆる紳士階級《ジェントリー》）の住まう宏壮な館（カントリーハウス）で、建物の呼称がそのまま作品のタイトルとなっている。物語はその館を中心に展開し、内容の大半は館の主とそこを訪れる客人たちとの間に交わされる食卓での議論やサロンでのお喋りに占められる。物語的な筋として若い男女のロマンスが描かれ、多くはお定まりのように婚礼の場をもってめでたく幕となる。その合間には、登場人物たちによる講演や新作戯曲の制作上演、小旅行やパーティなどのイベントが織り込まれている。しかしピーコック作品の本領は〈筋〉ではなくあくまでも〈議論〉や〈お喋り〉にあり、人々はいつ果てるともなく酒を飲み料理を食べては語り続ける。それはまさにプラトンに謂う所の（言葉本来の意味での）〈饗宴《シンポジウム》〉である。

またこれらの作品の登場人物は、牧師・哲学者・詩人・科学者・芸術家など、いずれ劣らぬ奇人揃いで、しかもそれぞれ特質をあらわす珍名が与えられている。『悪夢の僧院』を例にとると、館の主で憂鬱症のグラウリー（Glowry = 不機嫌）、その息子で世を憂え恋に悩む哲学者サイスロップ（Scythrop = 憂い顔）、主の妹婿で饒舌な楽天主義者ヒラリー（Hilary = 陽気）、神秘的作風の超絶主義詩人フロスキー（Flosky = 影を愛する者）、美食家の牧師ラリンクス（Larynx = のど）、ダンディだが行動力のない青年貴族リストレス（Listless = 無気力）、「悪魔が来た」が口癖のマニ教徒トゥーバッド（Toobad = 最悪）、人魚を捜し求める海洋生物学者アステリアス（Asterias = ヒトデ）・アクエリアス

（Aquarius ＝水瓶座）父子――といった具合である。

他の四作品でも顔ぶれはほぼ類型化しており、社交嫌いで厭世的な哲学者、陽気で人をからかうのが趣味の毒舌家、難解な語句と謎めいた態度で人を煙にまく超絶主義詩人、突飛なテーマの研究に没頭する科学者、浮き世ばなれした芸術家などは、どの作品にもきまって登場する。彼らはみな特異な個性と意見を持った奇人揃いだが、一つのサロンで食卓を囲み共に音楽や文学に興じる仲間でもある。その一方、俗物の実業家、悪徳政治家、軽薄な似非《えせ》文化人などが脇役として登場し、痛烈な諷刺の対象となっている。

これを『猫』と比較してみると、厭世的な苦沙弥・饒舌な迷亭・哲学者独仙・理学士寒月・詩人東風といった「当代の変人、太平の逸民」たちは、そのまま〈談話小説〉の人物類型に該当する。またピーコック作品には、作者自身にもっとも近い視点を持つ狂言回し的存在として、博識で美食家の牧師が必ず登場するが、「吾輩」の立場は多少この人物に近いと言えるかも知れない。さらに苦沙弥ら「太平の逸民」のグループと、金田を中心とする俗物の実業家グループとが対置される構図や、苦沙弥家での談話とさまざまな小事件を縫うように寒月と富子の縁談が物語をつなぎ、最終章で（別々の相手ではあるが）二人がめでたく結婚にこぎつけるという作品の枠組も、〈談話小説〉のそれと一致する。

〈談話小説〉の典型的な一場面として、『悪夢の僧院』第十二章の一節を紹介しよう。邸内に幽霊が出るという噂をきっかけに、一同が幽霊談を披露し合うくだりである。

フロスキー　*Sunt geminae somni portae.*（二つの眠りの門がある〈ウェルギリウス『アエネーイス』〉）幽霊が地上に出てくるとき通る門には、ペテンと自己欺瞞の二つがある。後者の場合、幽霊とは *deciptio visûs*（錯覚）であり、視覚的映像であり、感覚の力を伴う観念である。私自身これまで数多くの幽霊を見てきた。この中にも一度も幽霊を見たことがないという者は居ないだろう。

リストレス　幸いにしてこの僕はお目にかかったことがないがね。

ラリンクス牧師　幽霊の存在は聖書にも典拠があり、それを疑うとはゆゆしき不信論である。ヨブも幽霊を見ており、それは質問をするために現れたが、答を待たずに消えた。

リストレス　ヨブが肝をつぶして返事が出来なかったからさ。

（中略）

フロスキー　……聖ジェルマンは旅の途中、ある宿屋から幽霊の一群を追い払った。そいつらは毎晩宿の定食《ターブル・ドート》を独り占めし、たらふく夜食を平らげていたんだ。

ヒラリー　そりゃ愉快な幽霊だね、全くカトリックの修道士にちがいない。似たような連中がパリでスウェバックという画家の酒倉を占領し、ワインを飲んでは空瓶をご当人の頭に投げつけたことがある。

ラリンクス牧師　なんたる非道のふるまいじゃ。

このように人物名と台詞だけで構成される台本風の場面は〈談話小説〉ではしばしば見られるもので、こうした会話がまだ延々と続く。その情況は『猫』における苦沙弥・迷亭・独仙らのやりとりを髣髴させるものがある。右の例では、章の終わり近くで幽霊らしき姿があらわれると、それまで超然として神秘論をふりかざしていたフロスキーが真先に青くなって逃げ出すという一節もあり、『猫』第十章で披露される、悟りきった顔つきで禅語をふりまわす独仙が、地震の時に一人だけ二階から飛び降りて怪我をしたというエピソードを連想させる。

フロスキーが独仙的人物だとすれば、ヒラリーはまさしく迷亭的人物で、この手の陽気な毒舌家もまたピーコック作品には欠かせぬ存在である。たとえば『メリンコート』に登場するサーカスティック氏（Sarcastic ＝皮肉屋）は、人の本音を代弁することによって相手を怒らせるのが趣味という露悪家であり、第十一章ではこんな発言をして女性たちの顰蹙を買う。

知り合いのペニーラヴ嬢（Pennylove ＝金好き）が良縁を求めているというので、「僕はうちの娘が適齢期になったら、クリスティに委託してオークションに出品することに決めている、「最高値の入札者を落札者とし、二人以上の入札者間に争いが生じた場合は再入札のこと」とね」と言ってやったよ。ペニーラヴ嬢は、繊細で品位ある女心に対してそんな失礼なことを考える殿方が、それも人の親ともあろう者がいるなんて、とひどく憤慨していたがね。

この台詞は『猫』第六章で迷亭と寒月が女の子の「依托販売」について語り合う場面を思わせる。サーカスティック氏はこの調子で政治家・聖職者・地主などを次々とからかいの対象にするが、陽気な性格と巧みな話術でどこか憎めないところも迷亭と似ている。

苦沙弥・迷亭・独仙の三人の人物は、漱石が自分自身のさまざまな面――神経質で偏屈な英語教師、落語を愛し座談に巧みなユーモリスト、哲学書に親しみ参禅の経験もある思索家――を取り出して描き分けたものであろうが、このようなかたちで姿と声を与えたのは、ピーコックに学んだところが大きいと思われるのである。

Ⅳ　『クロチェット城』

次に漱石が学生時代に熟読した『クロチェット城』の内容をやや詳しく紹介し、『猫』と比較してみよう。

タイトルであり作品の舞台となるクロチェット城は、テムズ川流域の美しい自然に囲まれた城郭風の邸宅である。館の主クロチェット氏（Crotchet ＝奇想）は株取引で財をなした富豪で、今は第一線を退き悠々自適の身分である。彼の趣味は各界の名士を館に招いてその講演や議論を楽しみ、道化師《ハーレクイン》の衣裳のようにつぎはぎの知識で自分を飾り立てることであった。常連の客人には、碩学で美食家の牧師フォリオット博士（Folliot、「Folle Ottimo ＝最良の肺」の転訛と説明があるが「folly ＝愚行」を連想させる）、万事を金銭的価値に置き換えて説明する経済学者マックィーディ（Mac Quedy＝Mac Q.E.D.＝証明の子）、超絶主義詩人スキオナー（Skionar＝ギリシア語「影の夢」）、中世にあこがれる郷士チェインメール（Chainmail＝鎖帷子《かたびら》）らがあり、青年画家フィッツクローム（Fitzchrome＝絵具の子）、地理学者フィルポット（Philpot＝川好き）、音楽家トリロ（Trillo＝トリル）なども加わって、政治・教育・芸術・恋愛等さまざまな話題について語り合う。

　クロチェット氏の息子は大学卒業後キャッチフラット社（Catchflat＝カモをひっかける）という金融業を営み、商売と資産の拡大を図って銀行家タッチャンゴー氏（Touchandgo《タッチ・アンド・ゴー》＝瀬戸際）の令嬢スザンナと婚約していたが、銀行が倒産してタッチャンゴー氏が行方をくらましたため破談となる。そこで今度は上流階級入りを狙い、フーリンコート伯爵（Foolincourt《フール・イン・コート》＝宮廷の愚か者）の令嬢クラリンダとの縁組を画策する。財政困難に陥っていた伯爵家側もクロチェット家の財産をあてにして乗り気になり、両者の思惑が一致して、伯爵の子息ボスノウル卿（Bossnowl＝ぼんくら）とクロチェット令嬢レンマの縁組とともに兄妹二組の縁談が同時に進められる。しかしクラリンダ嬢は貧しい青年画家フィッツクロームの求愛に心がゆれていた。一方郷士チェインメールは由緒正しい家柄の女性を求めていたが、ウェールズの農家に身を寄せて傷心を癒していたスザンナと出会い、その出自や過去を知らぬまま愛するようになる。最終的にはクラリンダとフィッツクローム、スザンナとチェインメールという二組の男女が、財産や家名よりも純粋な愛情と信頼によって結ばれ、物語はめでたく幕を閉じる。

　こうして梗概だけを見るとありきたりの恋愛喜劇のようだが、じっさいに巻をひらくと会話だけが何頁も続くかと思えば本筋とは脈絡のない茶番《バーレスク》が展開し、あるいは登場人物が唐突に詩を吟じ歌を唄うといった調子で、筋はいつしか閑却されてしまう。J・B・プリーストリーの言を借りれば「私たちがこれらの小説について考える時に思い出すのは、登場人物の行動ではなく言葉であり、読み返してはじめて筋らしきものも存在していたということに気づいて驚くことがよくある」(6)のである。こうした特徴は〈メニッポス的諷刺〉あるいはノースロップ・フライ謂う所の〈アナトミー〉的作品に共通するもので、もともと漱石はスウィフト、スターン、カーライル、ラブレーなどこの系譜の作家や作品に対して、本質的な親和性をつよく示している。(7)

ピーコックの〈談話小説〉の場合、それに加えて『猫』との類縁性は、登場人物の類型や作品の細部にも見出すことができる。一例としてクロチェット家令嬢レンマと金田家令嬢富子の描き方を比較してみよう。

ピーコック作品においてはあらゆる登場人物が多かれ少なかれ諷刺と笑いの対象になるが、女性たちだけは例外で、多くの場合は美しさと知性を兼ね備えウィットを解する魅力的な存在として描かれている。しかしその中にもさらに例外があり、金や地位にのみ固執する俗物やむやみに流行を追いかける軽薄な女性は、男性と同様に珍名が与えられ容赦ない揶揄と嘲笑の対象とされる。『ヘッドロング・ホール』中のロマンス小説作家ポピーシード女史(Poppyseed =罌粟の種=麻薬)や、『メリンコート』で娘の縁談に躍起になるピンマネー夫人(Pinmoney =小金)などがその典型である。

レンマの場合、その名 Lemma とはD・ガーネットによれば「利益、収入、儲け」(Gain, income,

profit）の意であり、(8)この点でも「金田富子」と好一対をなす存在といえる。また第一章には彼女の容貌について、次のように描かれている。

　令嬢は器量もそう悪い方ではなかった。ツィード川以北かパレスチナでならたぶん美人で通ったであろう。しかしテムズ川流域にしては、少々ソロモンの好みにかないすぎた嫌いがあり、その鼻はあまりにもくっきりと聳え、ダマスカスを望むレバノンの塔を思わせるものがあった。(9)

　これが褒め言葉でないことを理解するには少々説明が必要であろう。彼女の父クロチェット氏は、スコットランド人の父とユダヤ人の母を持つみずからの出自を隠し、テムズ河畔の豪邸を手に入れてイングランド紳士になりすましている。「ツィード川以北（＝スコットランド）かパレスチナでなら美人」とはそのことに対する皮肉であり、令嬢のエキゾチックな容姿をみれば血筋がわかるということである。とくに注意を要するのは、傍線部分つまりレンマの鼻についての形容である。「ダマスカスを望むレバノンの塔」とは、旧約聖書の雅歌七章二節、ソロモンが花嫁の美しさをたたえて歌ったと伝えられる

　汝の頸《うなじ》は象牙の戍楼《やぐら》のごとく、汝の目はヘシボンにてベテラビムの門のほとりにある池のごとく、汝の鼻はダマスコに対《むか》えるレバノンの戍楼《やぐら》のごとし。(10)

という一節をふまえている。

傍線部の詩句は本来、高く美しい鼻梁をあらわす比喩である。しかしこの文脈ではあきらかに、レンマ嬢の鼻が（しばしばユダヤ人の特徴とされる）鉤鼻であることを示しており、「ソロモンの好みにかないすぎた」という表現とともに、表向き聖書を出典とする詩的な語句を用いながら、その実きわめて差別的・侮蔑的な言辞と言わねばならない。ちなみに第三章で、フィックロームム青年からレンマについて訊ねられたフォリオット博士が「さよう、その目はベテラビムの門のほとりにあるヘシボンの池のようですな」と同じ詩句の引用をもって答えているのも、同じ含意と考えられる。

鼻といえばただちに連想されるのが、富子の母「鼻子」こと金田夫人である。『猫』第三章で、苦沙弥邸に乗り込んできた夫人の「偉大な鼻」を「吾輩」はこう描写する。

鼻丈《だけ》は無暗《むやみ》に大きい。……三坪程の小庭へ招魂社の石灯籠を移した時の如く、独りで幅を利かしてゐる。その鼻は所謂《いわゆる》鍵鼻で、ひと度は精一杯高くなつてみたが、これでは余りだと中途から謙遜して、先の方へ行くと、初めの勢いに似ず垂れかかつて、下にある唇を覗き込んでゐる。

金田夫人の鼻はレンマ嬢と同じ「所謂鍵鼻」であった。「招魂社の石灯籠」とは鼻の比喩としていかにも突飛であるが、この表現は「レバノンの塔」から連想されたものとは考えられないだろうか。

鼻以外にも「前髪が堤防工事の様に高く聳えて……天に向かつてせり出して居る。眼が切り通しの坂位な勾配で、直線に釣るし上げられて左右に対立する」とあり、顔の造作を建物や景観に喩える大仰さは、「その目はベテラビムの門のほとりにあるヘシボンの池」といったピーコックの表現に通じるものがある。

令嬢の富子自身は最後まで作品内に姿を見せることがなく、第三章で金田家に忍び込んだ「吾輩」が話し声を耳にするだけで容貌は直接には描かれていない。第二章で寒月が「あの奇麗な、あの快活なあの健康な○○子さん」と言っていることや、第六章で東風が自作の詩集に「世の人に似ずあえかに見え給ふ富子嬢に捧ぐ」と献辞を記していること、第十章で苦沙弥の生徒たちが悪戯とはいえ付け文を送ったことなどをみると、人目に立つ美貌の持ち主かとも思われるが、その一方で第三章には「声が鼻子とよく似て」おり「談話の模様から鼻息の荒いところなどを綜合して考へてみると、満更人の注意を惹かぬ獅鼻とも思はれない」とあり、鼻の形は母譲りであることを匂わせている。

レンマの場合も彼女自身はほとんど作品の表面にあらわれず、第三者の眼をとおして描かれるだけである。第五章クロチェット家の晩餐の場面では、ヒロインのクラリンダ嬢が隣席のフィッククロームに向かい、レンマについてこんな論評を下してみせる。

兄（ボスノウル卿）の隣がクロチェット嬢、私の義姉《あね》になる予定の方よ。わりと綺麗な人でしょ、それにとってもお上品なの。まあ一応は教養もおありで、テーブルの上はいつも新作の小説でいっぽいよ。マックィーディ氏のことを神のお告げみたいに思っていて、自分は「貴婦人《レディ》」と呼ばれたくてうずうずしてるわ。

この発言にもかなり辛辣な皮肉がこめられている。「わりと綺麗」（*rather* pretty）「とってもお上品」（*very genteel*）「まあ一応は教養もおあり」（*tolerably* accomplished）といった表現はむろん褒め言葉ではないし、「新作の小説」や「神のお告げ」の部分にも浅薄な似非《えせ》教養主義に対する軽侮の気分がにじみ出ている。

『猫』第十章には富子についてこれによく似た評言がみられる。苦沙弥の家を訪れた姪雪江が、淑徳婦人会で八木独仙が演説した時に富子も聴きに来ていたことを伝え、苦沙弥の細君と次のような会話を交わす。


「金田の富子さんて、あの向横町の？」

「ええ、あのハイカラさんよ」

「あの人も雪江さんの学校へ行くの？」

「いゝえ、只婦人会だから傍聴に来たの。本当にハイカラね、どうも驚ろいちまふわ」

「でも大変いゝ器量だつて云ふぢやありませんか」

「並ですわ。御自慢程ぢやありませんよ。あんなに御化粧をすれば大抵の人はよく見えるわ……

だけど、あの方は全くつくり過ぎるのね。なんぼ御金があつたつて――」

「つくり過ぎても御金のある方がいゝぢやありませんか」

「それもさうだけれども――あの方こそ、少し馬鹿竹になつた方がいゝでせう。無暗《むやみ》に威張るんですもの。……」

「只婦人会だから傍聴に来た」という「ハイカラ」ぶりや「無暗に威張る」という富子の性格には、新作小説や新進批評家を信奉し自分を「貴婦人」と呼ばせようとするレンマと通じるものがある。雪江の口吻はクラリンダ嬢よりもさらに手厳しいものだが、いずれの場合も論評を加えているのは若い未婚女性であり、その言葉には同性特有の棘がひそんでいる。このような会話の巧みさも両作家に共通の特色といえよう。

なお『猫』の連載後半には、『メリンコート』『悪夢の僧院』『グリル・グレンジ』など『クロチェット城』以外の〈談話小説〉との類似箇所も散見される。ことに独仙が登場する第九章から「太平の逸民」たちが顔を揃える第十一章にかけては、笑いの質そのものが単なる茶番や楽屋落ちから文明批評的な諷刺へとあきらかに変化しており、ピーコックの影響がより本質的なものに深化したことを感じさせる。この問題についてはいずれ稿を改めて考察したい。

V　ピーコックの周辺

それにしても文学史上どちらかといえばマイナーな存在であるピーコックに対して、漱石が関心を寄せたきっかけはいったい何だったのだろうか。大学の講義を含めて漱石がピーコックについて語った言葉は見当たらず、この点について何の手がかりも残されていないが、一つの可能性として注目したいのは、詩人シェリーや小説家ジョージ・メレディスとの関係である。

シェリーは学生時代の漱石がもっとも愛誦した詩人の一人であった。一八九四（明治二十七）年九月四日付の子規宛書簡には「「シェレー」の詩を読み候に其《その》句々甚だ小生の考へと合し天外亦《また》此同情の人あるかと大に愉快に存じ候」と記されている。彼の蔵書中には四種九冊のシェリー詩集と、『シェリー随筆書簡集』一巻、それにシェリー協会の会報七部が含まれているが、そのうち最も早い一八八四年の刊記を持つカンタベリー詩人叢書版『シェリー短詩集』は、一八九一（明治二十四）年頃、つまり『クロチェット城』とほぼ同じ時期に購入したと推定される。(11) 漱石はこの頃シェリーの親友であるピーコックという作家の存在を知り、興味を抱いたのではあるまいか。

ピーコックがシェリーと知り合ったのは一八一二年のことで、彼は二十七歳、シェリーは二十歳の青年であった。二人はすぐに互いの文学的才能を認め合い、旅先やシェリー邸のサロンで多くの時間をともに過ごすようになった。ピーコックはシェリーの最初の妻ハリエットとも親しく、シェリーとメアリ・ゴドウィン（のちのメアリ・シェリー、小説『フランケンシュタイン』の作者）との交際には批判的だったが、ハリエットが亡くなった後はむしろメアリと正式に結婚するよう勧めた。ピーコックは二人の女性の間で悩むシェリーの姿を『悪夢の僧院』の主人公サイスロップとして戯画化し、シェリー本人もそのことを知っていたが、二人の友情にはまったく変わりがなかったという。一八二二年シェリーが三十歳の若さでイタリアで客死した際には、彼の遺言執行者としてピーコックがメアリを支え、友人として最後のつとめを果たした。

この二人の交友については、『クロチェット城』のヘンリー・モーリーによる序文にも記されているから、漱石も知っていたであろう。さらに彼はその翌年、一八九二（明治二十五）年四月に『シェリー随筆書簡集』を購入し熟読しているが、この本に収録された書簡一一六通の約三分の一にあたる三十三通はピーコックに宛てたもので、これをみても二人の親密さがわかるのである。[12] 夭折した天才詩人とその死後に大成した小説家の友誼は、子規と漱石の関係を思わせるところもあって興味深い。

これに比して、ピーコックと娘婿メレディスの関係はいささか複雑かつ微妙なものである。

メレディスがピーコックの長女メアリ・エレン・ニコルズと初めて出会ったのは一八四六年のことで、当時メレディスは法律事務所に勤めながら文学的野心を抱く十八歳の青年、一方メアリは海軍中尉の夫を新婚二ヶ月にして海に喪い、忘れ形見の幼子をかかえた二十五歳の未亡人であった。才気煥発で父譲りの文才にたけたメアリは、兄ネッドとともにある文芸同人誌に参加し、そこでメレディスと出会って恋に落ちたのである。二人は三年後の一八四九年に結婚するが、メレディスがまだ若く貧

メレディスの妻メアリ・エレン（ヘンリー・ウォリス画、1858年）

ピーコック（ヘンリー・ウォリス画、1858年）

しかったため、メアリの実家すなわちピーコック家に身を寄せ、その後数年をピーコックの庇護の下で過ごすことになる。

　しかしやがて二人の結婚生活は破綻し、一八五八年にメアリはまだ幼い息子アーサーをメレディスの許に残して、若い画家ヘンリー・ウォリスと駆け落ちする。皮肉にもウォリスはメレディスの親しい友人で、メレディスはウォリスの代表作《チャタートンの死》（ロンドン、テイト・ブリテン蔵、一八五六）のモデルをつとめたほどであった。ロンドンの国立肖像画美術館《ナショナルポートレイトギャラリー》にあるピーコックの肖像もウォリスの画筆に成るものである（図版参照）。

　メアリは結局ウォリスとの恋にも破れ、愛児のもとに戻ることも叶わぬまま、三年後失意のうちに世を去った[13]。年老いたピーコックにとって「娘を喪ったことは耐えがたい悲しみ」[14]であった。晩年の作品『グリル・グレンジ』で老牧師が「老いの身にとってこよなき喜びであり、他のすべてに裏切られても決して裏切られることのない唯一つの恵み、それが娘というものです」（第十二章）と語る言葉を見るにつけても、その悲嘆のほどが思いやられる。一方、妻と親友に二重に裏切られたメレディスもまた、それ以上に深く傷ついたことは言うまでもない。彼はその悲痛な体験と苦悩を刻みつけるように連作詩集『モダン・ラヴ』と小説『リチャード・フェヴァレルの試練』を著した。

こうしてメレディスとピーコック父娘との関係は悲劇的な結末に終わった。とはいえメレディスにとってピーコックの身近で過ごした数年は貴重な経験であった。ピーコックは無名のメレディスが作品を発表できるよう尽力したとも伝えられ、メレディスは処女出版の『詩集』（一八五一）に「トマス・ラヴ・ピーコック氏に、義理の息子より深甚なる称賛と敬愛の念をこめて」（To Thomas Love Peacock, Esq., with the profound admiration and affectionate respect of his son-in-law）という献辞を記した。彼の代表作『エゴイスト』に登場するミドルトン博士――女主人公《ヒロイン》クレアラの父で古典と美酒美食をこよなく愛する奇人――は、ピーコックその人の面影を映したものと言われている。

さらに見逃せないのは、ピーコックがメレディスに与えた文学的影響である。[15] ウォルター・ローリーはメレディスが「どんな作家からよりもピーコックから、とりわけ女性の人物造型と饗宴風の場面において、多くのことを学んだ」と述べ、[16] プリーストリーは彼が「ロマンチックな物語《ナラテイヴ》が知的喜劇《コメディ》と一つに溶け合った、新しい型のフィクションを創造」し得たのは、「かの緻密にして熱烈なる喜劇の徒にして、倦むことなき喜劇精神の僕《しもべ》、トマス・ラヴ・ピーコックの影響」にほかならないと断言する。[17]

そしてそのメレディスこそ、漱石がもっとも愛読した作家であった。彼は『猫』を執筆中に『ピーコック小説集』を入手したが、それと相前後してメレディスの作品を次々と購入し読み続けていた。図書購入ノートで『ピーコック小説集』の前後を見るだけでも、『草枕』に引用されている『シャグパットの毛剃り』と『ビーチャムの生涯』、『猫』第十一章に言及のある『サンドラ・ベロニ』などの書名がならんでいる。小説家となった漱石があらためてピーコックに取り組んだ背景には、メレディスに対する関心も大きく作用していたのではあるまいか。

漱石は、詩と哲学あるいはロマンスと喜劇が渾然一体となったメレディスの作風に敬服していたが、それはメレディスがピーコックから学んだものでもあった。漱石はメレディスの『喜劇論』を熟読し、多数の下線・傍線を施したうえ「男女同権ナラザレバ嬉劇ナシ」と書き入れているが[18]、この有名な講演を行なったときメレディスはおそらくピーコックを意識していたにちがいない。漱石がメレディスとピーコックを並行して読んでいたという事実は、彼の作品のどこかに常にひらめく喜劇性・諷刺性に新たな光を投じるように思われる。

『猫』第二章で、迷亭は苦沙弥への年始状に「トチメンボーの御馳走」をしたいのだが「近頃材料払底の為め」代わりに「孔雀の舌の料理でも御風味に入れ」ようと申し出、孔雀は「普通の鳥屋抔《など》には一向見当」らぬ珍品であり「豪奢風流の極度と平生よりひそかに食指を動かし居候」と記す。いうまでもなく「トチメンボー」とは俳人安藤橡面坊の名をメンチボー（メンチボール）に掛けた洒落であり、「材料は日本派の俳人」だから「近頃は横浜へ行つても買はれません」というのがオチである。この伝でいえば、彼が「風流の極度と平生よりひそかに食指を動かし」ていた孔雀《ピーコック》の舌《タン》とは、普通の本屋などには「一向見当」らないピーコックの談話《タン》だったのかもしれない。
迷亭が約束どおり苦沙弥に孔雀の舌の料理を「御馳走」したかどうかは甚だ疑わしい。しかし漱石はピーコックの〈談話小説〉をみごとに料理してみずから饗宴の卓に供したのである。

註

（1）板垣直子『漱石文学の背景』（鱒書房、一九五六）一五〜六七頁、飯島武久「『吾輩は猫である』と『トリストラム・シャンディ』――類似的技法を中心として」（『山形大学紀要』九巻一号、一九七八年二月）、同「『吾輩は猫である』における「遊び」と「逸脱」――『トリストラム・シャンディ』と関連して」（同九巻四号、一九八一年一月）、伊藤誓「スターン、漱石、ルキアノス――〈メニッポス的諷刺〉について」（『スターン文学のコンテクスト』法政大学出版局、一九九五）、安藤文人「「海鼠の様な文章」とは何か――『吾輩は猫である』と〈アナトミー〉」（『比較文学年誌』三十四号、早稲田大学比較文学研究室、一九九八年三月）など。

（2）これまで漱石とピーコックとのかかわりを直接扱った論考は見あたらないが、高山宏に「ローレンス・スターンとその直後のトマス・ラヴ・ピーコックの名を代表とする（小生かねていうところの）テーブル・トーク文学の、意外や極東の直系《すえ》が即ち『猫』である」との指摘がある。「吾輩は死ぬ」、『漱石研究』第十四号（翰林書房、二〇〇一）四四〜四五頁。高山「円卓のセミオティケー　ピーコックの祝祭小説」、『アリス狩り』（青土社、一九八一）一九七〜二一九頁）は（漱石への言及はないが）ピーコックと饗宴小説を縦横に論じて圧巻である。鈴木善三『イギリス諷刺文学の系譜』（研究社出版、一九九六）はメニッポス的諷刺の伝統に連なる作品としてピーコックの『ヘッドロング・ホール』を紹介し（二一八〜二二五頁）、また漱石の「トリストラム・シャンデー」（『江湖文学』、一八九七）はメニッポス的諷刺の本質を探り出していたとする（二七三〜二七八頁）。このほかピーコックに関する邦文文献に吉賀憲夫「トマス・ラヴ・ピーコックの『エルフィンの災難』とウェールズの伝説」（『旅人のウェールズ――旅行記でたどる歴史と文化と人』晃学出版、二〇〇四、二一八〜二三八頁）、ピーコック作品の邦訳として梅宮創造訳／T・L・ピイコック『夢魔邸』（旺史社、一九八九、『悪夢の僧院《ナイトメア・アビー》』の邦訳）がある。

（3）「鼻子」は第三章では「吾輩」のつけた渾名であるが、第四章からは本名となり夫にも「鼻子」と呼ばれている。「津木ピン助」と「福地キシャゴ」の名前は、一高で漱石の同僚であった杉敏介《びんすけ》と菊池寿人《ひさと》をもじったものと言われている。守随憲治『真の教育者杉敏介先生』（新樹社、一九七三）九三〜九四頁参照。「立町老梅」は第六章で迷亭の話に出てくる「老梅君」と同一人物と思われるがさだかではない。

（4）田部隆次校訂の講義録がある。'Thomas Love Peacock', R. Tanabe ed., *Some Strange English Literary Figures of the Eighteenth and Nineteenth Century in a Series of Lectures by Lafcadio Hearn*（北星堂、一九二七), pp. 103-111. 邦訳に『ラフカディオ・ハーン著作集』第十巻「英文学畸人列伝」（恒文社、一九八七）があり、引用はこの訳文に拠った。

（5）拙稿「漱石自筆図書購入ノート翻刻」（拙著『漱石の源泉――創造への階梯』資料編）三四頁前後を参照。

（6）J. B. Priestly, *Thomas Love Peacock* (London: Macmillan & Co., 1927, repr. 1966), p. 134.

（7）『猫』を〈メニッポス的諷刺〉／〈アナトミー〉として分析した論考に、柄谷行人「漱石とジャンル」（『漱石論集成』、第三文明社、一九九二）や前掲（註1）伊藤論文・安藤論文などがある。

（8）*The Novels of Thomas Love Peacock*, ed. with Introductions and Notes by D. Garnett (London: Rupert Hart-Davis, 1948), p. 654. ピーコック作品の読解や寓意の解釈については、Marilyn Butler, *Peacock Displayed: A Satirist in his Context* (London: Routledge & Kegan Paul, 1979) も参照。

（9）下線部原文は次のとおり。... had a nose which rather too prominently suggested the idea of the tower of Lebanon, which looked towards Damascus.

（10）下線部原文は次のとおり。... thy nose is as the tower of Lebanon which looketh toward Damascus.

（11）『シェリー短詩集』には購入日は記されていないが、同じカンタベリー詩人叢書の『チョーサー』に「K Natsume / 11th Sept. 1891」の署名があり、巻末広告頁の『シェリー短詩集』を含む十点に印が付いていることから、同じ頃に購入したと考えられる。

（12）P. B. Shelley, *Essays and Letters*, Camelot Classics（London: W. Scott, 1887）. 見返し遊びにセピア色のインクで「K. Natsume / April 1892」と署名があり、書簡も含め随所に下線・傍線がみられる。ピーコックとシェリーの関係については、Howard Mills, *Peacock: his Circle and his Age*（Cambridge UP, 1969）を参照。

（13）筆者は以前、先行文献（大沢衛「メレディス」、『英米文学史講座9　十九世紀Ⅲ』研究社、一九六一）の記述に従って、メアリの死を「自殺」と記した（前掲拙著一四二頁および一七九頁）が、その後入手した資料により、自殺ではなく腎浮腫（renal dropsy）による衰弱死であることが判明した。C. L. Cline ed., *The Letters of George Meredith*, 3 vols.（Oxford: Clarendon Press, 1971）, Vol. 1, p. 108. および David Williams, *George Meredith His Life and Lost Love*（London: Hamish Hamilton, 1977）, pp. 46-47 参照。ここに誤りを訂正しお詫び申し上げます。

（14）メアリの娘でありピーコック最愛の孫娘であったエディス・ニコルズの回想による。Edith Nicolls, 'A Biographical Notice of Thomas Love Peacock by His Grand-daughter', *The Works of Thomas Love Peacock*, 3 vols.（London: R. Bentley & Son, 1875）Vol. 1, p. 1.

（15）この問題を扱った論考として A. H. Able, *George Meredith and Thomas Love Peacock: A Study in Literary Influence*（New York: Phaeton Press, 1970）がある。

（16）Walter Raleigh, *On Writings and Writers*.（London: Books for Libraries Press, 1926）, p. 154.

（17）J. B. Priestly, *op. cit.*, pp. 83-84. ピーコックの喜劇性については、Carl Dawson, *His Fine Wit: A Study of Thomas Love Peacock*（U of California P, 1970）も参照。

（18）前掲拙著資料編第一部「漱石旧蔵メレディス作品自筆書き入れ翻刻」二〇〜二二頁。

第四章　ロンドンの異邦人たち——漱石・カーライル・シャープ

Ⅰ　「カーライル博物館」の材源

「カーライル博物館」は一九〇五（明治三十八）年一月十五日丸善発行の雑誌『学鐙』に掲載された短篇である。漱石はこの年元日発行の『ホトトギス』に「吾輩は猫である」（現・『吾輩は猫である』第一章）を発表して一躍その文名を知られるようになったが、それから半月のうちに、英国留学中の体験を題材とした二つの短篇を矢継ぎ早に世に送っている。一つは一月十日発行『帝国文学』所載の「倫敦塔」、もう一つがこの「カーライル博物館」で、この二作もデビュウ作に準ずるといってよいだろう。しかし「倫敦塔」が詩的・幻想的であるのに比して「カーライル博物館」は散文的・日常的とされ、従来やや軽く扱われてきた感が否めない。[1]

漱石がトマス・カーライル（一七九五～一八八一）を愛読したことはよく知られており、英文学関係の評論や東大での講義で取り上げているの[2]は当然として、一高本科一年時の一八八九（明治二十二）年六月に学校に提出した‘My Friends in the School’（わが学友たち）と題する英作文のなかで既に、二人の（現実の）級友に加え、カーライルを三人目の「わが友」として登場させている。夢の中にカーライルがあらわれ、「君はいつもぼくの話を喜んで聞いたじゃないか。君はいつもぼくの味わい深い話に感心したじゃないか。それどころか、君はぼくを真似ようとしたじゃないか、うまくいかなかったけど。……二、三日前、君の英語の教師が、君にぼくの真似をしないように、警告しただろう[3]」と語りかけるのである。この作文じたいカーライルの代表作『衣装哲学』を下敷きにしたところがあり、その傾倒ぶりがうかがえる[4]。

トマス・カーライル
肖像と署名

『吾輩は猫である』においても、第二章・第七章・第十一章の三箇所にカーライルや『衣装哲学』について言及があるが、そこには偉大な思想家というより、むしろ「胃弱」（第二章）で「変物」（第十一章）であった人間カーライルにみずからとの共通点を見出し、親近感を抱いていることが読みとれる。

漱石がロンドン・チェルシーにあるカーライル旧宅を初めて訪れたのは、留学二年目の一九〇一（明治三十四）年八月三日のことであった[5]。「カーライル博物館」はその体験を綴ったものだが、じっさいは記述の多くを現地で買い求めた*Carlyle's House Catalogue*《カーライルズハウスカタログ》というガイドブックに拠っていることが、大村喜吉氏を嚆矢とする数々の先行研究によって夙《つと》に明らかにされている[6]。しかし筆者が注目したいのは、むしろガイドブックにはみられない箇所——作品の冒頭、カーライルが散歩中に公園で演説していた男と言葉を交わす、次のようなくだりである。

　公園の片隅に通り掛《がかり》の人を相手に演説をして居る者がある。向ふから来た釜形《かまがた》の尖つた帽子を被《か》づいて古ぼけた外套を猫背に着た爺さんがそこへ歩みを佇《とど》めて演説者を見る。演説者はぴたりと演説をやめてつかつかとこの村夫子のたゝずめる前に出て来る。二人の視線がひたと行き当る。演説者は濁りたる田舎調子にて御前はカーライルぢやないかと問ふ。如何《いか》にもわしはカーライルぢやと村夫子が答へる。チエルシーの哲人《セージ》と人が言囃《いいはや》すのは御前の事かと問ふ。成程《なるほど》世間ではわしの事をチエルシーの哲人《セージ》と云ふ様ぢや。セージと云ふは鳥の名だに、人間のセージとは珍らしいなと演説者はからからと笑ふ。村夫子は成程《なるほど》猫も杓子《しやくし》も同じ人間ぢやのに殊更に哲人《セージ》抔《など》と異名をつけるのは、あれは鳥ぢやと渾名《あだな》すると同じ様なものだのう。人間は矢張り当り前の人間で善かりさうなものだのに。と答へて是もからからと笑ふ。

　少し説明を加えると、カーライルは一八三四年三十八歳にして故郷スコットランドを離れてから一八八一年八十五歳で世を去るまで半世紀近くチェルシーに住み、周囲からは敬愛をこめて「チェルシーの哲人《セージ》」(the Sage of Chelsea) と呼ばれた。この「演説者」はそれをふまえて、鳥のなかに「セージ」と呼ばれる種類 (sage sparrow, sage grouse など) があることから、「哲人《セージ》と言ったって鳥じゃあるまいし」とからかったのである。

このエピソードには、「哲人」という既存のカーライル像をいったん払拭し、変わり者ではあるが朴訥としてどこかユーモラスな「村夫子」のイメージを印象づけるという意味があると思われる。さらに続く段落では、「余」という漱石自身を思わせる語り手が、夕方「散歩する度《たび》に」川縁から対岸のチェルシーを眺めては、「必ずカーライルと演説使ひの話しを思ひだす。……カーライルは居らぬ。演説者も死んだであらう。然《しか》しチエルシーは以前の如く存在して居る。否彼の多年住み古した家屋敷さへ今猶儼然と保存せられてある」とあり、このくだり全体が、過去から現在へ、そして作品の舞台であるカーライル旧宅への巧みな導入部となっている。

この「カーライルと演説使ひの話し」(以下「演説使ひの話し」) についてはこれまで典拠が特定されず、漱石の「空想」もしくは見学のさい案内者の語った「伝承」などと考えられてきた。(7) しかし漱石がこのエピソードを記すにあたって参照したと思われる文献が存在するのでここに紹介したい。英国の文筆家ウィリアム・シャープが一九〇四年に刊行した『文学地誌』(*Literary Geography*) という書物で、作家ゆかりの地や名作の舞台となった場所など、文学と土地とのかかわりをテーマとした、十二章から成るエッセー集である。

著者はその第九章 'The Country of Carlyle' において、カーライル・カントリーといえばむろん彼の生まれ故郷（スコットランド）だが、唯一の例外はロンドンであり、〝チェルシーの哲人〟という通り名がその証しであると述べ、次のような「面白い話」（an amusing story）を紹介している。

ある日カーライルは友人とハイド・パークのマーブル・アーチ口付《ぐち》近を（「黒いフェルト・コート、灰白色のズボン、つばの広い灰白色のフェルト帽、時代遅れの襟飾り、太い杖、常にもまして黒白乱生した髪と、それにも劣らぬ髭、しわだらけの、苦虫をかみつぶしたような顔で」）散歩していたが、一人の民衆扇動家が無気力で無関心な聴衆を相手に、選挙権の問題について演説しているのを見ると、ふと足をとめて聞き入っていた。不意に荒削りな御仁が集団を離れ、一言の挨拶も前置きもなく、アナンデール訛り丸出しでカーライルに声をかけた。

「あんれまあ、おめえエクレフェハンのタム・カーライルでねえか」

かの偉人は目を輝かせてうなづいた。

「世間じゃチェルシーの哲人《セージ》とか言うんだべ」

「さよう、ヅまらん連ヅウの言うことでのう」（と、こちらも同じお国訛りである）

「はァて」男はさも馬鹿にしたように言った、「おらぁ良ぐ知らねえが、鳥の名前か何かでそげな言葉さ聞いたようだども、人間さまにゃあ聞いだことねえぞ」

カーライルは心から楽しげに笑ったが、後になって一緒にいた友人に、同郷の士の無遠慮な皮肉は「ながなが良えどころを穿っておる」と語り、こう付け加えた――「大体このわしにせよ誰にせよ、自分の仲間から〈哲人《セージ》〉などと持ち上げられ、おまけにその〈哲人《セージ》〉が通り名になるとは、何たることじゃ？」(8)（引用者訳・以下同）

一読してこれはあきらかに「演説使ひの話し」と同話とみてよいだろう。公園を散歩中に辻演説を見物していて話しかけられるという設定や二人のやりとりなど大筋で共通しているほか、具体的な表現においても、演説者の口調について「カーライル博物館」に「濁りたる田舎調子にて」とあるのに対し、『文学地誌』には「アナンデール訛り丸出しで」(in a broad Annandale accent) とあり、会話部分でもきわめて訛りの強い英語を文字に写している。また揶揄されたことへのカーライルの反応も、「カーライル博物館」では「是もからからと笑ふ」、『文学地誌』では「カーライルは心から楽しげに笑った」(Carlyle laughed heartily) と、ほとんど直訳に近い。このように細部にいたるまで一致がみられることから、これこそ「演説使ひの話し」の典拠であり、それも記憶に拠ったのではなく、おそらく原典をかたわらに置いて書いたと推定される。

ちなみに、この挿話の舞台となったのはロンドン・ハイドパークの北東隅にある〝スピーカーズ・コーナー〟で、いまも週末ともなると人々が集まって思い思いに演説や議論を弁じ、言論の自由を象徴するとともに観光名所にもなっている。

漱石はカーライル旧宅を見学した半月後、一九〇一（明治三十四）年八月十七日（土）と二十五日（日）にここで演説を聴いており(9)、同年十二月十八日付の正岡子規宛て書簡にも「日曜日に「ハイド、パーク」抔《など》へ行くと盛に大道演説をやつて居る」と記している。一八七二年に制定された公園管理法（The Park Regulation Act 1872）によって、公園の一画を集会や演説の場として利用することが公に認められていたのである。[10]

ここで興味深い事実が浮かび上がる。『文学地誌』が出版されたのは一九〇四（明治三十七）年十月、[11]一方「カーライル博物館」は同年十二月下旬に執筆され、翌年一月に発表されている。つまり漱石は『文学地誌』を出版からわずか二ヶ月程のうちに読み、自作に取り入れたということになる。もっともシャープの自序によれば、この本は一九〇三年から一九〇四年にかけて断続的に雑誌『ペルメル・マガジン』（*The Pall Mall Magazine*）に掲載された文章をまとめたものだが、いずれにせよ漱石は一九〇二（明治三十五）年十二月に英国を離れており、留学中にはこの文章に接する機会はなかった。したがって「カーライル博物館」の語り手が「散歩する度に……必ずカーライルと演説使ひの話しを思ひだす」というのはまったくのフィクションだったのである。

さらに「演説使ひの話し」には『文学地誌』の記述を意図的に書き換えた箇所がある。公園を散歩するカーライルの風体を、『文学地誌』では「黒いフェルト・コート、灰白色のズボン、つばの広い灰白色のフェルト帽、時代遅れの襟飾り、太い杖、常にもまして黒白乱生した髪と、それにも劣らぬ髭、しわだらけの、苦虫をかみつぶしたような顔」と描写している。一方「カーライル博物館」では「釜形《かまがた》の尖つた帽子を被《か》づいて古ぼけた外套を猫背に着た爺さん」と、表情の険しさを示す言葉が除かれた上、「村夫子」のイメージを強調するように、原文にはない「釜形の尖つた帽子」「猫背」とい

E. J. サリヴァン画『衣装哲学』
扉口絵　カーライル

同・41頁挿絵
主人公トイフェルスドルック

った特徴的な表現が加えられているのだ。

この描写については、『文学地誌』とは別に、漱石が参考にしたと思われる材源がある。散歩するカーライルを描いた肖像画で、その姿はまさに「釜形《かまがた》の尖つた帽子を被《か》づいて古ぼけた外套を猫背に着た爺さん」そのものである（左上図版参照）。

この絵――正確には銅版画《エッチング》――は、漱石蔵書中にある挿絵入り版『衣装哲学』（*Sartor Resartus: The Life & Opinions of Herr Teufelsdröckh*, 1900）の扉口絵で、作者は十九世紀末から二十世紀初頭にかけて活躍した英国のイラストレイターE・J・サリヴァンである。彼はかねて愛読していた『衣装哲学』にみずから七十九葉のイラストを描き、挿絵入り版として一八九八年に刊行、本文と不即不離の諧謔味と独創性で大好評を博した。漱石手沢本はその二年後に出た第二刷で、購入時期は一九〇四（明治三十七）年末すなわち「カーライル博物館」執筆の頃と推定され

る。漱石自筆図書購入ノートには

840.　Carlyle　*Sartor Resartus.* illustrated by E. J. Sullivan.　2.25[12]
（「840」はリストの通し番号、「2.25」は代金二円二十五銭を示す）

とサリヴァンの名が注記され、彼のイラストに対する関心の高さを物語っている。『文学地誌』の伝えた逸話とサリヴァンの描いた肖像は、ともに「偉人」「不屈の人」「厭世的な哲学者」といった既存のイメージとは異なる、いわば等身大の愛すべき人間カーライルの姿をとらえていた。漱石はこうした最新の資料からインスピレーションを得て、新しいカーライル像を提示しようとしたのであり、そこには明確な創作意識があったと考えられるのである。

II　『文学地誌』とウィリアム・シャープ

ここで『文学地誌』の目次により、その内容を確認しておこう。

Contents

2　The Country of Stevenson.（R・L・スティーヴンスン）
3　Dickens-Land.（チャールズ・ディケンズ）
4　Scott-Land.（ウォルター・スコット）
5　The Country of George Eliot.（ジョージ・エリオット）
6　Thackeray-Land.（W・M・サッカレー）
7　The Brontë Country.（ブロンテ姉妹）
8　Aylwin-Land（Wales and East Anglia）.（『エイルウィン』）
9　The Carlyle Country.（トマス・カーライル）
10　The Literary Geography of the English Lakes.（イングランド湖水地方）
11　The Literary Geography of the Thames.（テムズ川）
12　The Literary Geography of the Lake of Geneva.（スイス・レマン湖）

（原著には章番号はないが便宜上引用者において付した）

これが全十二章の内容である。各章約二十頁・全二四八頁の本文と、章ごとに挿入された全六十葉のグラビアで構成されている。

この目次を一瞥して驚くのは、カーライルのほかにも、漱石の愛読した作家や作品ばかりが並んでいることである。まず巻頭のジョージ・メレディスは、いうまでもなく漱石がもっとも傾倒し生涯にわたって大きな影響を受けた作家である。[13] 続くスティーヴンスンも「西洋ではスチヴンソンの文が一番好きだ」[14]というほど贔屓《ひいき》の作家であり、『吾輩は猫である』『坊っちゃん』『彼岸過迄』などの作品に言及や影響が指摘されている。[15] またこの中で唯一作品名が章題に掲げられた『エイルウィン』は、ウォッツ＝ダントンが一八九八年に発表し「ラファエル前派の画を小説にした」[16]と評されたベストセラーであるが、当時五高教授だった漱石は出版の翌年いちはやく熊本まで取り寄せて熟読し、精細な批評を発表し称賛している。[17]

さらに第十章以降は個々の作家や作品ではなく、湖水地方やテムズ河畔といった地域がテーマとなっているが、そこでもラスキン、テニスン、スウィンバーン、ウィリアム・モリス、ロセッティなど、ラファエル前派を中心に、漱石がつよい関心を示した作家や芸術家が数多く登場し、著者シャープと漱石が単に同時代人というだけでなく、文学的嗜好や興味のありようを共有していたことをうかがわせる。これにはシャープの経歴が大きく関わっている。

ウィリアム・シャープ

ウィリアム・シャープ（一八五五〜一九〇五）はスコットランド中部ペイズリーの出身で、若くして故郷を離れロンドンに出た。二十四歳のとき友人の紹介でダンテ・ゲイブリエル・ロセッティに出会うやたちまち心酔し、チェルシーのロセッティ邸に入りびたりとなる。ここにはロセッティと弟ウィリアム・マイケル・ロセッティのほか、若き日のメレディスとスウィンバーンも住んでいたことがあり、ラファエル前派を中心とする芸術サロンとなっていた。この邸はカーライルの家にも程近く、漱石もカーライルの家を見学したさいに立ち寄っている。[18] シャープはここで右の四人をはじめ、ウォッツ＝ダントン、ウィリアム・モリス、ブラウニングなど数々の文人・芸術家と親交を結び、みずからも詩や評論を書き始める。

一八八二年ロセッティが他界すると、シャープは大きな衝撃を受けつつも出版社のもとめに応じて、ロセッティにかんする初の本格的評伝『ダンテ・ゲイブリエル・ロセッティ――記録と研究』（*Dante Gabriel Rossetti: A Record and a Study*）を発表し脚光を浴びた。これをきっかけに、評論・紀行・小説など多彩なジャンルに筆を揮い、古典叢書や詩集の編者としても活躍するようになる。その一方、一八九四年からフィオナ・マクラウド（Fiona Macleod）という女性名でケルト民話の再話と創作活動を旺盛に行ない、W・B・イェイツらとともにケルト復興運動の一翼をになった。

こうしてみると『文学地誌』はシャープの文学的経歴の集大成ともいうべき作品であり、取り上げた作家の多くは個人的にも親しい存在だったのである。カーライルについても、直接の面識はなかったとはいえ、シャープの周囲にはメレディスをはじめカーライルをよく知る人も多く、彼自身も同じスコットランド人として特別な親しみを感じていたと思われる。「演説使ひの話し」において、カーライルが同郷人にふるさとの訛りで呼びかけられたことに目を輝かせ、自分も同じ訛りで応じるなど、スコットランド人としての誇りが強調されていたのも当然であろう。

しかしここで気になるのは、その前段にある次のような記述である。

〈チェルシーの哲人〉というおなじみの呼び名は、いかに世間でカーライルが一つの地域と特別に結びついて認識されてきたかを物語っている。だがそれは彼が嫌悪した都市の一部であり、最も有名だとしても最も不幸な歳月を過ごした場所であった。……彼自身はむしろアナンデールの哲人として知られる方を望んだにちがいない。あるいはできることなら、どんな呼称も御免蒙りたかったかも知れない。彼はレッテルをつける名人だったが、本人はレッテルが嫌いだった。(19)
（傍線引用者）

このくだりからただちに連想されるのは、漱石が『文学論』の「序」に記した有名な一節――「倫敦《ロンドン》に住み暮らしたる二年は尤《もっと》も不愉快の二年なり。余は英国紳士の間にあつて狼群に伍する一匹のむく犬の如く、あはれなる生活を営みたり」という述懐である。たしかにカーライルがロンドンの喧噪に悩まされたことはよく知られており、漱石も「カーライル博物館」に描いているが、シャープの口吻はそれを逸脱し、むしろ彼自身の屈折した心情を投影しているように感じられる。チェルシーにはロセッティ邸もあり、シャープにとっても思い入れの深い土地のはずだが、これはどういうことであろうか。

出版界で活躍しはじめた頃の彼を知る人たちは、ほとんど異口同音にその印象を、人目をひく長身の美青年で、自信と活気にあふれ、人あたりの良さと押しの強さで編集者の懐にとびこむ術は誰にも負けなかった——と語っている。(20) ところがエリザベス夫人の回想によれば、当時の彼は社交的な外見とは裏腹に、ロンドンという都会にも編集の仕事にも強い嫌悪と反発をいだき、つねに精神的に不安定な状態だったという。(21)

むろん要因の一つは、彼がスコットランド出身だったことである。フレイヴィア・アラヤはその著書『ウィリアム・シャープ——「フィオナ・マクラウド」、一八五五—一九〇五』（一九七〇年）において、シャープがスコットランド人であったことが重要なのは、そのことがやがて彼をケルト作家へと導いたという自明の理由からではなく、「大部分の英国人《イングリッシュ》にとってイングランド人《イングリッシュ》であることがすべてを意味した時代に、彼をイングランド人《イングリッシュ》ではないものとした」からであると分析している。(22) イングランドとスコットランドのあいだに横たわる歴史的背景そして今なお厳然と存在する対立や差別を考えると、大英帝国はなやかなりし時代に、スコットランド出身の無名の青年がロンドン出版界で地歩を得るためにどれほどの困難と葛藤に遭遇したか、想像にかたくない。

だがシャープは外見と内面の乖離という面で、さらに深刻な問題をかかえていた。彼は子どもの頃からしばしば自分が女性であると空想し、自分の中に女性人格の存在を感じていたという。男女二つの人格の分裂と相克は次第に抑えがたいものとなり、ついにはフィオナ・マクラウドという架空の女性作家を出現させるにいたる。(23) 世間にはフィオナを親戚の女性とふれこみ、みずからは代理人としてフィオナ名義の作品を発表したところ、皮肉にも本人名義の作品よりはるかに高く評価され、フィオナは〈ケルトの歌姫〉（Celtic siren）として称賛を浴びることになる。フィオナがシャープの筆名であり分身であることは秘密として保たれ、家族とわずかの関係者のほか誰にも明かされなかった。『文学地誌』出版から約一年後の一九〇五年十二月、シャープは五十歳で世を去り、翌年二月その遺言によって一人二役の秘密が公表された。このとき、メレディスやイェイツなどごく少数の親しい友人には次のような遺書が届けられた。

この手紙は僕が死んでから君に届くはずだ。君はぼくがフィオナ・マクラウドの件で君をすっかり騙していたと思うだろう。しかし本当はそうではない。君にいろいろな点で（やむを得ず）誤解を与えてきたことはたしかなのだが。ただ、これは神秘と言うしかない。自分でも説明がつかないのだ。たぶん君なら直観的にわかってくれるか、いつかわかる日が来るだろう。「あとは沈黙だ。」さらば。

ウィリアム・シャープ

ただし付け加えていえば、「フィオナ・マクラウド」名義で書かれたあらゆる作品の著者が（字義上も文学的意味でも）この僕であり、僕ひとりであることは、紛れもない事実である。(24)

（引用者訳）

二十年来の友人であったメレディスは、かねてからフィオナの作品を称賛し、彼女と手紙のやりとりをしたり、シャープ宅でフィオナと称する女性に紹介されたことさえあった（シャープの妹が代役をつとめていたとみられる）だけに、遺書を受け取ったときの驚きと当惑を友人への書簡に記している。[25]この告白は、友人たちのみならず、欧米文壇に大きな衝撃をもたらし、センセーショナルに報じられた。はたして漱石はこのことについて知っていたのだろうか。

漱石の蔵書中には、次の三点のシャープの著書・編著書がある。

①William Sharp ed., *The Songs, Poems, and Sonnets of William Shakespeare*（London: W. Scott, 1898）

②William Sharp & E. A. Sharp, *Progress of Art in the Century & A History of Music in the 19th Century*, The 19th Century Series（London/Edinburgh: W. & R. Chambers, etc., 1906）

③Fiona Macleod, *Where the Forest Murmurs: Nature Essays*（London: Office of 'Country Life', 1906）

①はシャープが編纂した『シェイクスピア詩集』で、帝大英文科在学中の一八九一（明治二十四）年十一月十日に購入したもの[26]だが、このときは編者シャープについてさほど意識していなかったと思われる。

②はシャープ名義の芸術評論集で妻エリザベスとの共著（シャープが美術評論、エリザベスが音楽評論を担当）、③はフィオナ・マクラウド名義の随筆集であるが、漱石は一九〇七（明治四十）年にこの二冊を同時に購入し、図書購入ノートにも

996. Sharp,　*Progress of Art in the Century.*　2.50
997. Macleod　*Where the Forest Murmurs.*　3.00

と並べて記載しているから、おそらく同一人物と認識していたと考えられる。[27] 一九〇七年といえばシャープの秘密が公表された次の年である。漱石も海外文芸誌などの報道に接して、『文学地誌』の著者の「二つの人格」に興味を持ち、それぞれの名義の最新刊を購入して読み比べてみようと考えたのではあるまいか。

その翌年すなわち一九〇八（明治四十一）年、漱石は『三四郎』の構想とみられる一連のメモ[28]を手帳に記しているが、その中にシャープについて興味深い記述がみられる。このメモには、「A」「B（Aノ友達）」「C（Aノ先輩）」など登場人物をアルファベットで表し、各人物の性格や言動を箇条書きにしたリストがあり。Aが三四郎、Bが与次郎、Cは野々宮に該当するとみられる。その「C」の項に、「miracle occult art and occult nature」（下線原文）「Swedenborg」「Conception of love」といった記述に交じって、「Sharp and Macleod.」という一行が記されているのである。これをみる限り、「C」（野々宮）は奇跡・オカルト・スウェデンボルグの神秘主義などに関心を持ち、「シャープとマクラウド」の二つの人格についても知識のある人物という設定であったと思われる。

さらに「B」（与次郎）の項のはじめには「his criticism on (C) as man of bifurcated nature」とある。

うのだ。'bifurcate' とは元来一つのものが二つに枝分かれした状態を示す単語で、'double-faced'（裏表のある）や 'double-dealing'（二枚舌）のように不誠実な言動を示すのではなく、本質的な人格の二重性をあらわしている。まさにシャープの事例を想起させる表現であり、ここでも構想段階における野々宮の人物造型とシャープとのかかわりがうかがわれる。

じっさいに作品化された『三四郎』においては、構想メモのこの部分は反映されておらず、シャープについて言及もみられない。しかし現行作品に描かれた野々宮の人物像から、その痕跡――たとえばバイセクシュアルの匂い――を読みとることも可能ではあるまいか。少なくとも漱石がこの問題について相当の関心を持ち、作品に取り入れようとしていたことはまちがいないであろう。

Ⅲ　異邦人たち

ここで日本におけるウィリアム・シャープ受容について概観しておこう。漱石が手帳に「Sharp and Macleod.」と記してから二年後の一九一〇（明治四十三）年、エリザベス夫人による回想録『ウィリアム・シャープ（フィオナ・マクラウド）――回想記』（*William Sharp (Fiona Macleod): A Memoir*）が上梓され、その特異な人格の実態がかなり詳細に明かされた。シャープ自身とフィオナとの間で手紙をやりとりしていたことも明らかになったが、これは世間の目を欺くためというより、みずからの精神のバランスを保つためだったと考えられる[29]。

これを読んだ薄田泣菫は、一九一四（大正三）年「内部両性の葛藤」と題する評論を発表し「男女の両性をほとんど半分ずつもっていた」人物としてシャープを紹介した[30]。漱石を別にすれば、これがわが国におけるシャープ受容の最も早い事例とみられる。一九二〇（大正九）年には木村毅が、泣菫の論考と海外の研究をふまえ、「個人内に於ける両性の争闘」と題して、シャープの作品を紹介しつつ、「二重人格」や「両性具有」について論じている[31]。

翻訳の面では、早くは一九一七（大正六）年頃から、ケルト文学の翻訳で知られる松村みね子（片山廣子）が主としてフィオナ名義の物語や戯曲を次々と翻訳しては『三田文学』『心の花』などの雑誌に発表し、一九二五（大正十四）年に『かなしき女王　フィオナ・マクラオド短編集』（第一書房[32]）として出版した。一九八三（昭和五十八）年には、荒俣宏がフィオナ名義の短篇を翻訳し、彼自身による解説「北方の昏《くら》い星――フィオナ・マクラウドとスコットランドのケルト民族について」を付して『ケルト民話集』（月刊ペン社）として刊行した[33]。

だが何といっても、ウィリアム・シャープといえば忘れることのできないのが、尾崎翠の存在である。彼女が一九三二（昭和七）年に発表した短篇「こほろぎ嬢[34]」は、作者自身を思わせる主人公こおろぎ嬢が、異国の詩人ゐりあむ・しやあぷ氏と女詩人ふいおな・まくろおど嬢の不思議な恋と死のものがたりを発見して心を奪われるという内容で、作品全体が「分心詩人」シャープへのオマージュのような趣がある。その翌年には「ヰリアム・シヤアプ」という詩を発表しているが、これも「こほろぎ嬢」をそのまま韻文に移しかえたような作品である。[35] この詩の冒頭に「君は、／文学史から振りおとされた／とても微かな詩人。／探しても／探しても／君の境涯なんか解んない」とあるとおり、シャープに関する資料や情報が乏しかったため、翠の記述には誤解や事実から逸脱した空想も多く、あくまでもシャープを素材とした「虚構」とみるべきであろう。

しかし代表作『第七官界彷徨』（一九三一）をはじめ、彼女の作品ではしばしば両性具有・ドッペルゲンガー・分裂心理といった主題が基底を成しており、その例証たるシャープの存在は彼女にとって大きな意味を持っていたにちがいない。翠はシャープをその本質において理解し、深いところで共感していたのではあるまいか。[36]

ちなみに太宰治は雑誌に掲載された「こほろぎ嬢」を読み、そのころ翠と親密であった高橋丈雄に対して「あれはいいね、『こほろぎ嬢』はいいいね、とくり返し言った」[37]という。彼が尾崎翠を介してシャープにふれていたとすれば、太宰作品における女性一人称による「語り」などを考える上でも興味深い。

こうしてシャープ受容史を振り返ってみると、一九〇四（明治三十七）年頃からシャープに関心を持ち、作品に取り入れた漱石の「新しさ」にあらためて驚かされる。そこには独特のジャーナリスティックな才能とともに、どこかシャープにも通じる「時代の感性」というべきものが感じられる。

シャープはけっして大作家ではなかったが、だからこそ彼の中には、同時代の共有したさまざまな思潮や問題——自己同一性の喪失と疎外、都市と地方、フェミニズムとセクシュアリティ、ナショナリズムとコスモポリタニズム等々――が、より鮮明なかたちであらわれているように思われる。フレイヴィア・アラヤはシャープと共通の問題をもつ同時代作家として、スティーヴンスン、ジョセフ・コンラッド、ヘンリー・ジェイムズらの名前をあげ、「シャープと同じく、彼らはみな〈異邦人〉（"foreigners"）であった」と述べている。[38]彼らはひとしく漱石が強い関心を示した作家であることにも注目しておこう。ここでいう「異邦人」とは、むろん単なる国籍や出身地の問題ではなく、なんらかのアイデンティティ・クライシスをかかえ、どこにいてもみずからをアウトサイダーと感じるタイプの人間ということに他ならない。

カーライル、シャープ、そして漱石――彼らはいずれも、当時世界の中心であったロンドンにあって、最後まで溶け込むことのできない存在、漱石が『文学論』序に記した表現を借りれば「五百万粒の油のなか」の「一滴の水」と、みずからを感じ続けた「異邦人」であった。その認識こそが彼らを作家にしたとも言えよう。

その意味でも「カーライル博物館」は作家漱石の出発点にふさわしい作品だったのかもしれない。

註

（1）「カーライル博物館」の研究史および明治期におけるカーライル評価については、神田祥子「「歴史」という記録――「カーライル博物館」」（『漱石「文学」の黎明』、青簡舎、二〇一五、初出「「カーライル博物館」論――明治期のカーライル受容を視座として」」、松村昌家編『夏目漱石における東と西』思文閣出版、二〇〇七）に詳しい。

（2）「トリストラム・シャンデー」（『江湖文学』一八九七年三月）、「英国の文人と新聞雑誌」（『龍南会雑誌』一八九九年六月）、『英文学形式論』（岩波書店、一九二四、一九〇三年四～五月の講義 'General Conception of Literature'（文学の一般概念）の筆録）「文学の形式 I の B」、『文学論』（大倉書店、一九〇七、一九〇三年九月～一九〇五年六月の講義録に加筆）第一編第三章・第五編第三章など。

（3）山内久明訳（『漱石全集』第二十六巻所収）。引用箇所の原文は以下のとおり。"Have you not always been pleased to hear me? Have you not often praised my profound discourses? Nay, you have ever gone so far as to imitate me, though you have failed in your attempt. ... A few days ago, your teacher of English gave you warning not to imitate me." この英作文には一八八九年六月十五日の日付がある。

（4）漱石の蔵書目録には『衣装哲学』『英雄崇拝論』『過去と現在』を一冊に収めた本 *Sartor Resartus; Heroes and Hero-Worship; Past and Present.* が記載されており、学生時代に愛読した書冊ではないかと思われるが、目録作成時すでに表紙が欠損し刊年不明の状態であったらしく、現在は散逸して所在を確認できない。

（5）当日の日記に「午後 Cheyne Road 24 ニ至リ Carlyle ノ故宅ヲ見ル頗《すこぶ》ル粗末ナリ」とある。なお「Cheyne Road」とあるが正しくは「Cheyne Row」。

（6）大村喜吉「『カーライル博物館』における漱石の虚構」（『漱石の英語』本の友社、二〇〇〇、初出『アシニーアム』七号、一九六六年十一月）、岡三郎「『カーライル博物館』における事実と夢想」（『夏目漱石研究』第一巻、国文社、一九八一、初出『青山学院大学文学部紀要』一九七五年三月）、松村昌家「『カーライル博物館』と *Carlyle's House*」（『明治文学とヴィクトリア時代』山口書店、一九八一、初出『神戸女学院大学論集』一九七六年九月）、塚本利明「「カーライル博物館」の材源」（改訂増補版『漱石と英文学――『漾虚集』の比較文学的研究』渓流社、二〇〇三、初出『専修人文論集』二〇〇二年十一月）など。

（7）松村前掲書六九頁、塚本前掲書五六六頁など。

（8）原文は以下のとおり。

One day Carlyle was walking with a friend near the Marble Arch end of Hyde Park（"black-felt coat, whitey-grey trousers, wide whitey-grey felt hat, old-fashioned stock, a thick walking-stick, hair more grizzly than usual, beard still more so, face furrowed, a heavy frown"）, and had stopped to listen to a stump orator addressing an indolent and indifferent crowd on the question of the franchise. Suddenly a rough-hewn worthy detached himself from a group, and, without word of greeting or other preamble, addressed himself to Carlyle in a broad Annandale accent.

"Whit, now, ye'll be Tam Carlyle frae Ecclefechan?"
The great man nodded, his eyes twinkling.
"An' they ca' ye the Sage o'Chelsea?"
"They do, puir buddies!"（this in the same vernacularism）.
"Weel," said the man scornfully, "I've heard o'the wurrd applyit in connection wi' a burrd I'll no name, but never afore this wi' a self-respecting *mon*!"
Carlyle laughed heartily, but remarked afterwards to his companion that his compatriot's crude satire "had the gist o' guid common-sense in't," — "for who am I," he added, "or who is any man, to be held above all his fellows as the *Sage*, and worse, as *the* Sage?"（*Literary Geography*, pp. 149-150）

（9）八月十八日の日記に「Hyde Park ニ至ル……四五人ノ演説使ヲ聴聞す」、同二十五日には「Fardel 氏ヲ Chelsea ニ訪フ／昼餐後共ニ Hyde Park ヲ散歩ス、辻演説ヲ聴ク」とある。なお〝スピーカーズ・コーナー〟はハイドパークのものが最も有名であるが、そのほかフィンズベリ・パーク、クラパム・コモン、ケニントン・パークなどにもある。漱石も同月十一日にバタシーパークを訪れ、日記に「Battersea P. 門前ニテ無神論者ノ演説ヲ聞ク」と記している。

（10）一八五〇年代からハイドパークでは労働者の集会やデモ行動が行なわれていたが、この法律施行後は誰でも政府の許可を得ることなく集会や演説を行なうことが可能となり、マルクス、レーニン、ジョージ・オーウェル、ウィリアム・モリスらもスピーカーズ・コーナーの常連だったという。言論の自由の原則は今日も変わることなく、穏健な言論に対してのみならず、暴力をひきおこす意図がない限りは、不快な／物議を醸す／突飛な／異端の／受け入れがたい／挑発的な言論に対しても保証されている（一九九九年最高法院判事 Lord Justice Sedley の判決文による）。

（11）エリザベス夫人の回想録に拠る。Elizabeth A. Sharp, *op. cit.*, vol. 2, p. 263.

（12）拙著『漱石の源泉——創造への階梯』資料編三三頁参照。

（13）前掲拙著第二部「ジョージ・メレディスと『人工的感興』」第一～五章（六五～一六三頁）参照。

（14）談話「予の愛読書」、『中央公論』一九〇六年一月、『全集』第二十五巻。

（15）小玉晃一「スティーヴンソンと『彼岸過迄』」（日本比較文学会編『漱石における東と西』主婦の友社、一九七七、初出「スティーヴンソン」、『英語青年』一九七六年七月）、「「坊ちゃん」の著者」（『国民新聞』一九〇六年八月三十一日所載の談話記事）、大屋幸世「「坊ちゃん」の著者——当時の新聞記事から」（『図書』一九七一年十一月）、菅原克也「一人称語りと聞き手——夏目漱石『坊っちゃん』とR・L・スティーヴンソン「ファレサアの浜」」（『比較文学研究』百号、東大比較文学会、二〇一六年六月）などを参照。

（16）戸川秋骨訳『エイルヰン物語』（国民文庫刊行会、一九一五）序。

（17）「小説「エイルヰン」の批評」（『ホトトギス』一八九九年八月、『全集』第十三巻）。ウォッツ＝ダントンについては河村民部『セオドア・ワッツ＝ダントン評伝——詩論・評論・書評概説と原文テキスト付』（英宝社、二〇一五）に詳しい。

（18）当日の日記に、註5の引用に続いて「Cheyne Walk ニ至リ Eliot ノ家ト D. G. Rossetti ノ家ヲ見ル　前ノ Garden ニ D. G. R. ガ噴井ノ上ニ彫リツケテアル」とある。前掲拙著三四～三五頁参照。

（19）原文は以下のとおり。The hackneyed phrase "the Sage of Chelsea" reveals the extent to which, in the general mind, Carlyle has become supremely identified with one locality, and that in a city he did not love, and where his least happy if his most famous years were lived. ... Doubtless he would have much preferred to be known as the Sage of Annandale. Perhaps, if he could, he would very gladly have prevented any such nomenclature at all. He did not love labels, though an adept at affixing them.

（20）たとえばエブリマンズ・ライブラリーの創刊者として知られる批評家・編集者アーネスト・リースは、"Thanks to his large and imposing presence, his sanguine air, his rosy faith in himself, he had a way of overwhelming editors that was beyond anything, I believe, ever heard of in London, before or since."（Ernest Rhys, 'William Sharp and Fiona Macleod,' *Century*, May 1907, p. 111. quoted in Elizabeth A. Sharp, *op. cit.*, vol. 1, p. 170）と述べ、また出版社 Chapman & Hall の主宰であった文芸評論家アーサー・ウォーは "With Olympian stature, bright complexion, full head of hair, and well-kempt beard, he attracted attention at once, and took good care to retain it. His manner was a mixture of suavity and aggression, and he knew (no man better) how to overcome the hesitation of editors."（Arthur Waugh, 'Fiona Macleod: A Forgotten Mystery,' *Spectator*, 14 Aug., 1936, p. 277. quoted in Flavia Alaya, *op. cit.*, p. 46）と回想している。

（21）Elizabeth A. Sharp, *op. cit.*; Flavia Alaya, *op. cit.*, p. 47, etc.

（22）That he was a Scotsman, bred in a peculiar Scottish landscape, ... was important, but not at first for the obvious reason that it would someday make him a Celtic writer. It was first important because it made him *not* English at a time when, to most of the English, to be English was to be everything.（Flavia Alaya, *op. cit.*, pp. 14-15）なおケルト作家としてのシャープ／マクラウドについては、松井優子「スコットランドと十九世紀末ケルト復興運動——「フィオナ・マクラウド」ことウィリアム・シャープの場合」（『ケルト復興』中央大学出版部、二〇〇一、第一三章、四七三〜五〇五頁）を参照。

（23）この問題を中心に扱った論考として Terry L. Meyers, *The Sexual Tensions of William Sharp: A Study of the Birth of*

Fiona Macleod (New York: Peter Lang, 1996) がある。

また有元志保『男と女を生きた作家──ウィリアム・シャープとフィオナ・マクラウドの作品と生涯』（国書刊行会、二〇一二）は、おそらくわが国で初めてシャープを単独で扱った研究書であり、一九七〇年代以降の再評価も視野に入れた労作で、巻末の研究書誌も充実している。有元氏は、シャープの女性への親和やフィオナのペルソナ形成は、ユダヤ・ロマ（ジプシー）・ケルトなど社会的マイノリティへの関心を反映したもので、「生得的というよりも意識的に構築されたもの」としており、晩年の精神的危機についても、二つの自己の乖離が進んだためではなく、逆に両者の差異が縮小した結果と分析している。なお日本での受容については本書にはほとんど記述がなく、森澤論文（後出・註36）に詳しい。

（24）原文は以下のとおり。This will reach you after my death. You will think I have wholly deceived you about Fiona Macleod. But, in an intimate sense this is not so: though (and inevitably) in certain details I have misled you. Only, it is a mystery. I cannot explain. Perhaps you will intuitively understand or may come to understand. “The rest is silence.” Farewell.　William Sharp.

It is only right, however, to add that I, and I only, was the author — in the literal and literary sense — of all written under the name of “Fiona Macleod”. (Elizabeth A. Sharp, *op. cit.*, vol. 2, p. 332) なお文中の “The rest is silence.”（「あとは沈黙だ」）とはいうまでもなくハムレットが親友ホレイショにむかって言う最期の言葉である。

（25）Cf. C. L. Cline ed., *The Letters of George Meredith*. 3 vols. (Oxford: Clarendon Press, 1970) Vol. 3, No. 1771 (p. 1228), No. 2289 (pp. 1553-4).

（26）手沢本の見返し遊びにインクで「K. Natsume / 10th November '91」と署名がある。

（27）二作とも刊記はシャープの歿した翌年（一九〇六）だが、シャープとフィオナ各々の作品として出されており、書冊じたいには（広告頁も含め）二人一役をうかがわせるものはまったくみられない。おそらく遺言発表の前に刊行されたものと思われる。

(28)『全集』第十九巻三九八～四〇五頁に「断片四九A（『三四郎』メモ）」としてまとめられている。
(29) 薄田泣菫は「世間の前に巧くこの秘密を守らうとするよりも、寧ろ自分の内部のこの両性の破綻を来さすまいとの骨折と見る事が出来る」と分析している（「内部両性の葛藤」）。
(30) 泣菫は「女性の藝術」というエッセーでもシャープに言及している。「内部両性の葛藤」・「女性の藝術」ともに『象牙の塔』（春陽堂、一九一四）、初出未詳、『薄田泣菫全集　随筆篇』第七巻（創元社、一九三九）所収。
(31)『新潮』一九二〇年十二月号所載。
(32) のちに『かなしき女王　ケルト幻想作品集』（沖積舎、一九八九）として復刻、さらに戯曲一篇を加え「ちくま文庫」（二〇〇五）に収録。詳しくは井村君江による「解題」および「松村みね子翻訳年譜一覧」（ともに「ちくま文庫」版所載）を参照。
(33) 一九九一年「ちくま文庫」に収録。
(34)『火の鳥』一九三二年七月号。『定本尾崎翠全集』上巻（筑摩書房、一九九八）所収。なお近年尾崎翠の再評価が進んでおり、二〇〇六年には翠の短篇三作「歩行」・「こほろぎ嬢」・「地下室アントンの一夜」を連作として一つの作品にした映画『こほろぎ嬢』（浜野佐知監督・山崎邦紀脚本）が製作された。
(35)「ヰリアム・シヤアプ」（「詩二篇　神々に捧ぐる詩」の内）、『曠野』一九三三年十一月号。『定本尾崎翠全集』上巻所収。
(36) この問題についての研究として森澤夕子「尾崎翠の両性具有への憧れ——ウィリアム・シャープからの影響を中心に」（『同志社国文学』一九九八年三月）がある。森澤氏は、翠が短篇「松林」を発表した『新潮』一九二〇年十二月号に、前出木村論文「個人内に於ける両性の争闘」も掲載されていたことから、「翠が……木村の論文を読んだ可能性は高い」としており、筆者もまったく同意見である。
(37) 稲垣眞美「尾崎翠の生涯と文学の形成」、『定本尾崎翠全集』下巻（解説）五〇八頁。
(38) Like Sharp, they were "foreigners" all. (Flavia Alaya, *op. cit.*, p. 15)

第五章　江藤淳『漱石とアーサー王伝説』の虚構と真実
――死者を愛し続ける男の物語

I　〈学術論文〉という〈暗号〉

慶應義塾大学文学部在学中に発表した処女作『夏目漱石』（東京ライフ社、一九五六、初出『三田文学』一九五五年十一月〜五六年八月）から、突然の死により未完におわった遺作『漱石とその時代　第五部』（新潮社・一九九九、初出『新潮』一九九七年一月〜九八年十月）にいたるまで、江藤淳（一九三二〜九九）はその批評家としての生涯にわたり、漱石をめぐって夥《おびただ》しい著作を残している。その中でも『漱石とアーサー王伝説――「薤露行《かいろこう》」の比較文学的研究』（東京大学出版会、一九七五、以下『伝説』）は、やや特異な位置を占める〈作品〉である。

よく知られるとおり、江藤はこの年一月にそのもとになる原稿を学位請求論文として母校慶應義塾大学に提出し、これが認められて三月には文学博士号を授与された。同じ年の七月には、三好行雄と

の対談[1]において

私は元来文芸批評家ですけれども、文芸批評ということにとくにとらわれずに、できるだけ厳密な学問的手続きを自分に課し、その手続きを通過して認識した結果を、力の及ぶ限り明瞭な輪郭を描いて、くっきりと表現したいという気持になってきたのですね。

と発言しており、彼自身、それまでに発表してきた〈評論〉とは違う意識をもって執筆に取り組んでいたことを明かしている。彼は同じ対談の中で「意見というものはどうもつまらないものではないか……意見はつまらないけれども、事実は面白い、と言ってもいいと思います」とも語っている。それにもかかわらず、この〈作品〉において彼が提示しているのは、〈事実〉ではなく〈意見〉とさえ言いがたい、むしろ一つの〈物語〉である。そのことは一篇の次のような結びにも如実にあらわれている。

いずれにしても、『薤露行』が書かれたころには、漱石の恋人はとうに死んでいた。彼が愛していたのは、生きている女ではなかった。

このような文章が学術論文の結語にふさわしくないことは、誰よりも江藤自身が承知していたにちがいない。それでも彼があえてこう記したのは、この〈物語〉こそが彼に筆を執らせたものであり、「学問的手続き」は〈作品〉にリアリティを与えるための方便にすぎなかったからである。

あらためていうまでもなく、ここにいう「漱石の恋人」とは『薤露行』執筆の十四年前に亡くなった嫂《あによめ》登世を指している。これに対して大岡昇平がただちに『朝日新聞』紙上などで手厳しい批判を展開し、江藤もこれに反論して論争となったほか、小坂晋・宮井一郎・石川悌二など研究者たちから相次いで異論が呈されたことも周知のとおりである。[2] いずれにせよこの件については具体的証拠に乏しく、新たな資料でも発見されない限り推測と想像の域を出ないと思われるので、ここでは贅言を控えたい。

ただここで留意しなければならないのは、その〈物語〉を「くっきりと表現」するために、「厳格な学問的手続き」と称する一連の過程《プロセス》において、江藤がさまざまな操作を行なっていることである。

彼はまず、この〈作品〉のいたるところで「奇妙」「不思議」「謎」といった表現を繰り返し、『薤露行』の周辺に「奇妙」で「謎」めいた空気を醸し出そうとしている。

たとえば漱石は、帝大英文科三年時の一八九二（明治二十五）年十二月から翌年三月にかけて、「オウガスタス、ウード」なる人物の著した論文「詩伯「テニソン」」を翻訳し『哲学雑誌』に発表している。江藤はこの翻訳について「上田敏や戸川秋骨にさきがけてはいるが、それが文壇や学会の潮流から奇妙に孤立しているという印象が拭いがたい」（『伝説』一〇二頁）という。

しかしここにまったくふれられていない事実がある。この論文の筆者「オウガスタス、ウード」とは、この年九月に帝大に赴任したばかりの英文学講師ウッド（Augustus Wood）のことであり、漱石は学生として直接その教えを受ける立場にあったということである。この人物について、漱石の旧友松本文三郎は次のように語っている。

漱石のいうところによればウッド氏は呑んだくれですこぶる不真面目な人物であったらしい。日本の大学など甘く見て居たのかも知れぬが、英文専攻者の為の講義の時間にも、自身の講義ノートを作らず、クワッケンボスのレトリックから必要の部分だけ数枚を切抜き、これを白紙の間に挿み、あたかも自身のノートを読むが如き風をして講述したという。……相手は漱石のような俊才であったから、ただちにその真相は看破されてしまつた。漱石は教室を出て私達の処へ来りプンプン怒って、彼の如きは宜《よろ》しく鼓を打って之《これ》を攻むべきである。が自分はまもなく卒業し大学を出てしまうのであるから、排斥運動だけは止めて置こうといって居た。(3)

これによれば、漱石はウッドを学問上も人間的にも尊敬できなかったようだが、英文科最上級生でしかも優秀であったことから、ウッド本人から委嘱を受けてその論文を翻訳し『哲学雑誌』に掲載したものと思われる。この雑誌は帝大文科の学生たちが共同で発行しているもので、漱石も編輯員の一人であった。このとき漱石はウッドから（おそらく翻訳に対する謝礼として）「年玉」を贈られ、それで丸善からオリファント夫人著『英文学史』全三巻(4)を購入している。

しかし江藤にとっては、帝大講師の論文を帝大生が翻訳し学内誌に掲載したという散文的で明快な事実よりも、漱石とその為事が「学会の潮流から奇妙に孤立しているという印象」を与えることの方が重要だったようだ。『薤露行』という作品そのものについても、別の箇所で「単に目新しいというだけではなく、奇妙に孤立している」（『伝説』一三頁）と、まったく同じ表現を用いている。

彼はまた、その論旨の核ともいうべきラファエル前派や世紀末芸術と漱石との関わり合いについても、意図的に資料や情報を選別し、読者の目を一定の方向へと導いている。

一口にラファエル前派といい世紀末芸術といっても、それぞれ意味するところは広く、そこには多様な芸術家と作品とが含まれる。しかし江藤の提示する作品と情報は、ほとんど圧倒的にダンテ・ゲイブリエル・ロセッティとオーブリー・ビアズリーに集中しており、これを他の画家や詩人に対する扱いと比較するとその違いはあきらかである。

たとえばウィリアム・モリスとアルジャノン・スウィンバーンは、ロセッティと芸術上も個人的にもきわめて密接な位置にあり、英国世紀末芸術を語るうえでも重要な存在(5)であるが、江藤は

漱石の蔵書のなかにあるモリスは *The Earthly Paradise*（『地上の楽園』）だけで、スウィンバーンは *Studies in Prose and Poetry*（『散文と詩の研究』）、*Atalanta in Calydon*（『カリュドンのアタランタ』）、*Chastelard*（『シャトラール』）、*Rosamond, Queen of Lombards*（『ロンバルド女王ロザマンド』）の四点である。これらのなかには、もちろんモリスの *Defence of Guenevere and Other Poems*（『「グ

ィネヴィアの弁明」その他の詩』）も、スウィンバーンの *Tristram of Lyonesse*（『ライオネスのトリストラム』）も含まれていない。

もとより、右の二作を、漱石がロンドン留学中、たとえばクレイグ（Willaim James Craig）のところで読まなかったと断定することはできない。しかし、かりに読んだとしても、おそらく前者については、〝グウィネヴィアの弁護〟という発想そのものが気に入らず、後者については、トリストラム説話に対してランスロット説話に対するほどの親近感を抱けなかったのではないかと思われる。（『伝説』九〇頁）

として、それ以上検討しようとしない。

しかしむろん、江藤自身慎重に断定を避けているように、蔵書目録が漱石の読んだ本のすべてではない。スウィンバーンについては、『草枕』第七章でかの「ミレーのオフエリヤ」とともに「スヰンバーン」[6]の詩が想起され、『文学論』第三編第一章ではスウィンバーンの『ウィリアム・ブレイク論』が二頁にわたって漱石自身の訳文で引用されていることをみても、かなり読み込んでいることがうかがえる。さらに筆者がかつて漱石の蔵書書き入れや「『文学論』ノート」などの資料を調査・分析したところ、スウィンバーンの代表作のほとんどを熟読していたことがあきらかになった[7]。その後「スヰンバーンに就て」と題する漱石の談話（野上臼川筆録）が新たに発見され、漱石はスウィンバーンの作品のみならず生涯・交友・評価など全般にわたって深い知識と理解を持っていたことが裏付けられるれた(8)。

トリストラム説話にかんしては、『薤露行』とともに『漾虚集《ようきょしゅう》』に収録された『幻影の盾』における重要なモチーフ（帆の色による成否の合図）の原話とみられ、『ライオネスのトリストラム』もむしろ読んでいた可能性が高い(9)。

またウィリアム・モリスについては、そもそも漱石蔵書中のモリスは『地上の楽園』だけではない。蔵書目録にはモリスの著作として次の四点が記載されているのである。

①『地上の楽園』
The Earthly Paradise（London: Longmans, Green & Co., 1900）

②『芸術講演集　古建築物保護協会設立記念』
Lectures on Art. Delivered in Support of the Society for the Protection of Ancient Buildings by W. Morris and Others（London: Macmillan & Co., 1882）

③『「芸術とその創造者」および「今日の美術工芸《アーツ・アンド・クラフツ》」』
Art and Its Producers, and the Arts and Crafts of Today（London: Longmans & Co., 1901）

④『ヴォルスングとニブルングの物語および初期エッダ歌謡集』（翻訳）
Magnússon & Morris tr., *Völsunga Saga: The Story of the Volsung and Niblungs, with Certain Songs from the Elder Edda*. The Scott Library（London: W. Scott）

これをみると、①は古代神話や中世の伝説に取材した連作物語詩、②は建築など文化財保存にかんする講演集、③は「アーツ・アンド・クラフツ」運動関連の講演集、④は北欧（アイスランド）の神話・伝承の翻訳という取り合わせで、文学・美術から出版・工芸・神話研究、さらには政治・社会運動にまで、多方面にわたったモリスの活動全般に対する漱石の目配りと関心の広がりが感じられる。

なかでも目をひくのは③『「芸術とその創造者」および「今日の美術工芸《アーツ・アンド・クラフツ》」』である。この本はモリス歿後に一八九八年から三年間にわたり、ロングマン社がモリスの講演や論文を五巻にまとめて刊行した作品集の最終巻で、「芸術の発展と産業への応用のための国民協会」の会合における講演二題を収めている。[10] 体裁からいえば、青灰色の厚表紙に黒字でタイトルを入れ、背だけを紺麻布装とした簡素な装丁（クォーターホランド装）の八折判（およそ縦二十・七糎《センチ》×横十四・三糎）で、わずか四十八頁の小冊にすぎないが、これがじつはケルムスコット・プレス刊本を模して造られた、大変に贅沢な書物なのである。

用紙は、モリスの特注によりジョウゼフ・バチェラー父子商会でつくられた特製手漉《すき》紙。活字は、モリスがケルムスコット版『黄金伝説』のためにデザインした「ゴールデン」体活字《タイプ》。印刷を手がけたのは、モリスと縁の深い印刷工房チジック・プレスであり、一見簡素な装丁もモリスがケルムスコット版でしばしば用いたものであった。この本の巻末には次のように記されている。

Printed at the Chiswick Press with the Golden type designed by William Morris for the Kelmscott Press, and fininshed on the twentysixth day of April, 1901.
（チジック・プレスにて印刷、ウィリアム・モリスによりケルムスコット・プレス用に考案されたる「ゴールデン」体活字を使用。一九〇一年四月二十六日了。）

興味深いことに、漱石自筆図書購入ノートにも、次のように、これをそのまま抜き書きしたような記載がみられる。

827 Wm Morris *Addresses.* printed in the 'Golden' type designed by Wm Morris for the Kelmscott Press 1.50
（「827」は通し番号、「1.50」は代金一円五十銭を示す）

書名を*Addresses*（講演集）の一語で片づけている一方、ケルムスコット・プレスや「ゴールデン」体活字について明記していることから、このとき彼の関心が内容より造本にあったことはあきらかである。漱石には元来愛書家的な一面があったが、この本を購入した頃、つまり『吾輩は猫である』で文壇にデビュウした前後は、その傾向がとくに強まっていたらしく、同じ時に丸善から「愛書家の聖書《バイブル》」といわれるリチャード・ド・ベリーの名著『フィロビブロン（書物への愛）』も購入している。[11]『吾輩は猫である』『漾虚集』など、自作のブックデザインへのこだわりも、当然この延長上に考えられるべきであろう。

漱石蔵書の中にこれらのモリス作品があることを、江藤はけっして知らなかった訳ではない。現に「漱石と英国世紀末芸術」の初出段階（『国文学』一九六八年二月）では、「蔵書目録のV. Artの部には、……ウィリアム・モリスの美術論集が二冊含まれている」と記している。ところが七年後の『伝説』第七章「漱石と英国世紀末芸術（I）」になると、モリスのアーツ・アンド・クラフツ運動に言及しながら、この二冊の存在を――しかもその一冊は「アーツ・アンド・クラフツ」をタイトルに掲げているにもかかわらず――消し去っているのである。そこにはラファエル前派や世紀末芸術のある一面だけを強調し、読者に印象づけようとする意図が感じられる。

同様の操作は、『漾虚集』のブックデザインについて論じるさいにも行なわれている。江藤は橋口五葉の意匠になるヴィネットや目次・扉のボーダーなどについて、デント版『アーサーの死』に用いられたビアズリーのデザインと比較し、これに「酷似」（『伝説』七八頁）あるいは「ほとんどビアズレイそのもの」（同七五〜七六頁）といった表現を繰り返す。一方ランスロットとエレーンを描いた『薤露行』の扉絵については、「ロゼッティを彷彿させるものであることは明らかである」（同七六頁）として、ロセッティの水彩画《聖ジョージと王女サブラの結婚》を例示する（本書一二六頁図版参照）。

しかしヴィネットやボーダーに関して言えば、「特にビアズレイ風」（『伝説』八〇頁）というより「典型的なアール・ヌーヴォー風のデザイン」（同七九頁）であって、漱石の購読していた『ステューディオ』誌などをひらけば類似の図柄はいたるところにみられるといってよい。扉絵についても構図上はロセッティの画よりもモリスやバーン＝ジョーンズとその後継者たちによるステンドグラス・タペストリー・イラストなどの装飾デザインに近く、感覚的にも「濃密な閉ざされた雰囲気」（同七七頁）というよりは、むしろ平面的で装飾的な印象を与える（本書一二七頁図版参照）。

こういったアール・ヌーヴォー風あるいはラファエル前派的なイラストやデザインは、けっして『漾虚集』に限ったものではなく、『乱れ髪』（一九〇〇）の装丁で知られる藤島武二ら洋画家たちによって当時わが国でもさかんに取り入れられ、絵葉書やポスターとして街に出まわり、あるいは『明星』『学鐙』などの表紙や誌面を飾っていた。そして橋口五葉（清）は、「橋口君（五高時代の教え子橋口貢）の弟」として漱石と知り合った一九〇四（明治三十七）年当時、親類筋にあたる黒田清輝のすすめにより、東京美術学校西洋画科の学生として藤島武二に師事していた。彼らはみな同じ鹿児島の出身で、個人的にも親しい関係にあり、黒田を中心とする白馬会に所属していた。五葉は一九〇五年に美術学校を首席で卒業し、藤島は同年秋ヨーロッパ留学に旅立ったが、そのさい自作の油彩画《海浜風景》（府中市美術館所蔵）に「à mon ami Hashiguchi」（わが友橋口に）と記して彼に贈っている。したがって『漾虚集』の装丁を依頼されたときには、五葉はアール・ヌーヴォー風デザインについて既に相当の知識とスキルを備えていたとみられる。

しかし江藤はこうした当時の漱石と五葉の周辺の状況には一切ふれず、あくまでも漱石がパリ万博会場で「接した可能性がないとはいえない」（『伝説』一七八頁）ビアズリーの作品や、ロンドンの「書店で触れることができた」（同二〇四頁）かもしれないモクソン版『テニスン詩集』の、「復刻版に収

橋本五葉画『薤露行』扉絵

D. G. ロセッティ画《聖ジョージと王女サブラの結婚》（1857年）

められていた可能性」があるというロセッティの素描[12]にこだわり、二人の作品の解説にことさら多くのページを割いている。それは彼らの上に色濃くただよう「死」の影に、江藤自身がひきつけられているからである。ビアズリーの本について、「それは、一種異様な昂奮をあたえる奇妙な画集」（同一八四頁）であり、「その効果は不思議に『薤露行』の文脈のあたえる効果に似ている。中世趣味とエロティシズムが、どこかに屍臭を漂せているところも似ているのである」（同）と記すのは、江藤自身がこの画集に「屍臭」を嗅ぎとり「異様な昂奮」を感じたということにほかならない。

　ビアズリーは頽廃と死の翳りをおびた作品を数多く残して、二十五歳の若さで結核で世を去り、ロセッティは三十三歳にしてみずか

E. バーン＝ジョーンズ作
ステンドグラス《聖母マリア》

E. バーン＝ジョーンズ画・W. モリス制作タペストリー《フローラ》

フローレンス・ハリスン画『ウィリアム・モリス初期詩集』挿絵（1914年）

ら命を絶った妻リジー（「ミレーのオフエリヤ」のモデルとなったエリザベス・シッダル）の面影を、夢想的な詩と画の中に繰り返し描きつつ、酒と麻薬と女たちとの破滅的な日々に沈んでいった。江藤は彼らの作品に「結核による早世」と「愛する女性の死」という悲劇を読みこみ、その上にみずからの〈物語〉を綴ろうとしたのである。

漱石が『薤露行』において「アーサー王伝説という暗号を用いて、登世と自らの恋への「挽歌」を奏でようとした」（『伝説』三二六頁）という江藤の言葉は、とりもなおさず、彼自身が「亡き登世への思慕」という「暗号」を用いて「「挽歌」を奏でようとした」という告白であろう。そして彼が「挽歌」を手向けた相手は、エレーンや登世と同じく若くして世を去った女性――結核のために二十八歳という若さで幼い彼を遺して逝った「母」と見て差しつかえあるまい。

それにしても、江藤はなぜ学術論文という体裁で、それもラファエル前派や世紀末芸術を媒介に『薤露行』と「漱石と登世との恋」を重ね合わせるという「複雑な暗号」として、この〈物語〉を記したのであろうか。それを考えるためには、この〈物語〉が生成された過程を探らなければならない。

Ⅱ 「言葉の世界」と「不在の世界」

一九六六年十一月に発表した「文学と私」[13]によれば、江藤が「最初に文学書に接したのは、学校から逃げ帰って来てもぐり込んだ納戸の中」であり、「実際この納戸は、母のいない現実の敵意から私を保護してくれる暗い胎内」であったという。「胎内」ということばが象徴するように、彼にとって文学とは、「不在」の世界に入った母と自分とをつなぐひそかな臍帯であった――少なくとも江藤自身はそのように認識していた。彼は同じエッセーの中に、誇りをこめてこうも記している。

もし私にいくらかの文才と語学の才があるなら、それは二十八歳で結核で死んだこの母から受け継いだのである。

母は第一次大戦中に駐英大使館付武官をしていた海軍士官の次女として生まれ、目白の女子大で英文学を学んでブレイクとホイットマンを比較した論文を書いたりしていた。

その身の内に巣くう病（結核性肺門リンパ腺炎）が亡母からの感染であったように、「不在の世界」である文学に傾くみずからの性向もまた母から受け継いだものであることを、彼はほとんど自明のこととして疑わなかった。海軍中将であった祖父を誉れとする江頭家の長男は、そう信じることで「文弱」の身である自分と折り合いをつけていたのであろう。

翌一九六七年四月、江藤は高階秀爾・遠山一行とともに雑誌『季刊藝術』を創刊し、同誌上に『一族再会』の連載を始める。彼自身が冒頭に記したとおり、それは「言葉の世界――不在の世界に、自分の一族を招集」し、「自分が喪失して来たものの跡をできるかぎり明瞭にたど」ることによって、「私自身がいったい何者であるかを問う」という試みであった。しばしば指摘されてきたように、二年間のアメリカでの生活と、帰国後まのあたりにした日本の変貌、盟友山川方夫の突然の死など、度重なる「喪失」体験のもたらした自己同一性の危機《アイデンティティ・クライシス》を、己れの由って来る処を再確認することによって乗りこえようとしたと思われる。

創刊号に掲載された第一回のタイトルは「母」であった。江藤は「この個人的言語、つまり私の言葉というものはどこから湧き出て来るのだろう」（傍点原文）という問いから出発したこの連載を、「母と自分との関係をたしかめるところからはじめなければならない」と感じていた。しかし皮肉にも、その確認の過程において、彼のアイデンティティはさらに大きく揺さぶられることになる。幼い頃から思い描いていた母の姿とその実像との間に、決定的なずれのあることを知ったのである。

おそらく江藤は若き日の母廣子を、病弱で繊細な文学好きの少女として――すなわち少年時代の彼自身の相似形として想像していたにちがいない。だが日本女子大の学籍簿によれば、当時の廣子は「強健」な身体と「快活、物にこだわらず、意志固し」と表現される性質の持ち主で、「国際連盟係」に所属し、将来は「女学校の教師、或はSecretary」を志望していた。趣味の欄には「洋楽、絵画、国際問題、婦人問題、社会問題、政治、家事、文学」の順に記入されていた。江藤は「ここに国際問題がはいっているのは場違いな感じ」だが、これは駐英大使館付武官をしていた「祖父の影響かも知れない」と記している。しかし客観的にみれば、「場違い」なのはむしろ「家事」の後に付けたりのように添えられた「文学」の方であって、彼女の関心は一貫して国際政治や外交などの問題に向いている。

要するに廣子は、いかにも「駐英大使館付武官」の娘にふさわしく、詩や小説の世界よりも現実の国際社会に目を向けた「快活」で「強健」な女性だったのである。

江藤はさらに、母の卒業論文が「ブレイクとホイットマンを比較した論文」などではなく、「Japan, before and after the National Isolation」（鎖国以前と以降の日本）というものだったことを知る。それでもなお彼は、「なんとなくブレイクかホイットマンが母の卒業論文の主題だったのではないかというふうに思いこんでいた」のは、「大分前に、なにかのきっかけで父がそんなことをいったのを記憶にとどめていた」からであり、

父が母とブレイクを結びつけて覚えている以上、やはり母にはブレイクに強く惹きつけられ、……夜の闇のなかの幻の実在を信じたい気持があったにちがいない。母はあきらかにそういう幻を欲していた。母もまた自分の母親を幼い頃に亡くしていたからである。

と記して、あくまで母と自分自身との相似を強調し、みずからを納得させようとしている。

だが江藤が「あきらかに」というとき、それはしばしば客観的必然ではなく主観的必然、つまりそれを前提として認めることが彼自身にとって必要だということを意味する。裏返して言えば、それが事実ではないことに内心気づいているが、断じてそう認めるわけにはいかない、という意味なのだ。

このときも彼は、母が女子大時代にブレイクとホイットマンを読んだのは、山宮允と上代タノという

各々の専門家の授業を受けていたからであって、「ブレイクに強く惹きつけられ」ていた訳ではないことを承知していたのである。

こうして江藤は、「自分の存在の核」すなわち「私の言葉というもの」の源を母に見出そうとして、逆にそれを見失う結果となった。これまで彼にとって、生きてゆく場の「言葉の世界」と還るべき処としての「母」とは分かちがたく結びついていた。「母」に与えられたものだからこそ「言葉の世界」は生きるに値するものであり、「言葉の世界」の源だからこそ「母」はいっそう自分にちかしく特別な意味を持つ存在であった。両者の結びつきを否定されるとしたら、そのすべてが根底からゆさぶられることになるのである。

それから四年後の一九七一年秋、江藤は『一族再会』第一部の最終章「もう一人の祖父」の取材のために、母方の祖父で英米駐在海軍武官であった宮治民三郎の生地を訪ね、そのさいに本家の当主から、玄祖父（母廣子の曾祖父）宮治周平が雪操庵呂江という号で「俳句を詠んだ人」だったことを聞いて、異様なまでの感動と亢奮をあらわす。

「俳句を？　そうですか」

私は思わず大きな声を出した。ついにあらわれたか、という感慨が胸に湧いた。文学や語学の資質は、多く母方から遺伝するといわれる。私の場合もおそらくそうだろうとは思っていたが、現実に宮治の先祖に俳人がいたと聞けば心が躍る。父方には軍人と勤め人しかいない。母方でいままで明らかになったのは、軍人と農夫と商人だけである。どこをさがしても文学のぶの字も出て来ないと諦めかけていたのに、ついにここに言葉をあやつる人間があらわれたのである。

（「もう一人の祖父」Ⅲ　雪操庵呂江）

四代前の先祖に俳句をたしなむ人間が一人いたというだけのことにしては、いささか過剰な反応とも思われるが、それは「母」と「言葉の世界」との結びつきに対するこだわりの証であり、それを見失ったことによる空虚感の反動である。

このことが示すように、江藤は何ものかへの帰属意識によって、自己のアイデンティティを確認する種類の人間であった。「母」と「言葉の世界」とが分裂したとき、彼はそれに代わる「存在の核」の在り処を求めずにはいられなかった。そこで見出されたのが、父方の江頭・古賀両家、母方の宮治家に共通する海軍軍人の「家」とそれをめぐる「国家」の「歴史」である。

その結果、「私の言葉」の源を求めて書き起こされたはずの『一族再会』は、「母」の章の後「祖母」「祖父」「戦争」「結婚」と連載が進むにつれて「言葉の世界」から遠ざかり、海軍を舞台としたフィクションともノンフィクションともつかぬ読物に姿を変えてゆく。『海舟余波』『海は甦える』をはじめとする一連の〈海軍もの〉や〈明治もの〉、ひいては政治・外交・歴史にかかわる彼のさまざまな発言が、すべてこの延長にあることは言うまでもない。それは同時に、国際連盟係に所属し日本の鎖国と開国について論じた母廣子と自分との相似を確認し続けることでもあった。

おそらくこのとき、江藤の内なる「母」は、自分と一族や国家の歴史とをつなぐ現実の「母」と、自分の言葉や夢想の源として幼い日から思い描いてきた「母なるもの」とに分裂した。そして「母なるもの」は、現実の「母」と切り離されることでいっそう純化され、若く美しいままの姿で「不在の場所」から彼を呼ぶ「永遠の女性」へ——死とエロスをあわせもつアニマへと変貌したのである。

その一方で、江藤自身の感性は「言葉の源泉をなす薄暗い場所に充満した沈黙」の在り処を求めずにはいられない。彼がその「沈黙」を見出そうとした場処は、彼が「言葉の世界」で生きる最初のきっかけとなった「漱石」であった。

彼はこの頃、『一族再会』の連載と並行して、書き下ろし長篇評伝『漱石とその時代』（以下『その時代』）第一〜二部の執筆にとりかかっていた。それは彼が十五年前に発表した『夏目漱石』に続く仕事というより、むしろもう一つの『一族再会』と考えるべきものかもしれない。

たとえば漱石の生母千枝について

……金之助はひょっとすると兄弟のなかで母の千枝に一番よく似ていたのかも知れない。それは彼が母に似て聡明だったからというだけではない。いわば千枝が、やがて金之助に受け継がれるべき世界像と価値観、つまり自分を超えたものの存在を感じる感覚と自己抑制の倫理とを体現しているような女性だったからである。……その感覚を彼は母からゆずられたのである。

（『その時代』第一部二五頁）

と書くとき、彼が語っているのは、武家奉公をしたという以外ほとんど伝記的資料がない千枝のことではなく、彼がそうありたいと願った自分自身と亡母廣子との関係である。

また漱石が小学校で「習ったはず」の『小学読本』から「幼稚のときより、能《よ》く学びて、賢きものとなり、必《かならず》無用の人と、なることなかれ」云々の文言を引き、

> 学んで「賢きもの」となり、有用の人になれば、淋しさも不安も、暗いいさかいの声も、もう決して追いかけては来ない。……《ママ》「成績優秀」な金之助は、こんなことを考えていたかも知れない。
> （同五六頁）

と述べているのは、「賢きもの」となり「有用の人」となることで「淋しさ」や「不安」から逃れたいと願った江藤自身のつぶやきにほかならない。

こうした記述は、先ほどの「文学と私」における江藤自身について記した言葉とほとんど見紛うほどであるが、じっさい彼は「文学と私」を発表した一九六六年十一月に、「この作品を書きはじめた」（『その時代』第一部「あとがき」）のである。第一部の巻頭には 'In Memoriam Matris'（母の思い出に）の献辞が記されている。

この頃から次第に、漱石は江藤にとってもはや批評の対象ではなく、彼自身の内面を投影するもの

であり、彼と「不在の世界」とを結ぶ通路となった。『漱石とその時代』第一～二部は「作家以前の漱石」を扱っているとはいえ、学生時代から漱石の号を用いていた彼を、江藤が終始「金之助」と呼ぶのは象徴的である。今や江藤をひきつけているのは、小説家夏目漱石ではなく、江藤自身と同じ「不幸」をかかえる――あるいは江藤がそう信じたところの――一人の男であった。

その「不幸」とはいうまでもなく「母」の「不在」であり、「母なるもの」への「思慕」である。そして江藤は、その「母なるもの」――「不在の世界」に住む「永遠の女性」、死とエロスをあわせもつアニマ――を、五十四歳で歿した千枝ではなく、母廣子の享年に近い二十五歳の若さで儚くなった「登世という嫂」に見出したのである。

こうして彼はみずからの〈妣恋いの物語〉を、〈死者を愛し続ける男の物語〉へと読み替えてゆく。

Ⅲ 〈物語〉の完成

『一族再会』の第二回「祖母」が『季刊藝術』第二号に掲載されてまもない、一九六七年八月末に、江藤は『漱石とその時代』の取材のため、六年ぶりに十日間ほどロンドンを訪れる。この時はじめて足を踏み入れたテイト・ギャラリー（現テイト・ブリテン）でラファエル前派絵画に出会ったことが、『漱石とアーサー王伝説』の発想の原点であるという。だがかりにそれが事実だとしても、その体験が「文学と視覚芸術との相互交渉」というテーマとして明確な形をとり始めたのは、帰国後しばらく日を経てからのことと思われる。

テイト・ギャラリーという場所について、江藤が最初に書いたと思われる文章は、同年十月六日付『朝日新聞』夕刊に掲載された「ロンドン・漱石・ターナー」というエッセーである。彼は「漱石の下宿の跡を毎日ひとつずつ訪ねて歩」くうちに「無性にターナーの絵が見たくな」り、「テイト・ギャラリーに出かけて、そこに収められている三百点近い作品を片っ端から見て行くうちに、私は次第に異様な感動を覚え始めた」と記し、「英国絵画史におけるターナーは、なお日本の小説史における漱石のごときものというべきであろうか」と、ターナーに対し最大級の讃辞をつらねている。ここにはラファエル前派や世紀末という文字はどこにも見られない。

ちなみにこのエッセー現行テキストには、ターナーへの讃辞に先だって

（テイト・ギャラリーに）行って見ると、六年前すっかり芝居見物に気をとられて、この美術館を訪れずにいたのが急に悔やまれだした。それほど英国の絵画というものは面白かったからである。ここにはビアズレイやラファエル前派の有名な蒐集もあるが、これを見ていれば『漾虚集』や『虞美人草』の「紫の女」の謎はもっと早く解けたのにと思われるふしもある。

と、「ビアズレイやラファエル前派」にふれた一節がみられるが、この数行はのちに著作集収録のさい加筆されたもので、初出段階では存在しない(14)。

ところがこれに次いで書かれた「漱石とラファエル前派」(『文學界』同年十一月)では、あれほど熱っぽく「異様な感動を覚え」たと語ったターナーへの讃辞はすっかり影をひそめ、それに代わって「ラファエル前派」がはじめて大きく取り上げられる。彼は「今度六年ぶりにロンドンに出かけて以来、漱石とラファエル前派との関係が急に気になりはじめていた」として、テイト・ギャラリーでロセッティの《聖ジョージと王女サブラの結婚》、バーン゠ジョーンズの《シドニア・フォン・ボルク》、モリスの《王女ギネヴィア》などが並ぶ一角に足を踏み入れたとたん、「思わず「ああ、これだこれだ」とひざを叩きたくなった。眼の前に展開されたのはほかならぬ『漾虚集』の世界だったからである」と記す。

注目すべきは、このエッセーの導入部に、彼がロンドンから帰京して間もなく、『季刊藝術』の共同発刊者である高階秀爾から『それから』の代助の性格設定について興味深い新説」すなわち代助は「ある意味ではユイスマンスの『さかしま』の主人公、デゼッサントの日本版とでもいうべき世紀末的耽美派にほかならない」という説を聞かされたと記していることである。高階の「新説」は『季刊藝術』第三号(同年十月)に掲載された「青木繁　日本近代美術史ノート3」(15)に述べられているが、そこにはロセッティやバーン゠ジョーンズ、そして「ラファエル前派」の名称が何度も出てくるのである。

折しも東京では「英国王室展　ビクトリア王朝の美」(同年十月六日〜十八日、池袋西武百貨店)が開催され、ラファエル前派絵画五十四点が展示されて話題となっていた。江藤がこの時期から急激にラファエル前派に強い関心を示し始めるのは、じつは高階の「新説」に示唆され、時代の空気に刺戟されたところが大きいのではあるまいか。

こうした流れを受けるように、翌一九六八年一月発行の『季刊藝術』第四号は、美術・音楽の二部門がともに世紀末芸術を特集し、ビアズリーの《イゾルデ》とミレーの《両親の家のキリスト》が誌面を飾った。なかでも興味深いのは、仏文学者岩崎力が「プルーストと《アール・ヌーヴォー》――曲線の美学」と題して、「プルーストの文体と《モダーン・スタイル》あるいは《アール・ヌーヴォー》との間に感じられる類縁関係」を論じていることである。岩崎はプルーストの文体の特徴について用いられる「「曲がりくねった」「万華鏡のような」「複雑な」「絡みあった」といった類の形容詞」が「いずれも「アール・ヌーヴォー」の特徴として常にあげられるもの」であることを指摘し、さらにケルト伝説がラスキン、ペイター、ワイルドの系譜、あるいは「ウィリアム・モリスやラファエル前派などを経由して、プルーストと《アール・ヌーヴォー》をつなぐ絆になっている」と述べる。

その翌月、江藤は『国文学』誌上に「漱石と英国世紀末芸術」を発表し、『漾虚集』と「ラファエル前派のいわゆる「世紀末芸術」」との「著しい類似」についてはじめて本格的に論じた。彼はことに『薤露行』の「特殊な文体」に着目し、

ここで用いられている雅文体の効果は、通常「世紀末芸術」の一般的な表現とされるいわゆる「アール・ヌーヴォー」の効果を想起させもする。つまり「曲りくねり」、「複雑」で「絡みあい」、

渦巻型のデザインや波紋状のパターンを基調とする様式に通じるものが、漱石のこのスタイルには明確にあらわれているのである。

と書いている。二つの文章を並べると具体的な語彙や表現まで類似はいちじるしく、江藤が『季刊藝術』編輯人として目を通した岩崎論文から示唆を得たものと推測される。

このようにテイト・ギャラリーでの体験は、時が経ち周囲からさまざまな情報を得るにつれて次第にふくらみ、大きな意味を持つようになっていった。(16)

それにしても江藤は何故これほどまでに『薤露行』という短篇にこだわり、またラファエル前派にひきつけられたのであろうか。その鍵はおそらく両者の接点であるアーサー王伝説にある。

ここに一篇の短い文章がある。「夏目漱石論」が『三田文学』に掲載されたのと同じ一九五五年十二月、慶應大学英文科三年の江藤が友人数名と発行していた同人誌『位置』第六号の「手帖」欄に寄せた、少年の日の思い出である。(17)

「小さい頃から病気ばかりしている。」という、やや『坊っちゃん』の冒頭にも似た書き出しに始まるこの小品には、病気がちだった彼が「今はもう焼け落ちて跡形もない大久保百人町の家の奥の座敷」を病室として、「古い紙の匂いと、苺ジャムの匂いにひたりながら、寝床の中にすっぽりともぐり込んで、幾時間も納屋から持ち出した本を読みふけ」った日々の記憶が綴られているが、その中に次のような印象的な場面がみられる。

夕方になると、西洋の騎士や聖杯がグロテスクな世界を繰りひろげる頁の向こうに父の顔が浮かぶこともあった。父の帰宅には、半ば怖ろしく、半ば待ち遠しい、一寸スリリングな期待があった。……たまたま微熱が出続けるような時、彼は眉をひそめて、少しいらいらしたようにいう。もうお土産なんか買って来ないぞ。おとなしくしてないと。本を読みすぎるんじゃないのかい？

……

還暦を越えて書かれた「渚ホテルの朝食」[18]などごくわずかなエッセーをのぞけば、江藤が父について思い出を語ることはきわめてまれであった。『一族再会』に「父」の章は遂に書かれることなく、「母」の章には「父親という最初の他人」という言葉さえみられる。

しかし二十三歳の江藤が綴ったこの追憶の中には、不器用ながらも温かい父と子の交流が描かれている。その二人の間にあった「西洋の騎士や聖杯がグロテスクな世界を繰りひろげる頁」がアーサー王伝説をはじめとする騎士物語を意味することはいうまでもない。おそらく彼にとって、アーサー王伝説は父と共有した数少ない幸せな記憶の象徴だったのではあるまいか（後年の『なつかしい本の話』では、これに似たエピソードがまったく異なる文脈と意味づけのなかで語られているが、同人誌の文章の方が作意が少なく真実に近いと思われる）。

そのアーサー王伝説を題材に、漱石とラファエル前派とが一つに結びついた『薤露行』は、江藤が

〈物語〉を託すにふさわしい要素をすべて備えていたといえる。彼の思い描く〈死者を愛し続ける男の物語〉の主人公は、亡き嫂を愛し続ける漱石であり、妣を慕い続ける江藤自身であると同時に、亡き妻を愛し続けているはずの父その人だったからである。

江藤が六歳の時に父が再婚して以来、江頭家では亡母廣子の存在は封印され、その思い出を語ることも死を悼むことさえも憚られるようになった。継母千恵子の気づかいと優しさを感じれば感じるほど、その封印はいっそう固く、とくに父と亡母について語ることは、江藤にとって重大な〈禁忌〉となった。それでも彼は、父が本当に愛しているのは継母ではなく、若く美しいまま「不在の世界」にいる母廣子であると信じたかったのであろう。

彼が『薤露行』は「禁忌への配慮」のために「隠喩と暗号によって織り上げられた世界」であると強調するのは、『漱石とアーサー王伝説』という彼自身の〈作品〉の秘密を伝えるものであった。江藤は父とともに「暗号」でつづられた「挽歌」をひそかに母に捧げ、それによって母への訣別と父との和解を果たそうとした。だからこそ彼はこの〈作品〉にはじめて「父上に」という献辞を記したのである。それは『漱石とその時代』の巻頭に掲げた、あの亡き母への献辞とも、照応するものであった。

「厳密な学問的手続き」の枠組みの上に、江藤が周到に織り上げた〈物語〉は、こうして完成した。しかしそれはあくまでも「江藤淳の〈物語〉」であった。

江藤淳がその生涯をかけてみずからの内なる「不在の世界」にこだわり、「言葉の源泉をなす薄暗い場所」を求めつづけた結果、彼のいう漱石の「低音部」や「深淵」を探りあて、「則天去私の作家」とは別の「人間漱石」を提示した業績の大きさは、あらためていうまでもない。ことに『漱石とアーサー王伝説』の与えた衝撃と影響はその後の漱石研究の方向性と方法論を一変させたといっても過言ではない。今日「ラファエル前派」や「世紀末」について何の知識もないまま漱石を論じる者は稀であろう。

しかしそのことが一面では、現在語られる多くの「漱石」像にあるひずみを与えてはいないだろうか。漱石の「深淵」から目を逸らすことはできないが、それだけを拡大して凝視しつづけることは、往々にして他の部分を見失う結果にもつながる。

処女作『夏目漱石』において、江藤は小宮豊隆の評伝を「おびただしい貴重な事実を、「則天去私」の悟達を導き出すために、整然と合理的に配列しようとした」と批判し、漱石を「則天去私」神話の高みから「ぼくら」の手に取り戻そうとした。だとすれば、江藤の遺した業績から「おびただしい貴重な事実」と彼の紡ぎだした〈物語〉とを篩《ふる》い分け、自分の目で漱石を捉えなおす試みも、けっして江藤の志にそむくことにはなるまい。

漱石は「深淵」を抱えながら、『漾虚集』と並行して『吾輩は猫である』や『坊っちゃん』を書き、メレディスやオースティンを読み味わい、若い門人たちとの談論を楽しんだ。その大いなる矛盾と均衡の中にこそ、漱石の真の「謎」があるように思われるのである。

註

（1）一九七五年七月二十八日収録。『国文学』同年十一月号所載。

（2）大岡昇平『小説家夏目漱石』（筑摩書房、一九八八）、小坂晋『漱石の愛と文学』（講談社、一九七四）、宮井一郎『夏目漱石の恋』（筑摩書房、一九七六）、石川悌二『夏目漱石――その実像と虚像』（明治書院、一九八〇）など。

（3）「漱石の思ひ出」、昭和十年版『漱石全集』月報第十六号（一九三七年二月）。「クワッケンボスのレトリック」とはG・P・クヮッケンボスによる英語教材 George Payn Quackenbos, *Advanced Course of Composition and Rhetoric: A series of practical lessons on the origin, history, and peculiarities of the English languge; Adapted to self instruction, and the use of schools and colleges* (New York: D. Appleton & Co., 1861)。クヮッケンボスは米国の教育家で、英語・歴史・物理などさまざまな学校用教材を数多く執筆刊行した。わが国でも帝大の前身である南校ではやくから格賢勃斯（カッケンボス）の名で知られ、多くの科目で用いられた。翻訳・抄訳も、大学南校助教訳『英文典直訳』上・下（一八七〇）、戸田忠厚訳『英文典独学』（一八七二）、岡千仭・河野通之訳『繙繹米利堅志』上・下（一八七三）など、科目ごとに数種の和綴じ本が出ており、件の本にも抄録があったようだが、漱石は原書を読んでいたのであろう。

（4）Mrs. Oliphant, *Literary History of England 1790-1825*. 3 vols. (London: Macmillan, 1886) 第一巻の見返しに「明治廿六年正月ウード先生／年玉《たまわ》はれる／夏目金之助」という毛筆の署名がある。

（5）厳密な意味でラファエル前派といえば、一八四八年にP. R. B.（The Pre-Raphaelite Brotherhood）を結成したダンテ・ゲイブリエル・ロセッティ、ジョン・エヴァレット・ミレー、ウィリアム・ホルマン・ハントの三人に、ウィリアム・マイケル・ロセッティ、トマス・ウルナー、ジェイムズ・コリンズ、フレデリック・ジョージ・スティーヴンスの四人を加えた七人を指すが、一般的にはウィリアム・モリス、エドワード・バーン＝ジョーンズ、フォード・マドックス・ブラウンらもラファエル前派として扱われる。美術以外のジャンルでも、スウィンバーンやウォッツ＝ダントンなどP. R. B. との関わりが深い文学者はしばしばラファエル前派詩人と称される。

（6）拙著『漱石の源泉──創造への階梯』三〇〜六四頁参照。

（7）前掲拙著三〜六四頁（とくに六〜一六頁および三九〜四一頁）を参照。

（8）明治四十二（一九〇七）年四月十五日付『国民新聞』所載の談話。『漱石全集』第二次刊行第二十五巻（二〇〇四年四月）に「補遺」として収録。

（9）松村昌家「『幻影の盾』における英文学的諸要素」（『明治文学とヴィクトリア時代』山口書店、一九八一、初出『神戸女学院大学論集』二十二巻二号、一九七五年九月）を参照。

（10）副題に *The Adresses delivered before the National Association for the Advancement of Art by William Morris* とある。「芸術とその創造者」は一八八八年リヴァプール大会、「今日の美術工芸」は一八八九年エジンバラ大会で発表され、協会の会報に掲載されたものの再録である。

（11）「漱石自筆図書購入ノート」では「826 Richard de Bury The Love of Books. .60 」が「827 Wm Morris」の直前に並んで記されている。前掲拙著資料編三十二頁。

（12）髙宮利行「江藤・大岡論争のころ」（『三田文学』第八十五巻第八十号、二〇〇五年二月）によれば、「江藤氏が重視するその絵はモクソン版にもその復刻版にも含まれず、それゆえ漱石は見ることができなかった」という。

（13）『新編　江藤淳文学集成』5（河出書房新社、一九八五）所収。初出『われらの文学』「江藤淳　吉本隆明」巻末エッセー「わたしの文学」（講談社、一九六六年十一月）。

（14）『決定版　夏目漱石』（新潮社、一九七四）収録のさいに改稿された。このとき「異様な感動」という表現も削られている。

（15）「青木繁」のタイトルで『日本近代美術史論』（講談社、一九七二）に収録。のち講談社文庫（一九八〇）・講談社学術文庫（一九九〇）・ちくま学芸文庫（二〇〇六）。

（16）ロンドン行そのものについても、「ちょっとロンドンに出かけた」（「ロンドン・漱石・ターナー」）→「十日ほどロンドンに行って来た」（「漱石とラファエル前派」）→「約二週間ほどロンドンに滞在した」（「漱石と英国世紀末芸術」）と微妙に表現が変化している。

（17）『文學界』一九九九年十一月号に再録。

（18）『ノーサイド』一九九四年九月号所載、『渚ホテルの朝食』（文藝春秋社・一九九六）所収。

第六章　『三四郎』とブラウニング
――「ストレイシープ」と「ダーターファブラ」をめぐって

I　「ストレイシープ」の出典

『三四郎』という小説には、耳慣れない横文字や謎めいた引用句が随所にちりばめられている。なかでも忘れがたい印象を残すのが、主人公をとりまく三人の個性的な人物――美禰子・与次郎・広田先生がそれぞれ口にする、「ストレイシープ」「ダーターファブラ」「ハイドリオタフヒア」という三つの語句である。

このうち「ハイドリオタフヒア」とは、十七世紀に英国の医師サー・トマス・ブラウンが著した書物『壺葬論』(*Hydriotaphia*) をさすことが早くから知られている。筆者はこの件について、この書物の第二章に'A great obscurity'という語句があり、広田先生の異名「偉大なる暗闇」はこれに拠ると考えられること、この書物と著者ブラウンの人物像が広田先生の造型に深くかかわっていることなどを論じたことがある。[1]

また「ダーターファブラ」についても、古代ローマ詩人ホラティウスの『諷刺詩』にある「他人事ではない」という意味のラテン語句 'de te fabula' と解され、ロバート・ブラウニングの物語詩「騎馬像と胸像」(The Statue and the Bust)にも用いられていることが、英文学者福原麟太郎によって夙に指摘されている。[2]

ところが「ストレイシープ」については、第五章から結びの場面まで繰り返しあらわれる印象的な言葉であり、作品全体を読み解くキーワードとしてしばしば論じられてきたにもかかわらず、その出典は未だ詳《つまび》らかにされていない。「迷える羊」という発想はあきらかにキリスト教に由来するもので、聖書にもこれに類する表現はいくつかみられるが、意外にも 'stray sheep《ストレイシープ》' という語句そのものは英訳聖書中に存在しないのである。[3] といっても漱石の造語というわけではなく、『オックスフォード英語辞典』に『トム・ジョウンズ』などの用例[4]が記載されているほか、これまで『嵐が丘』第十章・『デイヴィッド・コッパーフィールド』第二章など、いくつかの用例が指摘されてきた。[5] しかしいずれも『三四郎』との具体的なつながりは見られず、典拠を特定するにはいたっていない。

しかしその中にひとつ、これまでなぜかほとんど顧みられていないが、注目すべき発言がある。今から半世紀以上も前に、これも福原麟太郎が、この言葉は「十九世紀の詩人ブラウニングの『男たち女たち』という詩集の中に出てくる」と述べているのである。[6] 福原は「ダーターファブラ」の出典を指摘した折にも、「ストレイシープ」と「ダーターファブラ」の両句がともにこの詩集中にあることから、「漱石は、ブラウニングの『男たち女たち』を読んでいて、ひそかにその中の句を使ってみせたのではなかったろうか」[7]と推定している。これはきわめて興味深く重要な指摘というべきであろう。ただ福原は「ストレイシープ」の出てくる詩のタイトルまでは記していないのだが、おそらく彼の念頭にあったのは、「炉辺にて」（By the Fireside）という作品と思われる。『男たち女たち』（*Men and Women*）という詩集は、上下二巻全五十一篇の詩から成るが、'stray sheep' という句がみられるのはこの作品だけなのである。[8]

ロバート・ブラウニングといえば、わが国では『海潮音』における上田敏の訳業、とりわけ「時は春、／日は朝《あした》……」に始まる「春の朝」[9]の名訳をまず思い浮かべる人が多いであろう。しかし敏訳ではわずか八行にすぎないこの佳品は、じつは独立した短詩ではなく、『ピパが通る』（*Pippa Passes*）という戯曲の中で、それも殺人の行なわれた直後の場面で、その傍を通る少女ピパのうたう詞を抽き出したものであった。

このことが象徴するように、ブラウニングの詩には物語的な内容と劇的な構成をそなえた長大な物語詩や劇詩が圧倒的に多い。『男たち女たち』に収められた「短詩」でさえ、多くは数十行から数百行にわたり、その内容も、芸術家や哲学者、貴族や市井の恋人たち、浮気女や犯罪者にいたるまで、さまざまな人物の口を借りて人生の種々相を活写したものである。オスカー・ワイルド、バーナード・ショー、ヘンリー・ジェイムズなど、むしろ小説家や劇作家のあいだにブラウニングの賛美者が多いことも肯けよう。[10]

ロバート・ブラウニング
肖像と署名

わが国においては芥川龍之介がブラウニングの愛読者として知られ、「藪の中」「袈裟と盛遠」などの作品にその影響が指摘されてきた。[11] 彼自身、友人への書簡で「僕は「袈裟と盛遠」式のものを書きためて Men and Women のやうなものにしたいと思つてゐる……この頃すつかりブラウニング信者になつた」と告白している。[12] 彼は『男たち女たち』を詩集としてではなく、短篇小説集として読んだのである。

それでは芥川が師と仰いだ漱石は、ブラウニングという作家をどのように捉え、その作品から何を読みとっていたのであろうか。

II　漱石のブラウニング体験

漱石のブラウニングとの出会いは、熊本五高教授となってまもない一八九六（明治二十九）年九月、丸善から『ブラウニング詩選』（*Select Poems of Robert Browning*）を購入したことに遡る。[13] それ以前は、一八九三（明治二十六）年発表の論文「英国詩人の天地山川に対する観念」[14] などにもブラウニングについての言及が一切ないことから、学生時代には作品にふれる機会がなかったと思われる。

次に掲げるのは、漱石蔵書中のブラウニング関係文献（作品および研究書）八点を、購入順に一覧にしたものである。[15]

①『ブラウニング詩選』
Select Poems of Robert Browning. English Classics（New York: Harper & Bros., 1896）
一八九六（明治二十九）年九月購入

②『パラセルサス』
Paracelsus. Temple Classics（London: J. M. Dent & Co., 1899）
一九〇〇（明治三十三）年十一月二十八日購入

③『ロバート・ブラウニング全詩集』全二巻
The Poetical Works of Robert Browning. 2 vols.（London: Smith, Elder & Co., 1900）
一九〇一（明治三十四）年四月十六日購入

④オア夫人著『ブラウニング作品ハンドブック』
Mrs Orr, *A Handbook to the Works of Robert Browning*（London: G. Bell & Sons, 1899）
一九〇一（明治三十四）年四月十六日（③と同日）購入

⑤ブラウニング夫人（エリザベス・バレット）著『オーロラ・リー』
Mrs. Browning（Elizabeth Barrett）, *Aurora Leigh*（London: G. Bell & Sons, 1902）

一九〇二（明治三十五）年五月購入
⑥E・バードゥ著『ブラウニング事典』
Edward Berdoe, *The Browning Cyclopædia*（London: S. Sonnennschein & Co., 1898）
一九〇三（明治三十六）年末購入
⑦G・K・チェスタトン著『ロバート・ブラウニング』
G. K. Chesterton, *Robert Browning*. English Men of Letters（London:Macmillan & Co., 1903）
一九〇五（明治三十八）年初購入
⑧アーサー・シモンズ著『ブラウニング研究の手引き』
A. Symons, *An Introduction to the Study of Browning*（London: J. M. Dent & Co., 1906）
一九〇七（明治四十）年前半購入

これを見てわかるように、彼が本格的にブラウニングに取り組みはじめたのは英国留学中のことである。ロンドンに到着して約一ヶ月後に劇詩『パラセルサス』を購入したのを皮切りに、ブラウニング夫人の代表作『オーロラ・リー』を含め、四点をロンドンで入手している。福原の指摘した詩集『男たち女たち』はこの中に含まれていない。

しかし③『ロバート・ブラウニング全詩集』は、ブラウニング歿後の一八五五年に刊行された二巻本全集で、詩と戯曲の全作品を発表順に収録しているから、『男たち女たち』の収録作五十一篇はす

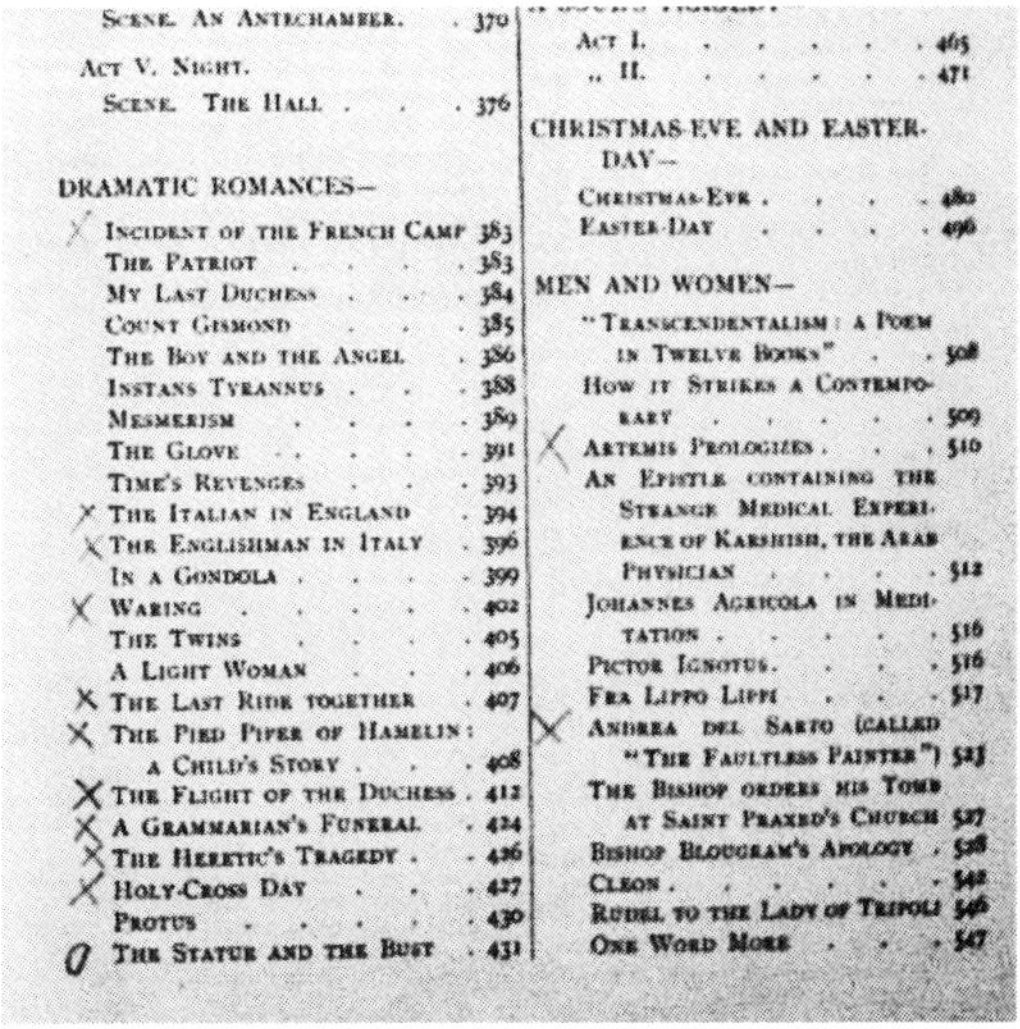
Scene. An Antechamber. . 370
Act V. Night.
Scene. The Hall . . . 376

DRAMATIC ROMANCES—
Incident of the French Camp 383
The Patriot . . . 383
My Last Duchess . . . 384
Count Gismond 385
The Boy and the Angel . 386
Instans Tyrannus . . 388
Mesmerism 389
The Glove . . . 391
Time's Revenges . . . 393
The Italian in England 394
The Englishman in Italy . 396
In a Gondola 399
Waring 402
The Twins 405
A Light Woman . . . 406
The Last Ride together 407
The Pied Piper of Hamelin: a Child's Story . . 408
The Flight of the Duchess . 412
A Grammarian's Funeral . 424
The Heretic's Tragedy . 426
Holy-Cross Day . . . 427
Protus 430
The Statue and the Bust . 431

Act I. 465
,, II. 471

CHRISTMAS-EVE AND EASTER-DAY—
Christmas-Eve 480
Easter-Day 496

MEN AND WOMEN—
"Transcendentalism: a Poem in Twelve Books" . . 508
How it Strikes a Contemporary 509
Artemis Prologizes . . . 510
An Epistle containing the Strange Medical Experience of Karshish, the Arab Physician 512
Johannes Agricola in Meditation 516
Pictor Ignotus 516
Fra Lippo Lippi . . . 517
Andrea del Sarto (called "The Faultless Painter") 523
The Bishop orders his Tomb at Saint Praxed's Church 527
Bishop Blougram's Apology . 528
Cleon 542
Rudel to the Lady of Tripoli 546
One Word More . . . 547

『ロバート・ブラウニング全詩集』第1巻目次

べてこの全集によって読むことができた。手沢本をひらくと一・二巻とも傍線や印など多くの書き入れがあり、「指輪と本」「ソーデロ」などの大作を含め、ほとんどの作品に目を通した形跡がみられる。問題の「炉辺にて」と「騎馬像と胸像」はともに第一巻に収められ、「炉辺にて」は作品掲載箇所（p. 281）、「騎馬像と胸像」は目次（p. xv）中の、それぞれのタイトルに鉛筆で印が付けられている（図版参照）。漱石はこれらの作品を、『男たち女たち』ではなく、この全詩集によって読んでいたのである。

漱石がこの全集を購入した一九〇一年四月十六日は火曜日にあたる。面白いことに、留学中の日記や図書購入メモをみると、火曜日に本を買っていることが多い。このころ彼は毎週火曜日にシェイクスピア学者クレイグ宅で個人教授を受けていた。外出のついでというばかりでなく、クレイグから受けた文学的刺戟や感興がおのずから書店へ足を向かわせたものと想像される。

この日もクレイグ宅からの帰途、チャリング・クロスの老舗古書店バンパスに立ち寄って、ブラウニング関係のほか『テニスン全集』全二十三巻、『ロセッティ詩集』全二巻、『ブレイク詩集』など、詩集や詩に関する研究書をまとめて購入している。当日の日記には

四月十六日　火

Craig《クレイグ》氏ニ至ル。…Bumpus《バンパス》ニテ六十円余ノ書物ヲ買フ。

Craig氏曰ク、Tennyson《テニスン》ハartist《アーティスト》ナリ、大詩人ナリ、去《さ》レドモ欠点アリ。彼ノ哲学的詩ハ深カラズ。…Wordsworth《ワーズワース》ノ傑作ハ固《もと》ヨリT.《（テニスン）》ノ上ニアリ。

とあり、クレイグからテニスンとワーズワースの比較論を聞いて、さっそくテニスンの全集や研究書をもとめたことがわかる。あるいはこのとき、ブラウニングについても、クレイグから何らかの示唆を与えられたのではあるまいか。

漱石はのちに「テニソンに就《つい》て」という談話の中で、ブラウニングを引き合いに出し

ブラウニングは難かしい詩を作る。同時代では人気はテニソンに及ばなかったが専門の学者になると無論テニソンより上に見る。ブラウニングの詩は特別に研究もしないが、中に書いてある事、

人間の腹がよく出ているとか、人間がよく現われているとかいう点は旨《うま》いと思う事もあるが調子になると判らん。（向うの人は評してラゲッドというが私にもそう思われる。）

と述べている。[16] このようにブラウニングとテニスンを比較する漱石の口吻は、「ワーズワースの傑作は固よりテニスンの上にあり」というクレイグの言葉を髣髴させ、ブラウニングを「テニソンより上」に見る「専門の学者」とはクレイグのことかとも想像される。

ここでブラウニングの「調子」を形容している「ラゲッド」という単語について、従来の註、たとえば岩波の全集注解などでは、「ragged　不完全な。不調和な」としているが、これは'rugged'[17] すなわち「（韻文などの）響きが無骨で洗練されていない」あるいは「荒削りだが力強い」の意と解すべきであろう。「向うの人は評してラゲッドという」とあるとおり、この表現は『ブラウニング作品ハンドブック』④序章やラスキンの名著『近代画家論』第四巻、あるいはジョージ・エリオットによる『男たち女たち』の匿名書評など、同時代評にしばしば見受けられる。[18] そしていずれの評者も、全体としてはブラウニングの芸術性と独創性を高く評価しているのである。

たとえばラスキン『近代画家論』第四巻には

ロバート・ブラウニングが中世について書く文章はどこをとっても誤りがなく、常にいきいきとして正確かつ深遠である。私たちがここで注目してきた芸術の問題においても、中世的特質にかかわる要素は、あの一見無頓着であまりにも無骨《ラゲッド》な彼の韻文の中に、ほぼ漏れなく表現されていると言ってよい[19]。

とある。『近代画家論』が漱石の愛読書であり、『三四郎』とも関わりが深い[20]ことは言うまでもないが、このくだりはブラウニングをいちはやく認めた文章として知られ、『ブラウニング詩選』（①）にも収められているから、漱石が目にしていた可能性が高い。

この『ブラウニング詩選』の巻頭には、ラスキンのほか、ファーニヴァル、ダウデン、スウィンバーンなど、代表的な同時代評九篇が十六頁にわたって収録されている[21]。ファーニヴァルはブラウニング協会の設立者にして、シェイクスピア研究など多方面に活躍した傑物であり、漱石は留学中に面談したこともある[22]。ダウデンはクレイグとともに『アーデン・シェイクスピア』の校注で知られ、漱石もその著書を三冊所蔵していた[23]。またスウィンバーンは漱石の初期作品に影響を与えたラファエル前派詩人であり[24]、ロセッティ兄弟やウィリアム・モリスらとともに早くからブラウニングを崇拝していた[25]。こうしたブラウニングをめぐる人脈も、漱石には興味深いものだったと思われる。

一九〇三（明治三十六）年一月に帰国して帝大講師となった後も、漱石のブラウニングに対する関心は衰えず、同年末にはバードゥ著『ブラウニング事典』（⑥）を購入する。これは作品ごとに註釈や解説を集成した大部の労作で、オア夫人の『ハンドブック』とならんでブラウニング研究の必携書とされていた。漱石も大学の講義で何度かブラウニングを取り上げており[26]、これらの文献を参照していたのであろう。

『吾輩は猫である』で文壇に登場した一九〇五（明治三十八）年初めには、G・K・チェスタトン著『ロバート・ブラウニング』(7)(27)を購入している。小説や批評そして〝ブラウン神父シリーズ〟などの推理小説で知られるチェスタトンも、当時は未だ無名の青年であったが、ブラウン神父を思わせる独特の逆説と機知はすでに輝きをみせている。彼の出世作となったこの評伝を、漱石は刊行後一年ほどのうちに読んでいたのである。

漱石は『文学論』第五編第六章で、天才がなかなか世間に理解されない例としてブラウニングの名を挙げ、さらに「彼の著作中尤《もっと》も難解の聞え高き *Sordello* に関しては世間今猶二三の逸話を伝へて、吾人の一笑を博するに似たり」と前置きして、劇詩『ソーデロ』にまつわる逸話を約八百字にわたって紹介しているが、これはチェスタトンの著書の第二章冒頭二頁（三四〜三五頁）をほとんどそのまま訳述したものにほかならない。

記事の内容は「一笑を博する」とあるとおり、「カーライル夫人は『ソーデロ』というタイトルが人名か地名か書名か最後まで分からなかった」とか、「テニスンはこの詩の最初の一行と最後の一行しか理解できなかった」などと、この作品の難解さがひきおこした笑い話のような逸話三題を伝えただけの他愛ないものだが、漱石はそれを逐語訳に近い形で引用している。その語り口からは、チェスタトンと漱石がともに、ブラウニングの「難解さ」をどこか面白がっているような気分が感じられる。この二作家はユーモアのセンスにおいて通じるところがあったのかもしれない。ちなみに、この記事の末尾に「評家Chesterton嘗て之を解して曰く」云々と記した漱石の一文が、わが国にチェスタトンの名を伝えた嚆矢《こうし》であるという。[28]

『文学評論』第二編第一章には、十八世紀の哲学者バークレーがなぜ唯物主義ではなく唯心主義となったかという疑問について、「此質問は頗《すこぶ》る困難な質問で恰度《ちょうど》ブラウニングが何故哲学者にならないで詩人になつたかと聞く様な者である」とあるが、これは当然、ブラウニングは本来詩人よりも哲学者にふさわしいということを前提にした発言である。

漱石は大学の講義以外にもさまざまな場面でブラウニングについて語っている。[29] 一九〇七（明治四十）年一月に発表した小説『野分』では、主人公白井道也の講演の中に

> 自己を樹立せんが為めに存在したる時期の好例はエリザベス朝の文学である。個人に就て云へばイブセンである。メレヂスである。ニイチエである。ブラウニングである。

と、ブラウニングの名が、イプセンやニーチェ、そして漱石がもっとも愛読した作家ジョージ・メレディスと並べられている。ブラウニングとメレディスは、あまりにも独創的で晦渋な文体がわざわいして世間に認められがたかった点で共通しているが、漱石にはそういう作家にひかれる傾向があったようだ。

この二人は海外の同時代評においても並び称されることが多く、メレディスを「ブラウニングの

徒」と呼ぶ評者さえあった。[30] オスカー・ワイルドは「メレディスは散文になったブラウニングであり、ブラウニングもまた然り。彼は散文で書くための媒介として詩を用いたのだ」[31]と記した。さらにアーサー・シモンズは『ブラウニング研究の手引き』⑦において、「女性を理想化も蔑視もせずに、男性側からではなく女性自身の側から、女神でも愛玩物でもなく、対等に生きる者として描き得る」作家はブラウニングとメレディスの二人あるのみと論じ、この著をメレディスに献じた。[32]

『野分』発表後まもなく、漱石は大学を辞して朝日新聞の専属作家となり、それとほぼ同時期にこの『研究の手引き』を購入している。つまり彼は英文学者としての必要からではなく、小説家としての興味をもって、ブラウニングに取り組み続けたのである。

朝日新聞に『三四郎』が連載され、「ストレイシープ」と「ダーターファアブラ」という二つの語句が紙面に登場するのは、その翌年——一九〇八（明治四十一）年秋のことであった。

Ⅲ　「炉辺にて」と「ストレイシープ」

ここで問題の「炉辺にて」という詩を、「ストレイ・シープ」という語句に着目しつつ、『三四郎』と比較しながら読んでみよう。

この作品は各連五行・五十三連、全百六十五行から成る抒情詩で、「劇的独白《ドラマチック・モノローグ》」と呼ばれる、ブラウニング独特の一人称の「語り」形式で書かれている。内容は、人生の半ばを過ぎた男性（語り手）

が暖炉のそばで妻と向かい合い、かつてイタリア・アルプスの山麓を共に訪れ、そこで愛を告白した若き日のことを思い起こす——というもので、ブラウニング夫妻の実体験が下敷きになっているという。詩行の大半は北イタリアを舞台にした回想場面に占められ、晩秋の自然をうつしだす絵画的描写の美しさが印象的である。

季節は十一月初め、連れだって歩く若い二人のまわりに森が広がり、足許には平らな石伝いに小川が流れている。苔むした岩肌を蔦紅葉が血のように赤く彩り、石造りの橋の向こうに古い礼拝堂が見える。このような情景の中、第二十連に「ストレイシープ」があらわれる。

そこには終日《ひねもす》　小鳥がうたい
　池ではときおり　迷子の羊が水を飲む
その場所は黙したまま　すべてを見守り
　そこに去来した　さまざまな光景も
その歓びも罪も　ほかに知る者はない

（後出「補足資料」一八七～一九二頁参照）

And all day long a bird sings there,
　and a stray sheep drinks at the pond at times;
The place is silent and aware;

It has had its scenes, its joys and crimes,
But that is its own affair.（XX. ll.96-100）

ここにいう「その場所」が具体的には礼拝堂とその周辺を指すことから、「小鳥」や「羊」は実景であると同時に、礼拝堂が見守ってきた「歓び」と「罪」との暗喩《メタファー》でもある、すなわち池に水を飲みに来る「迷子の羊」とは、みずからの罪を自覚し救いと許しを求めて礼拝堂を訪れる者を暗示すると考えられる。

一方『三四郎』において、「ストレイシープ」という言葉が最初に出てくるのは第五章、季節は天長節（十一月三日）のすぐ後の日曜日という設定だから、「炉辺にて」と同じ十一月初旬である。広田先生たちと共に菊人形見物に出かけた三四郎と美禰子は、途中から二人だけで喧噪を離れ、川縁を歩いて橋を渡り、草の上にならんで腰を下ろす。向こうに藁屋根の家があって軒下に赤い唐辛子が干してあり、足下には小さな川が流れていて、石の上に鶺鴒《せきれい》が一羽とまっている。広い畠の先は森である。この「静かな秋」を背景に、美禰子は「迷子の英訳」として「迷へる子《ストレイ、シープ》」という言葉を三四郎に教える。

二つの作品に点綴される情景を比較してみると、谷中近辺の里景色とイタリア・アルプスの大自然という違いこそあれ、十一月初めの静かな森を背景に、足許に流れる小さな川、蔦紅葉や唐辛子のあざやかな赤い色、水辺に遊ぶ一羽の小鳥、橋の向こうの古い建物など、細部にわたって共通する要素が多い。ただ明治の東京には「迷子の羊」は登場しないが、その代わり「ストレイシープ」という言葉があらわれるのである。

両者に共通するのは道具立てばかりではない。「炉辺にて」の語り手も三四郎と同様、ここまで愛する女性と並んで歩きながら、胸の思いを告げることができずにいた（XXXIII.）。

だが「炉辺にて」では、この後に劇的な場面が展開する。二人は朽ちかけた橋を渡って古い礼拝堂を眺め、ふたたび橋を渡って小道を引き返そうとするが、そのとき彼らの上に天啓のごとく神秘的な瞬間が訪れる。

一瞬にして無限の、このひとときよ！
　水は切り株と石の上を　すべるように流れ
西の空はほのかに　光うすれ
　夕闇がたちまち　辺りを灰色に染めてゆく——
天には星ひとつ　橄欖石のかがやき！

Oh moment, one and infinite!
　The water slips o'er stock and stone ;
The West is tender, hardly bright :

How grey at once is the evening grown—
One star, its chrysolite!（XXXVII. ll.181-5）

これまで二人はひかれ合いながらも見えない壁に隔てられ、「友人どうし――あるいは恋人どうしだったかもしれない」という微妙な関係にとどまっていた。しかし男は「一瞬にして無限の、このひととき」に際して、ためらいを捨て敢然と愛を告白する。こうして彼は「友人を失って恋人を得」ることとなり、二人は結ばれるのである。

一方『三四郎』においても、「ストレイシープ」の場面のあとにある波乱が描かれている。美禰子の希望で、二人は藁屋根の家のそばを通って細い道を歩き出す。途中ぬかるみを石伝いに渡ろうとしたはずみに、美禰子がバランスを崩して三四郎にもたれかかる。

……美禰子の両手が三四郎の両腕の上へ落ちた。
「迷へる子《ストレイ、シープ》」と美禰子が口の中で云つた。三四郎は其呼吸《そのいき》を感ずる事が出来た。

なにげない描写のようだが、よく読めば二人はこの時ほとんど唇もふれ合わんばかりの状態だったことがわかる。この章はここで唐突に終わっているが、少なくともこの刹那、彼らの間にひめやかに濃密な時間が流れていたことはまちがいない。

漱石はこういう男女の少々きわどい場面を描くのが意外に得意だったらしく、この二年ほど前に発表した『草枕』にも似たような場面がある。第九章で、語り手の画工《えかき》が那美に英語の本の一節を訳して聞かせていると、そこへ地震が襲い、咄嗟に二人の「身躰がすれすれに動く」。その一瞬のあやうさを、漱石は

女は崩した、からだを摺《す》り寄せる。余の顔と女の顔が触れぬ許《ばか》りに近付く。細い鼻の穴から出る女の呼吸《いき》が余の髭にさはつた。

と描いている。『三四郎』の場合は新聞小説である分これほど直截的な表現ではないが、おおむね同工異曲と言ってよいだろう。

ここで重要なのは、画工が読んでいるのがメレディスの小説『ビーチャムの生涯』のロマンチックなラヴシーンであり、そこに描かれた恋とそのヒロイン像が、『草枕』の背景にひそんでいたことである。[33]同様の趣向を用いた『三四郎』の場合も、「ストレイシープ」という言葉のかげに、「炉辺にて」に描かれた秋の情景と若い男女の姿が重ね合わされていたのではあるまいか。

漱石は英文学作品から「人工的インスピレーション」を得てみずからの小説に取り入れる場合、そのまま模倣するのではなく、人物設定や結末を逆にしてみせるなど、むしろ原作に挑戦するようなかたちで独自の世界を創り出していることが多いが、この場合も例外ではない。「炉辺にて」の男女が

結婚にいたったのに対し、三四郎と美禰子は気持ちのすれ違ったまま結ばれずに終わる。「炉辺にて」において愛の成就を可能にしたのは、傷つくことを恐れぬ男性の勇気と、それを受けとめる女性の真率さであった。語り手は相手（現在の妻）に向かって、もし君が男の心を試すような振る舞いをしていたら、あるいはそこに第三者の影がつきまとっていたならば、二人は近くにいても遠い関係のまま終わっていただろう、と言う（XLV-XLVI）。

そしてまさにそういう結果に終わったのが、三四郎と美禰子の場合である。美禰子の思わせぶりな態度と三四郎のためらい、そして時おりちらつく野々宮の影がわざわいして、二人は友人以上の関係に近づくことができない。結局美禰子は身を翻すように見知らぬ男に嫁ぎ、三四郎が「迷《ストレイシープ》羊、迷《ストレイシープ》羊」と繰り返す場面でこの小説は幕を閉じる。川縁で身を寄せ合ったとき、この二人の上にも「一瞬にして無限のひととき」は訪れていたのかも知れないが、彼らはそれをみすみす見逃してしまったのである。

Ⅳ　「騎馬像と胸像」と「ダーターファブラ」

ここであらためて大きな意味を呈してくるのが、「ダーターファブラ」という語句と、その典拠とみられるもう一つのブラウニング作品「騎馬像と胸像」である。

『三四郎』の中で、「ダーターファブラ」という語句は「ストレイシープ」の場面に続く第六章にあらわれる。同級生親睦会の席で与次郎がしきりにこの言葉を連発し、三四郎が「ダーターファブラとは何の事だ」と訊ねるが、与次郎は「希臘語《ギリシヤ》だ」と答えるだけで、その意味や出典は三四郎にも読者にも明かされない。

これは第十一章で、三四郎に「ハイドリオタフヒア」の意味を問われた広田先生が、「何の事か僕にも分らない。兎《と》に角《かく》希臘《ギリシヤ》語らしいね」と答えるのと軌を一にしている。ただし「ハイドリオタフヒア」は広田先生の言うとおりギリシヤ語だが、「ダーターファブラ」はラテン語であって、ギリシヤ語というのは与次郎の間違いである。(34)

前述のとおり、この句の本来の出典は、古代ローマ詩人ホラティウスの『諷刺詩』第一巻第一歌の"mutato nomine de te / fabula narratur"という一節で、直訳すれば「名前を変えれば汝について／物語は語られている」、つまり「他人事ではない、お前にも当てはまる話だ」という意味である。ブラウニングはその"de te fabula"の部分を抜き出して用いたのだが、これだけでは動詞が欠けており、「汝について物語は」という、文法的にも意味の上でも不完全な語句である。『三四郎』の「ダーターファブラ」はこの変則的な引用をそのまま踏襲していることから、「騎馬像と胸像」が直接の典拠とみてよいだろう。

この作品は十六世紀イタリアを舞台とした悲恋物語を題材としており、形の上でもその内容にふさわしく、ダンテが『神曲』に用いた三韻句法（terza rima）という韻律をもって書かれている。これは各連が三行から成り、ＡＢＡ・ＢＣＢ・ＣＤＣという風に一行おきに脚韻が交替して、最後はＸＹ

X・YZYZと一行を加えて結ぶという形式である。この作品の場合は八十三連あるので、二百四十九行に一行を加え、全二百五十行となる。
全体の構成は、ブラウニング自身を思わせる語り手が、フィレンツェの広場に立つ騎馬像にまつわる伝説をものがたるという体裁で、その内容は次のようなものである。

フィレンツェの名門リッカルディ家で、その日輿《こし》入れしたばかりの花嫁がふと窓から広場を見下ろすと、たまたま馬に乗って通りかかったフェルディナンド大公と目が合い、その刹那二人は運命的な恋に落ちる。その夜婚礼披露の宴席で挨拶を交わす二人の様子から、何事かを感じとった夫は、花嫁に対しその日限り部屋から外に出ることを禁じる。それからというもの、毎日馬で広場を通る大公と邸の中の夫人は窓越しにみつめ合い、明日こそは手に手を取って駆け落ちしようと心に誓うが、ともに最後の一歩を踏み出せず、様々な理由をつけては決行を一日延ばしにする。やがて歳月が流れ、二人はいつしか青春が過ぎ去ったことに気づく。夫人は若く美しい姿のまま広場を見下ろすみずからの胸像をレリーフに造らせて窓辺に飾り、一方大公も凛々しい乗馬姿でその窓を見上げるブロンズ像を広場に建てて、互いに永遠の愛のかたみとしたのである。

全八十三連中ここまでが七十一連で、これだけならふつうの「悲しくも美しい恋物語」である。しかしブラウニングはそれにとどまらず、残りの十二連において独自の哲学を披露し、この二人の行動を――あるいは行動しなかったことを――きびしく糾弾している（後出「補足資料」一八九～一九一頁）。「彼らは罪を犯そうとしていたのだから、それを避けられてよかったのだと君は云うかも知れない。しかし目的の善悪よりも、全力を尽くして己れの人生に賭けようとしなかった点にこそ、彼らの罪はあるのだ」と詩人は言い、最後に件の引用句で次のように一篇を結ぶ。

徳高き君よ（ここが議論のしどころだ）
君ならどう闘うのか？　これは君の話だぞ！

You of the virtue (we issue join)
How strive you? *De te, fabula!*

つまり"*De te, fabula!*"とは、「諸君もこの二人のように、本当の自分をごまかして生きているのではないか？　世間的な道徳や結果の成否よりも、みずからの意思や心情に正直に従い、そのなかで最善を尽くすべきではないのか？」というブラウニングのメッセージなのである。この詩が発表された当時は、批評家や読者の間に、この言が不貞を奨励するものだとして非難する声もあり、道徳上の物議を醸したほどであった。(35)
与次郎に「ダーターファアブラ」という言葉を吐かせたとき、漱石は当然このメッセージを意識していたにちがいない。三四郎が池のほとりで美禰子を一目見たときから彼女にひかれつつ、思いを告げることができないまま、美禰子は初めて会った日の姿を肖像画に残して嫁いでゆく。窓越しの逢瀬の姿を像に刻ませて思いを封じ込めたフェルディナンド大公とリッカルディ夫人の物語は、彼らにとってまさに「他人事ではない」のだ。

そして漱石はこのメッセージに応えるように、『三四郎』に続く『それから』において、人の道にそむき姦通という罪を犯しても愛を貫こうとする男女の姿を描くことになる。

帝大で漱石の前任者であったラフカディオ・ハーンは、「詩の鑑賞」の講義の中で「ブラウニング研究」に一講をさき、ロセッティやスウィンバーンとならぶ重要な詩人として高く評価した[36]。なかでも「騎馬像と胸像」については、最後の十二連をほとんど全文引用するなど、その内容と主題を詳しく紹介し論じている[37]。したがって漱石の周囲には、「騎馬像と胸像」を読んだことのある人間が相当数いたと考えられる。与次郎のように「ダーターファブラ」を振りまわす半可通も本当にいたのかも知れない。おそらく漱石は、「ダーターファブラ」と言えばこの詩を連想する読者層の存在を想定していたのであろう。

じっさいに彼の意図がどれほどの読者に理解されたかはわからないが、「ダーターファブラ」の出典が「騎馬像と胸像」であることを認識していた人物が少なくとも一人は存在した。ハーンの愛弟子であり、漱石の同僚でもあった上田敏である。

『三四郎』の連載終了から約一年後の一九一〇（明治四十三）年元日から三月二日にかけて、敏はその唯一の小説である『うづまき』を『国民新聞』紙上に発表した[38]。古今東西の芸術についての批評や審美的な随想が重きをなすこの作品で、とりわけ重要なモチーフとなっているのが「騎馬像と胸像」である。敏は連載終盤の第四十三回から四十五回まで三回にわたって、「ブラウニングの『塑像と半身像』といふ詩」をほとんど逐語訳といってよいほど詳細に紹介し、「ダーターフアブラ」を含む末二行を「徳を重んじ道に志す人よ、此詩は汝のために述べたのだ」と訳している。『うづまき』にはこの他にも、ラスキンを思わせる雲の描写や、飛行機についての会話、レオナルド・ダ・ヴィンチの言葉の引用など、『三四郎』に関わりのある作品や話題がいくつも取り上げられており、発表の時期から見ても『三四郎』をつよく意識して書かれたことをうかがわせる。敏はとかく漱石と比較されライバル視されることが多かったが、ことブラウニングに関しては、他に先んじて作品の翻訳紹介を手がけてきたという自負もあり、「ダーターフアブラ」を黙って見過ごすことはできなかったのであろう。

それからさらに三年余り後の一九一三（大正二）年夏、一高を卒業し東大入学を目前に控えた芥川龍之介は、中学時代の恩師への手紙にこう記した。

ぶらうにんぐはやめに致し候。ぶらうにんぐさいくろぴぢあによりて読むつもりに候。上田敏氏のすきな「彫像と半身像」は何度かよみかえし候。外のよりもやさしい様な気が致し候。上田さんもやさしいからすきなんじゃあないかとも思い候[39]。

　ここに「上田敏氏のすきな「彫像と半身像」」とあるのは、むろん『うづまき』を念頭に置いた言葉にちがいない。また「ぶらうにんぐさいくろぴぢあ」とは、漱石蔵書にもあったバードゥ著『ブラウニング事典』⑥のことで、前述のとおり、作品ごとに内容・語釈・評価などを集成した大部の労作である。数年後には「ブラウニング信者」をもってみずから任ずることになる芥川も、このときはブラウニングの難解さに音を上げ、独力での読解をあきらめ、虎の巻に頼ることにしたというのだ。この『事典』の「騎馬像と胸像」の項には五頁にわたって詳しい記述があり、「ダーターフアブラ」についても「"*de te fabula*": the fable is told concerning yourself.」との註がついているから、これを読めば誰でも容易に知りえたのである。(40)

　ちなみに漱石手沢本は一八九八年に出た第三版（初版一八九一）だが、その巻頭に付された「第二版序文」の中で、バードゥ自身「ダーターフアブラ（*De te fabula narratur*）という語句の意味を（たとえば女性読者のために）説明しないというなら、いったい古典引用を翻訳する意味はどこにあるのか」(41)と述べているから、どうやら「ダーターフアブラ」は英国の読者にとっても極めつけの難物だったらしい。あるいは漱石もこの序文を読んで、「ダーターフアブラ」を使ってみようと思いついたのかもしれない。

フェルディナンド大公騎馬像（筆者撮影、2015年）

V　引用と象徴

「騎馬像と胸像」に登場するフェルディナンド大公の騎馬像は、今日もフィレンツェのサンティッシマ・アヌンツィアータ広場に現存し、旧リッカルディ邸（現グリフォニ宮）の方を向いて立っている。だがその視線の先にあるべきリッカルディ夫人の胸像は、邸宅側の何処にも見出すことはできない。

この詩をブラウニングの最高傑作の一つと考えていた小説家トマス・ハーディは、一八八七年春にイタリアを旅した際わざわざ現地を訪れたが、そこにあったのはやはり騎馬像だけであった。帰国後ブラウニング本人に会って胸像は何処へ行ったのかとたずねたところ、ブラウニングはニヤリと笑って「あれは僕が創ったんだよ」（I invented it.）と答えたという。[42] じつは胸像ばかりでなく、大方の読者が史実に基づくと思いこんでいた恋物語そのものが、まったくの虚構《フィクション》だったのである。

このエピソードは、芥川龍之介が「奉教人の死」において、長崎耶蘇会版『れげんだ・おうれあ』という架空の典拠があるごとく装って世間を煙に巻いたことを思い起こさせる。そこには物語作家《ストーリーテラー》としての悪戯心が感じられるが、ブラウニング自身この物語詩《ロマンス》をホラティウス『諷刺詩』からの引用で結ぶことによって、諧謔的な意図をはっきりと表明しているように思われる。『諷刺詩』を指すラテン語の〝satura〟（英語 satire の語源）は、元来は「一杯にする」とか「雑多なものを盛り合わせる」という意味を持つという。じっさいホラティウスの『諷刺詩』は、第一巻十篇・第二巻八篇、計十八篇の詩から成るが、その内容は「貪欲」・「好色」・「贅沢」など人間の弱点や悪徳を諷刺したもの、紀行文や自伝的なもの、「喜劇」や「自由」について論じたものなど、実にさまざまであるが、そのすべてに共通しているのは、ユーモアにつつまれた批評精神である。

ブラウニングが引用した第一巻第一歌では、人間の飽くなき「貪欲」や「吝嗇」が諷刺の対象となっており、「ダーターファブラ」の原句は次のようなくだりにあらわれる。

渇きに苦しむタンタロスよ。／口許にまで来る水が
逃げて行くのを飲もうとして／もがき苦しむことだろう。
君は笑っているけれど、／名前をかえれば、これはみな
お前のことをいってるのだ。／あたり構わず掻き集め
金の袋に胡座をかき、／大口あけて眠りこける。
あたかもそれが神聖で、／手の触れられないものなのか、
あるいは、描いた絵のように、ただ、見て楽しむもののように。

（鈴木一郎訳）(43)

Tantalus a labris sitiens fugientia captat
flumina — quid rides? <u>mutato nomine de te</u>
<u>fabula narratur</u> : congestis undique saccis
indormis inhians, et tamquam parcere sacris
cogeris aut pictis tamquam gaudere tabellis.(44)

（*Saturae*（*Sermones*）Ⅰ, 1. ll. 68-72.）

この詩はホラティウスがパトロンであったマエケナス（メセナの語源となった人物）に語りかけるかたちで書かれている。この作品に限らず、ホラティウスの諷刺詩はつねに聞き手を想定し、その相手に語りかけるという体裁で書かれており、彼自身はそれを'sermones'（会話・対話）と称していた。したがって劇的独白《ドラマチック・モノローグ》で書かれたブラウニングの詩とは、もともと発想の上で通じるところが大きいのである。

「騎馬像と胸像」の末行は、単なる文言の引用ではなく、十六世紀イタリアの物語から一転して「これは君の話だ」と同時代の読者にメッセージを投げかける語り口そのものが、タンタロスの神話から不意に「笑い事ではない、君自身のことだ」と矛先を聞き手に向けるホラティウスの方法に倣ったものであり、作品の諷刺性と深くかかわっている。〈語り手〉や〈聞き手〉という作品の外の視点を導入することで、作品も作者自身も相対化され、そこに諧謔味と批評性が生じるのである。

漱石もまた、猫という〈語り手〉をとおして自分自身を相対化してみせた『吾輩は猫である』から出発し、『坊っちゃん』『草枕』などの独白体小説を経て、後期三部作や『明暗』にいたるまで、つねに〈語り〉の手法や〈視点〉の問題にこだわり続けた作家であったことは言うまでもない。

ホラティウスは英国ではホレースという英語名で親しまれ、とくに十八世紀英文学はその影響を無視しては語れないとさえ言われている。なかでもポープは愛好家として知られ、代表作『批評論』(*An Essay on Criticism*)や『ほまれの殿堂』(*The Temple of Fame*)においてホラティウスを称賛したほか、『ホレースに倣《なら》いて』(*Imitations of Horace*)と題して『諷刺詩』と『書簡詩』を模した作品集まで著している。

漱石は『文学評論』第五編「アレキサンダー、ポープと所謂人工派の詩」において、これらの作品を論じたさい「ホレース」にもふれており、『ホレースに倣いて』については「内容は唯題目の示す通り諷刺と尺牘《せきどく》〈書簡〉とである」と説明しているから、ホラティウスの作品について相当の知識をもっていたことは確かである。原典に接することがあったか否かは判然しないが、『諷刺詩』には当時すでに数種の英訳㊺が行なわれており、いずれかを目にした可能性は充分考えられる。

「ダーターフアブラ」の出典である『諷刺詩』第一巻第一歌には、「笑いをもって真実を語っても悪くはあるまい」(ridentem dicere verum quid vetat)という一節があり、ホラティウスの本質を表すものとして知られる。その言葉どおり、彼は常に笑いをもって人間の愚かさを描き出し、しばしば自分自身をもその対象とした。その諷刺精神は、英文学の伝統を介して漱石とも響き合い、彼の作品に脈々と流れているように思われる。それを凝縮したものが「ダーターフアブラ」という引用句だったといえよう。

漱石は『文学評論』の中で、ポープが自作中にしばしばホラティウスなどの古典を引用するのは、「芸者が贔屓《ひいき》の役者の紋をつけて喜ぶやうなもの」だと、独特の表現を用いて分析している。「衣服につける紋そのものが気に入つたと云はむよりは、其紋を通して一種の連想が浮ぶのが愉快なので」あり、そのために「連想の豊かな文字」を用いたというのである。

この文章ははからずも、漱石作品における〈引用〉の意味を示唆している。おそらく漱石にとって、「ストレイシープ」と「ダーターファブラ」という二つの引用句は、ブラウニングという「贔屓（ひいき）の役者の紋」であった。言い換えれば、「炉辺にて」に描かれた美しい情景――晩秋の自然を背景に友人と恋人のはざまでゆれる若い男女の心模様――や、「騎馬像と胸像」の投げかける痛烈な諷刺――世間的な道徳や怯懦に囚われて愛を封印した男女への揶揄――を連想させるとともに、芸術と批評、抒情と諧謔、宗教性と偶像破壊といった、ブラウニングの両面を象徴するキーワードだったのである。二つの言葉とその属性はそれぞれ美禰子と与次郎に賦与され、哲学・超俗・無常観などを象徴する「ハイドリオタフヒア」とその人格化である広田先生とともに、三四郎をとりまく世界を構成する。

これらの言葉たちが幾重にも織りなす「連想」のあわいに、『三四郎』という作品の魅力はひそんでいるように思われるのである。

註

(1)「ハイドリオタフヒア、あるいは偉大なる暗闇――サー・トマス・ブラウンと漱石」、拙著『漱石の源泉――創造への階梯』一八四～二〇六頁。河村民部「『三四郎』と『ハイドリオタフィア』」(『漱石を比較文学的に読む』近代文芸社、二〇〇〇、四三～七二頁)も参照。

(2)「夏目漱石」(『夏目漱石』荒竹出版、一九七三、初出『毎日新聞』一九六三年七月)。木村毅「『三四郎』の与次郎を論ず」(『比較文学新視界』八木書店、一九七五、初出『早稲田大学史記要』一九六六年三月)にも同様の指摘がある。

(3) 聖書中「迷える羊」のモチーフは、新約マタイ伝十八章十二節、ルカ伝十五章四節、旧約イザヤ書五十三章六節、エレミヤ書五十章六節などにみられる。釘宮久雄「漱石と旧約聖書との触れ合い――『三四郎』を中心に」(塚本利明編『比較文学研究　夏目漱石』朝日出版社、一九七八、初出広島大学『近代文学試論』八号)、三宅鴻「『ストレイシープ』補足」(『英語青年』一九八三年八月)などを参照。

(4) *OED*にはほかに十九世紀の宗教家・教育家エドワード・グウルバン(一八一八～九七)の随想集*Thoughts on Personal Religion*(1862)の用例もみられる。

(5) 由良一仁「迷羊」(『英語青年』一九七三年四月)および中岡洋「『ストレイ・シープ』後日談」(同誌一九八四年一月)参照。このほかE・ゴス『近代英文学小史』(三宅鴻「『ストレイシープ』拾遺」、同誌一九八三年六月)、T・スモレット『ペリグリン・ピックル』(福田勗「stray sheep の例」、同誌一九八四年三月)、ワーズワース 'I will relate a tale for those who love'、およびコウルリッジ *Zapolya*(前掲中岡「『ストレイ・シープ』後日談」)などの用例が指摘され、また中岡洋「『ストレイシープ』の出典」(同誌一九八三年十月)には『ジェイン・エア』第二巻第十章と『嵐が丘』第二巻第四章の「'stray lamb'」という句が紹介されている。

(6)「英語教師の挑戦」(前掲『夏目漱石』、初出『別冊文藝春秋』一九五八年十月)。

（7）　註2に同じ。福原は「漱石と英文学」（前掲『夏目漱石』所収、初出『日本文学全集』月報、一九六一年三月）にも「私の想像では『三四郎』とブラウニングの『男たち女たち』と関係がある。これをいまに明らかにしたいと思っている」と記している。

（8）　邦訳に大庭千尋訳『男と女　ロバート・ブラウニング詩集』（国文社、一九七七）がある。大庭訳「炉辺で」では「stray sheep」が「さまよう鹿」と訳されていたが、のちに新装版（一九八八）で「さまよう羊」に改められた。なお本章では拙訳を用いた。

（9）　『海潮音』（本郷書院、一九〇五）所収。初出『萬年草』第四号（一九〇二年十二月）。『定本上田敏全集』第一巻（教育出版センター、一九七八）

（10）　ワイルドについては後述。ショーはブラウニング協会第二十三回大会において「こんな議論をするより家に帰ってブラウニングを読む方がいい」と発言した記録がある。F. R. G. Duckworth, *Browning: Background and Conflict* (1931; repr. Hamden, CT: Archon Books, 1966), p. 11 参照。ジェイムズはブラウニングと個人的にも親交があり、彼の逝去に際して追悼文 'Browning in Westminster Abbey' (*The Spectator*, 4 Jan. 1891) を綴った。その二年後に発表した短篇小説 *The Private Life*（邦訳に大津栄一郎訳「私的生活」、『ヘンリー・ジェイムズ短編集』岩波文庫、二〇〇七）の主人公はブラウニングの面影を写した人物といわれている。

（11）　菊田茂男「芥川龍之介とブラウニング――『袈裟と盛遠』を中心に」（富田仁編『比較文学研究　芥川龍之介』朝日新聞社、一九七八、初出『東北大学文学部研究年報』九号、一九五八年十二月および十号、一九六〇年二月）、安田保雄「芥川龍之介の比較文学的研究――『藪の中』を中心として」（『解釈と鑑賞』一九五八年八月）および「芥川は『指輪と本』を読んでいたか――『藪の中』再考」（『国文鶴見』二号、一九六七年三月）、中野記偉「芥川龍之介におけるR・ブラウニング体験――『戯作三昧』に関連して」（上智大学『英文学と英語学』紀要十三、一九七七年二月）および「創作の秘密　芥川龍之介『枯野抄』がR・ブラウニングから得たもの」（同紀要二十七、一九九一年三月）、向山義彦「日本英文学の『独立宣言』と、漱石―芥川の伝統路線に見える近代日本文学の運命」（梅光学院大学公開講座論集第五十一集『芥川龍之介を読む』笠間書院、二〇〇三）など。日本におけるブラウニング受容については向山義彦 *Browning Study in Japan: a Historical Survey, with a Comprehensive Bibliography*（前野書店、一九七七）を参照。

（12）一九一八（大正七）年四月九日付江口渙宛葉書、『芥川龍之介全集』第十八巻（岩波書店、一九九七）。なおこの全集注解に「Men and Women」を「ロバート・ブラウニングの宗教詩『男女』」としているのは誤りである。

（13）手沢本の表紙見返しに「K. Natsume/ Sept. 1896」というインク書きの署名がある。

（14）一八九三（明治二十六）年一月文芸談話会で口頭発表、同年三～六月『哲学雑誌』に掲載。『漱石全集』第十三巻所収。

（15）②『パラセルサス』は手沢本の中扉に「K. Natsume / Nov. 28, 1900」というインク書きの署名がある。それ以外は漱石自筆図書購入メモおよび図書購入ノートによって、それぞれ購入時期を推定できる。岡三郎「イギリス留学前半の漱石のこころの明暗」（『夏目漱石研究』国文社、一九八一）、同「新資料・自筆『蔵書目録』からみる漱石の英国留学――Malory 購入時期などの確定」（青山学院英文学会『英文学思潮』一九九六年十二月）、拙稿「漱石自筆図書購入ノート　翻刻」（前掲拙著所収）を参照。

（16）明治四十二（一九〇九）年八月六日付『国民新聞』所載。『全集』第二十五巻所収。

（17）*OED* に“Rough to the ear; harsh; unpolished.”“Of a rough but strong or sturdy character.”等とある。

（18）An unsigned review by George Eliot, *The Westminster Review*, Jan. 1856. Litzinger & Smalley ed., *Browning: The Critical Heritage* (London: Routledge & Kegan Paul, 1970), p. 177.

（19）原文は以下のとおり。Robert Browning is unerring in every sentence he writes of the Middle Ages; always vital, right, and profound; so that in the matter of art, with which we have been specially concerned, there is hardly a principle connected with the mediæval temper, that he has not struck upon in those seemingly careless and too rugged rhymes of his. (*Modern Painters*. Vol. IV, Pt. V, Chap. 20. *The Works of John Ruskin*. Library Edition. 39 vols.,

London: George Allen, 1906, Vol. 6）

（20）第二章に『近代画家論』を意識したと思われる建物や雲の描写、さらに「君ラスキンを読みましたか」という野々宮の言葉がみられる。熊坂敦子「三四郎――西洋絵画との関連で」（『国文学』一九八三年十一月）も参照。

（21）F. J. Furnivall, 'How the Browning Society Came into Being'（1882）; E. Dowden, 'Studies in Literature'（1882）; A. C. Swinburne, 'Essay on George Chapman's Works'（1875）, etc. 'Critical Comments on Browning', *Select Poems of Robert Browning*, pp. 14-29.

（22）一九〇一（明治三十四）年九月十三日の日記に「Dr. Furnivall ニ遇フ、元気ナ爺サンナリ」とある。ファーニヴァルについては髙宮利行「漱石と三人の中世英文学者」（『慶應義塾大学言語文化研究所紀要』第十四号、一九八二年十二月）参照。

（23）漱石の座右には『アーデン・シェイクスピア』全五巻（第一章註22参照）があり、そのうち『ハムレット』『ロミオとジュリエット』『シンベリン』の三巻はダウデンが校注を担当した。漱石蔵書中にはこのほかダウデンの著書三点 *Shakespeare*（London: Macmillan & Co., 1903）; *Southey*（London: Macmillan & Co., 1888）; *The French Revolution & English Literature*（London: Kegan Paul, Trench, Trübner & Co.）がある。さらに漱石自筆図書購入ノートの中に、ダウデンによるブラウニングの評伝 *Robert Browning*（Temple Biography）を大学で注文する旨のメモ（筆者調査・未翻刻）があり、この本も読んでいた可能性が高い。

（24）前掲拙著第一部第一章および第二章参照。

（25）ダンテ・ゲイブリエル・ロセッティが大英博物館図書閲覧室でブラウニングが匿名で出版した『ポーリン』（一八三三）を〝発見〟し、興奮して書き写したことは有名である。彼は一八四七年十月十七日にブラウニングに手紙を出し、称賛の念を記したうえ『ポーリン』は貴方の作ではないかと訊ねてブラウニングを驚かせた。その後ロセッティはブラウニングを自宅に招いて肖像画を描き、弟のウィリアム・マイケル・ロセッティはラファエル前派同人誌『芽生え《ジャーム》』（*The Germ*, May 1850）に、ウィリアム・モリスは『オックスフォード・アンド・ケンブリッジ・マガジン』(*Oxford and Cambridge Magazine*, 1856)にそれぞれブラウニングへの讃辞を綴った。

(26) 本章中とりあげた『文学論』第五編第六章・『文学評論』第二編第一章のほか、『文学論』第一編第二章で 'Love among the Ruins' をかなり詳しく引用・紹介し、第四編第五章では 'How They Brought the Good News from Ghent to Aix' を引用し表現の巧みさを指摘している。『文学評論』第五編第一章にもブラウニングへの言及がみられる。

(27) 邦訳に中野記偉訳『G・K・チェスタトン著作集　評伝篇3　ウィリアム・ブレイク／ロバート・ブラウニング』(春秋社、一九九一)がある。

(28) 同書(註27)「解題」(ピーター・ミルワード著、難波由紀夫訳)に「漱石はチェスタトンの本邦初の紹介者となった」(三三八頁)とある。

(29) 前掲談話「テニソンに就て」のほか、談話「人工的感興」(『新潮』一九〇六年十月)、「長塚節氏の小説『土』」(一九一〇年六月九日付『東京朝日新聞』)など。

(30) Mr. George Meredith is in some respects a pupil of Mr. Robert Browning. (*The Press*, 17 May 1862. C. L. Cline ed., *The Letters of George Meredith*. 3 vols. (Oxford: Clarendon Press, 1970) vol. I, p. 146, n). なおメレディス自身はブラウニングを敬愛し、ブラウニングと面談した際『モダン・ラヴ』を激賞された喜びを友人への書簡に綴っているが、「ブラウニングの徒」という評言には不快感を示した(*ibid.*, pp. 126, 146, 148)。

(31) 原文は以下のとおり。Meredith is a prose-Browning, and so is Browning. He used poetry as a medium for wrinting in prose. (Oscar Wilde, 'The Critic as Artist' (originally 'The True Function and Value of Criticism', 1890), Richard Ellmann ed., *The Artist as Critic: Critical Writings of Oscar Wilde*, New York: Random House, 1969; repr. U. of Chicago P., 1982, p. 346) 邦訳に西村孝次訳「藝術家としての批評家」(『オスカー・ワイルド全集4』青土社、一九八九)がある。

(32) 原文は以下のとおり。Mr. Browning is one of the very few men — Mr.Merdith ... is the only other now living

in England — who can paint women without idealisation or degradation, not from the man's side, but from their own; as living equals, not as goddesses or as toys. (Symons, *op. cit.*, p. 21) なお初版は一八八六年刊。邦訳に松浦美智子訳『ブラウニング詩作品研究への手引き』（クォリティ出版、二〇〇〇）がある。

（33）前掲拙著第二部第三章「情け・憐れ・非人情——『ビーチャムの生涯』と『草枕』」参照。

（34）この与次郎の言葉について、大島田人は「「それは自分にとって希臘語だ」（That is all Greek to me）〔陳糞漢糞《チンプンカンプン》〕と云う英語のイディオムをもじったもので、「俺にもさっぱりわからない」と云ったのである」とする。「「三四郎の注釈」——「ダーターファブラ」と「ハイドリオタフヒア」」、シリーズ文学4『夏目漱石・森鷗外の文学』（教育出版センター、一九七三）、初出「解釈」第二巻第五号（一九五六年五月）。

（35）たとえばブリムリー（G. Brimley）という批評家は「騎馬像と胸像」の「奔放な道徳観」（the bold morality）や「ふしだらで軽率な発言」（the slovenly and careless enunciation）を手厳しく批判した。*Fraser's Magazine* January 1856（*Browning: The Critical Heritage*, p. 170）. 一方、ジョージ・エリオットは前掲匿名批評（註18）で、ブラウニングの詩の特徴を「ショパンのエチュードやシューベルトの歌曲の持つ際だった個性」（the distinct individuality of Chopin's Studies or Schubert's Songs）に喩え、「同じ教訓の三巻本小説を読むくらいなら『騎馬像と胸像』を読む方がよい」（we would rather have 'The Statue and the Bust' than a three-volumed novel with the same moral.）と記している。*ibid.* pp. 175-77.

（36）Lafcadio Hearn, 'Studies in Browning', *Appreciations of Poetry*（New York; Dodd, Mead & Co., 1916）pp. 172-238. 邦訳に篠田一士／加藤光也訳『ラフカディオ・ハーン全集』第八巻「詩の鑑賞」（恒文社、一九八三）第五章「ブラウニング研究」がある。ハーンは「テニスン研究」の中でも、ブラウニングを「ヴィクトリア朝で唯一人他に類を見出し得ない偉大な存在」としている。

（37）ただしハーンの引用では "*De te, fabula!*" を含む結びの二行が省かれている。

（38）前出『定本上田敏全集』第二巻所収。

（39）　一九一三（大正二）年八月十九日付廣瀬雄宛書簡、『芥川龍之介全集』第十七巻（岩波書店、一九九七）。

（40）　「藪の中」や「袈裟と盛遠」の典拠の一つとされる大作『指輪と本』については、六十八頁にもわたって各巻の内容が詳細に記されており、芥川は『指輪と本』全十二巻を通読したのではなく、この『事典』に拠ったのではないかと考えられる。

（41）　原文は以下のとおり。If I am not to explain（say for lady readers）what is meant by the phrase "*De te fabula narrator*", I know not why any of the classical quatations should be translated.（'Preface to the Second Edition', Berdoe, *op. cit.*, 3rd ed., p. v）

（42）　原文は以下のとおり。Hardy alluded to "The Statue and the Bust"（which he often thought one of the finest of Browning's poems）; and observed that, looking at "the empty shrine" opposite the figure of Ferdinand in the Piazza dell'Annunziata, he had wondered where the bust had gone to, ... Browning smiled and said, "I invented it."（F. E. Hardy, *The Early Life of Thomas Hardy*, London; Macmillan & Co., 1928, pp. 261-2）

（43）　鈴木一郎訳『ホラティウス全集』（玉川大学出版部、二〇〇一）「諷刺詩」１・１「欲」。鈴木一郎『ホラティウス人と作品』（玉川大学出版部、二〇〇一）も参照。

（44）　参考までにロウブ古典文庫版の英訳（H. Rushton Fairclough trans., *Horace: Satires, Epistles and Ars Poetica.* The Loeb Classical Library）を掲げる。

Tantalus, thirsty soul, catches at the streams that fly
from his lips — why laugh? <u>Change but the name, and the tale is told</u>
<u>of you.</u> You sleep with open mouth on money-bags piled up
from all sides, and must perforce keep hands off as if they were hallowed,
or take delight in them as if painted pictures.　（下線引用者）

（45）　Duncombe, *Translations from Horace*（1766-7）; Conington, *'Satires', 'Epistles', and 'Ars Poetica' of Horace, done into*

Popian couplet (1869); Wickham, *Horace for English readers* (1903), etc.

補足資料

‘By the Fireside’（「炉辺にて」）および ‘The Statue and the Bust’（「騎馬像と胸像」）の本論関係箇所の本文を、原文と拙訳で紹介する。

（1）By the Fireside「炉辺にて」（抄）

VIII.

A turn, and we stand in the heart of things ;
The woods are round us, heaped and dim ;
From slab to slab how it slips and springs,
The thread of water single and slim,
Through the ravage some torrent brings!

第八連

振りむけば　僕たちは万物の中心に立ち
周りには鬱蒼と　森が広がる
急流の浸食したあとに沿い
水の流れが　細く一すじ
平らな石から石へと　滑りまた迸ばしる

XI.

Oh the sense of the yellow mountain-flowers,
And thorny balls, each three in one,
The chestnuts throw on our path in showers!

第十一連

山野の草花が　黄色に咲き乱れ
栗の木々は　三つずつ実の入った毬の球を
僕たちの歩く小道に　雨と降り注ぐ

For the drop of the woodland fruit's begun,
These early November hours,
XIV.

And yonder, at foot of the fronting ridge
　That takes the turn to a range beyond,
Is the chapel reached by the one-arched bridge
　Where the water is stopped in a stagnant pond
Danced over by the midge.
XV.

The chapel and bridge are of stone alike,
　Blackish-grey and mostly wet ;
Cut hemp-stalks steep in the narrow dyke.
　See here again, how the lichens fret
And the roots of the ivy strike!
XX.

And all day long a bird sings there,
　And a stray sheep drinks at the pond at times ;
The place is silent and aware ;
　おりしも　十一月初めのこの季節
森の木の実が　落ち始めたのだ
第十四連

そしてはるか　遠い山なみへと
　湾曲してつらなる　正面の尾根のふもとに
反り橋のかけられた　礼拝堂が立ち
　流れはそこで堰き止められて　淀んだ池となり
水面には　羽虫が舞っている
第十五連

礼拝堂も橋も　ともに石で造られ
　黒ずんだ灰色で　じめじめと湿り
刈りとった麻の茎が　狭い溝に浸っている
　ごらん　ここにも地衣がはびこり
ツタが方々に　根を伸ばしている
第二十連

そこには終日《ひねもす》　小鳥がうたい
　池ではときおり　迷子の羊が水を飲む
その場所は黙したまま　すべてを見守り

It has had its scenes, its joys and crimes,
But that is its own affair.

XXXIII.

Hither we walked then, side by side,
Arm in arm and cheek to cheek,
And still I questioned or replied,
While my heart, convulsed to really speak,
Lay choking in its pride.

XXXIV.

Silent the crumbling bridge we cross,
And pity and praise the chapel sweet,
And care about the fresco's loss,
And wish for our souls a like retreat,
And wonder at the moss.

XXXVI.

We stoop and look in through the grate,
See the little porch and rustic door,
Read duly the dead builder's date ;

そこに去来した　さまざまな光景も
その歓びも罪も　ほかに知る者はない

第三十三連

僕たちはここまで　並んで歩いてきた
腕をからませ　頬よせあって
それでもなお僕は　問いつ答えつ
まことの思いを告げようとして　悶え
昂ぶるあまり　何も言えずにいた

第三十四連

僕たちは押し黙って　朽ちかけた橋を渡り
愛らしい礼拝堂を　憐れみかつ頌え
フレスコ画の　傷みを憂え
我らが魂にも　かかる安息のあれかしと願い
そしてまた苔に驚く

第三十六連

僕たちは身をかがめ　格子窓を覗き込み
小さな玄関と　質素な扉をながめ
建築家の遺した日付に　目をとめる

Then cross the bridge that we crossed before,
Take the path again — but wait!

XXXVII.

Oh moment, one and infinite!
The water slips o'er stock and stone ;
The West is tender, hardly bright :
How grey at once is the evening grown —
One star, its chrysolite!

XXXVIII.

We two stood there with never a third,
But each by each, as each knew well :
The sights we saw and the sounds we heard,
The light and the shades made up a spell
Till the trouble grew and stirred.

XXXIX.

Oh, the little more, and how much it is!
And the little less, and what worlds away!
How a sound shall quicken content to bliss,

それからさっき渡った橋を　渡り返して
もとの小道を歩きだす——だが待て！

第三十七連

一瞬にして無限の、このひとときよ！
水は切り株と石の上を　すべるように流れ
西の空はほのかに　光うすれ
夕闇がたちまち　辺りを灰色に染めてゆく——
天には星ひとつ　橄欖石のかがやき！

第三十八連

僕たちはそこに立っていた　ただ二人きり
ほかには誰もいないと　知りながら
僕たちの目に映り耳に入る　ものみなすべて
その光と影が　魔力となってはたらき
心を悩ませ　かき乱した

第三十九連

あともう少しで　いかに多くを得られることか
だが少しでも足りなければ　全世界を失ってしまう！
ほんの一言で　至福に胸おどらせることもあれば

Or a breath suspend the blood's best play,
And life be a proof of this!

XL.

Had she willed it, still had stood the screen
So slight, so sure, 'twixt my love and her :
I could fix her face with a guard between,
And find her soul as when friends confer,
Friends — lovers that might have been.

XLV.

You might have turned and tried a man,
Set him a space to weary and wear,
And prove which suited more your plan,
His best of hope or his worst despair,
Yet end as he began.

XLVI.

But you spared me this, like the heart you are,
And filled my empty heart at a word.
If two lives join, there is oft a scar,

吐息ひとつに　血の流れがとまることもある
そして人生が　その証しとなるのだ！

第四十連

彼女とて願いは同じだったが　なおも僕たちの間には
かすかながらはっきりと　壁が立ちふさがっていた
僕は境を隔てて　彼女の顔をじっと見守り
友人どうしの語らいのように　彼女の心をよみとった
友人どうし——あるいは恋人どうしだったのかもしれない

第四十五連

君は身を翻し　男を試すこともできただろう
そうすれば男は　じらされて疲れ果て
彼には最良の希望と　最悪の絶望と
いずれが君の心に沿うかを　露呈して
何も言えずに　終わってしまう

第四十六連

でも君はいかにも君らしく　そんなことはさせずに
空っぽだった僕の心を　ただ一言で充たしてくれた
二人の人生を一つにしても　そこにはしばしば傷跡がある

They are one and one, with a shadowy third;
One near one is too far.

誰かの影がつきまとい　一人と一人であるかぎり
近くにいても　遠すぎる

XLVII.

A moment after, and hands unseen
　Were hanging the night around us fast;
But we knew that a bar was broken between
　Life and life: we were mixed at last
In spite of the mortal screen.

第四十七連

一瞬ののち　見えざる手がすみやかに
　僕たちの周りに　夜のとばりを下ろした
だが僕たちは知った　いのちといのちを隔てる
　仕切りが破れたことを　死すべき肉体の境を越えて
僕たちはついに　一つに融け合った

（漱石手沢本　二八一～二八五頁）

（2）The Statue and the Bust（「騎馬像と胸像」）抄

(ll. 214-223)

So! While these wait the trump of doom,
How do their spirits pass, I wonder,
Nights and days in the narrow room?

Still, I suppose, they sit and ponder
What a gift life was, ages ago,
Six steps out of the chapel yonder.

（二一四～二二三行）

さて　最後の審判の喇叭を待つあいだ
彼らの魂は　狭い墓所のなかで
日々夜々を　どう過ごしているのだろうか

おそらく相変わらず　ただ座って考えているのだろう
向うの礼拝堂から　ほんの六歩のところで
かつての人生が　どれほど倖いだったかと

Only they see not God, I know,
Nor all that chivalry of his,
The soldier-saints who, row on row,

Burn upward each to his point of bliss —

(ll. 226-231)
I hear you reproach, "But delay was best,
"For their end was a crime." — Oh, a crime will do
As well, I reply, to serve for a test,

As a virtue golden through and through,
Sufficient to vindicate itself
And prove its worth at a moment's view!

(ll. 235-250)
The true has no value beyod the sham :
As well the counter as coin, I submit,
When your table's a hat, and your prize a dram.

ただしこれだけは確かだ　彼らの目には
神の姿はけっして映らず　おのおの至福の座をめざし
列をなして　輝き昇りゆく神の騎士団、

戦う聖者たちの姿も　見えることはない

（二二六～二三一行）
君は反論するのか　「延期して何よりだった
彼らがしようとしたことは　罪なのだから」と
ならば答えよう　罪にも用をなすことあり

金無垢のごとき美徳が　自ずからまことを示し
一目見ただけで　その価値を証すように
罪もまた人の価の　試金石となるのだと

（二三五～二五〇行）
本物が偽物より　値打が高いとは云えぬ
帽子を卓にして　一杯の酒を賭けるとき
チップはコインと　同じこと

Stake your counter as boldly every whit,
Venture as warily, use the same skill,
Do your best, whether winning or losing it,

If you choose to play! — is my principle.
Let a man contend to the uttermost
For his life's set prize, be it what it will!

The counter our lovers staked was lost
As surely as if it were lawful coin :
And the sin I impute to each frustrate ghost

Is — the unlit lamp and the ungirt loin,
Though the end in sight was a vice, I say.
You of the virtue (we issue join)
How strive you? *De te, fabula!*

チップはあくまで　度胸よく張り
腕によりをかけて　ぬかりなく勝負に出ろ
勝とうが負けようが　全力を尽くせ

ひとたびやると決めたなら！　――これが私の信条だ
己れの人生を賭けた　目標のため
その目標が何であれ　とことん闘うがいい！

あの恋人たちは　賭けたチップを失くしたが
合法的なコインでも　同じ結果に違いない
心挫けたる彼らの霊を　私があえて謗るのは

目指したところが　不義とはいえ
燈火もともさず帯もつけず　好機をのがした懈怠の罪だ
徳高き君よ　（ここが議論のしどころだ）
君ならどう闘うのか？　これは君の話だぞ！

（漱石手沢本　四三四頁）

第七章　《趣味の審判者《アービター・エレガンシアルム》》の系譜——ペトロニウスから代助まで

I　「arbiter elegantiarum《アービター　エレガンシアルム》」の出典

『それから』は一九〇九（明治四十二）年六月二十七日から十月十四日まで朝日新聞に連載され、翌年一月に春陽堂から刊行された長篇小説である。漱石は連載開始に先だって、六月二十一日の紙面に次のような予告文を発表している。

> 色々な意味に於てそれからである。「三四郎」には大学生の事を描《かい》たが、此小説にはそれから先の事を書いたからそれからである。「三四郎」の主人公はあの通り単純であるが、此主人公はそれから後の男であるから此点に於ても、それからである。此主人公は最後に、妙な運命に陥る。それからさき何《ど》うなるかは書いてない。此意味に於ても亦《また》それからである。

この小説の主人公長井代助は、大学を出た後も定職に就かず、実業家の次男坊として優雅な独身生活を送る、いわゆる「高等遊民」である。彼は学生時代、親友菅沼の妹三千代をひそかに愛していたが、菅沼が急逝した後もう一人の友人平岡から三千代への想いを打ち明けられ、二人の仲をとりもって結婚させたという過去がある。物語はそれから三年後、平岡が失業して東京に舞い戻るところから始まり、代助と三千代が再会し、やがて互いにひめていた愛情が燃え上がり、ついには家族や社会にそむいても二人で生きようと決意するまでを描いている。

一篇のクライマックスは何といっても、第十四章で代助が三千代に愛を告白する場面であるが、その過程で二人が学生時代の思い出をよみがえらせるくだりに、次のような一節がある。

> 代助は其《その》頃から趣味の人として、三千代の兄に臨んでゐた。三千代の兄は其方面に於て、普通以上の感受性を持つて居なかつた。深い話になると、正直に分らないと自白して、余計な議論を避けた。何処からか arbiter《アービター》 elegantiarum《エレガンシアルム》 と云ふ字を見付《みつけ》出して来て、それを代助の異名の様に濫用したのは、其頃の事であつた。三千代は隣りの部屋で黙つて兄と代助の話を聞いてゐた。仕舞にはとうとう arbiter《アービター》 elegantiarum《エレガンシアルム》 と云ふ字を覚えた。ある時其意味を兄に尋ねて、驚ろかれた事があつた。

ここに出てくる‘arbiter《アービター》 elegantiarum《エレガンシアルム》’という語句は、この場面の重要性からみて、「代助の異名」として彼の人物像を象徴するとともに、作品全体を読み解くうえでも注目すべきキーワードだと思われるのだが、例によって漱石はこれ以上何の説明も与えていない。

全集注解や『オックスフォード英語辞典』OEDなどの辞書にもあるように、この言葉は《趣味の審判者》を意味するラテン語で、古代ローマの史書タキトゥス『年代記』第十六巻十八〜十九節に登場する、皇帝ネロの側近ペトロニウスの異名‘elegantiae《エレガンティアエ》 arbiter《アルビテル》’に由来する。文法的にいえば、‘arbiter《アルビテル》’は〈審判・権威者・支配者〉などを意味する男性名詞の単数形・主格、‘elegantiae《エレガンティアエ》’は〈趣味・優雅さ・礼儀作法〉などを意味する女性名詞‘elegantia《エレガンティア》’の単数形・属格である。『それから』では‘arbiter《アービター》 elegantiarum《エレガンシアルム》’とあるが、これは‘elegantiae《エレガンティアエ》’を複数形‘elegantiarum《エレガンティアルム》’にしたうえ、語順を入れ替えて全体を英語読みしたもので、英語圏ではこの語形で用いられることが多いようである。[1]

いずれにしても意味や用法に違いはなく、〈趣味の審判者〉すなわち〈趣味にかかわる問題について判断し指導する人物・芸術の権威・礼儀作法の指南役・通人〉などの意味で用いられる。漱石蔵書中の辞書類をみても、ウッド編『引用句辞典』には‘Arbiter elegantiarum’、ハーボトル編『引用句辞典（古典編）』には‘Elegantiae arbiter’という項目があり、それぞれほぼ同様の説明がなされている。[2]

『それから』においても、「兄（菅沼）は趣味に関する妹（三千代）の教育を、凡て代助に委任した如くに見えた」とあり、菅沼は代助を芸術や趣味に造詣の深い人物と見込んで、三千代の教育係を託したのである。

この語句のもとになったペトロニウス（二七〜六六）は、ネロ治世下に執政官にまで上りつめた人物で、皇帝の側近として趣味や芸術にかんする指南役をつとめ、宮廷サロンの中心的存在となった。その事跡と人となりは、タキトゥス『年代記』第十六巻「無実な犠牲者たち」の項にあざやかに描き出されている。[3]

それによれば、彼は「昼日なか眠って、夜を仕事と享楽に生きた人」で、「無精でもって有名」であったが、「贅沢の通人として世に聞こえていた。彼の言うことなすことは、世間の因習にとらわれず、なんとなく無頓着に見える場合が多かっただけに、いっそう快く、天真爛漫な態度として受けとられた」。その一方、為政者としては「ビチュニアの知事として、ついで執政官として」すぐれた手腕を発揮したが、「それから後、再び悪徳の生活にもどり、というより背徳者をよそおって、ネロのもっとも親しい仲間にはいり、趣味の権威者（elegantiæ《エレガンティアエ》 arbiter《アルビテル》）となる。こうしてあらゆる歓楽に飽きたネロは、ペトロニウスがすすめたもの以外は何も、心を引くものとも粋なものとも考えなくな」ったという（第十八節・傍線引用者）。

ペトロニウスはやがて彼を妬む者の讒言によってネロの不興を買い、ついには強いられて自死にいたるのだが、それについては後でふれることにしたい。

ペトロニウスについてももう一つ忘れてならないのは、彼がすぐれた文人でもあり、「ローマ帝政期のあらゆる文学作品の中でもっとも注目すべき現象」[4]といわれる小説『サテュリコン』の作者だということである。古来この作品の諸本は著者名を‘Petronius《ペトロニウス》 Arbiter《アルビテル》’と記しており、古典の知識を持つ人にはアービターの呼称とペトロニウスの名が結びついたかたちで知られていた。

『サテュリコン』は惜しくも原本の損傷が著しく、本文はもとの五分の一ほどしか現存しないのだが、ペトロニウスの奇才はその中にも充分うかがわれる。一見猥雑でとりとめのない筋立ての中に、詩・パロディ・文芸批評・芸術論などをちりばめ、雅俗さまざまな文体と韻律を自在に駆使したその独創的なスタイルは、いわゆるメニッポス的諷刺の典型として今日なお高く評価されている。その意味で、漱石の愛読したロレンス・スターン『トリストラム・シャンディ』やカーライル『衣装哲学』、そして『吾輩は猫である』の、遠い祖先といえるのである。

漱石は『年代記』や『サテュリコン』について、ひととおりの知識はあったと思われるが、蔵書目録には含まれず、原典を読んだ形跡もみあたらない。彼はいったい「何処から…… arbiter《アービター》 elegantiarum《エレガンシアルム》 と云ふ字を見付出して来」たのであろうか。

漱石の蔵書のなかで‘arbiter elegantiarum’という語句を含む作品は、筆者の調査した範囲では、先ほど挙げた辞書類のほかに、五点存在する。いずれも洋書で、そのうち三点は留学中にロンドンの古書店で、残り二点は帰国後に丸善から購入したものである。購入順に、著者と作品名・漱石手沢本の刊記・購入日を示せば、次のとおりである。

①サミュエル・ジョンソン「アディソン伝」、『英国詩歌集成』第三巻（一七九〇）

Samuel Johnson, 'Life of Addison', *The Lives of the Most Eminent English Poets. The Works of the English Poets.* 75 vols. (London: J. Buckland, etc., 1790) vol. 3

一九〇一（明治三十四）年一月二日購入

②ジョージ・センツベリー『批評史』第一巻（一九〇〇）

George Saintsbury, *A History of Criticism, and Literary Taste in Europe.* Vol. 1 (Edinburgh: Blackwood, 1900)

一九〇一（明治三十四）年八月二十日購入

③ヘンリク・シェンキェヴィチ『クオ・ヴァディス』（一九〇一）

Henryk Sienkiewicz, *Quo Vadis. A Tale of the Time of Nero.* tr. by Binion & Malevsky (London: Routledge, 1901)

一九〇一（明治三十四）年八月二十日購入

④トマス・ラヴ・ピーコック『グリル・グレンジ』（一九〇三）

Thomas Love Peacock, 'Gryll Grange'. *The Novels of Thomas Love Peacock* (London: G. Newnes, 1903)

一九〇五（明治三十八）年九月頃購入

⑤オスカー・ワイルド『ドリアン・グレイの肖像』（一九〇八）Oscar Wilde, *The Picture of Dorian Gray*. Collection of British Authors. (Leipzig: B. Tauchnitz, 1908)
一九〇九（明治四十二）年三月購入

このうち「アディソン伝」は、ジョンソン博士の名著『英国詩人伝』の一篇であるが、この『詩人伝』はもともと博士がみずから編んだ『英国詩歌集成』の「序」として著したものである。漱石はロンドンの古書肆で『詩歌集成』初版全七十五巻を手に入れ、各巻の内容目録[5]まで作って愛蔵していた。そのうち第一～六巻までが『詩人伝』に充てられ、「アディソン伝」は第三巻に収められている。

ジョンソン博士はこの伝記のなかで、アディソンの発行した『タトラー』『スペクテーター』などの雑誌が、当時の読者にとって礼儀作法や社交術の指南書代わりとなり、"an *Arbiter elegantiarum*, a judge of propriety"（イタリック原文）の役割をはたしたと述べている。管見に入った限りでは、これがこの語形での最も古い用例である。漱石は『文学評論』第三編「アヂソン及びスチールと常識文学」において、このくだりをかなり長く原文で引用した上みずからの日本語訳を付しており、右に引用した箇所は「趣味の主宰者、礼法の判決者」と訳している。[6]

次のセンツベリー『批評史』第一巻は、古代から中世までのヨーロッパにおける文芸批評の歴史を五百頁にわたって論じた大著である。漱石手沢本には数多くの下線・傍線が施され、また『英文学形

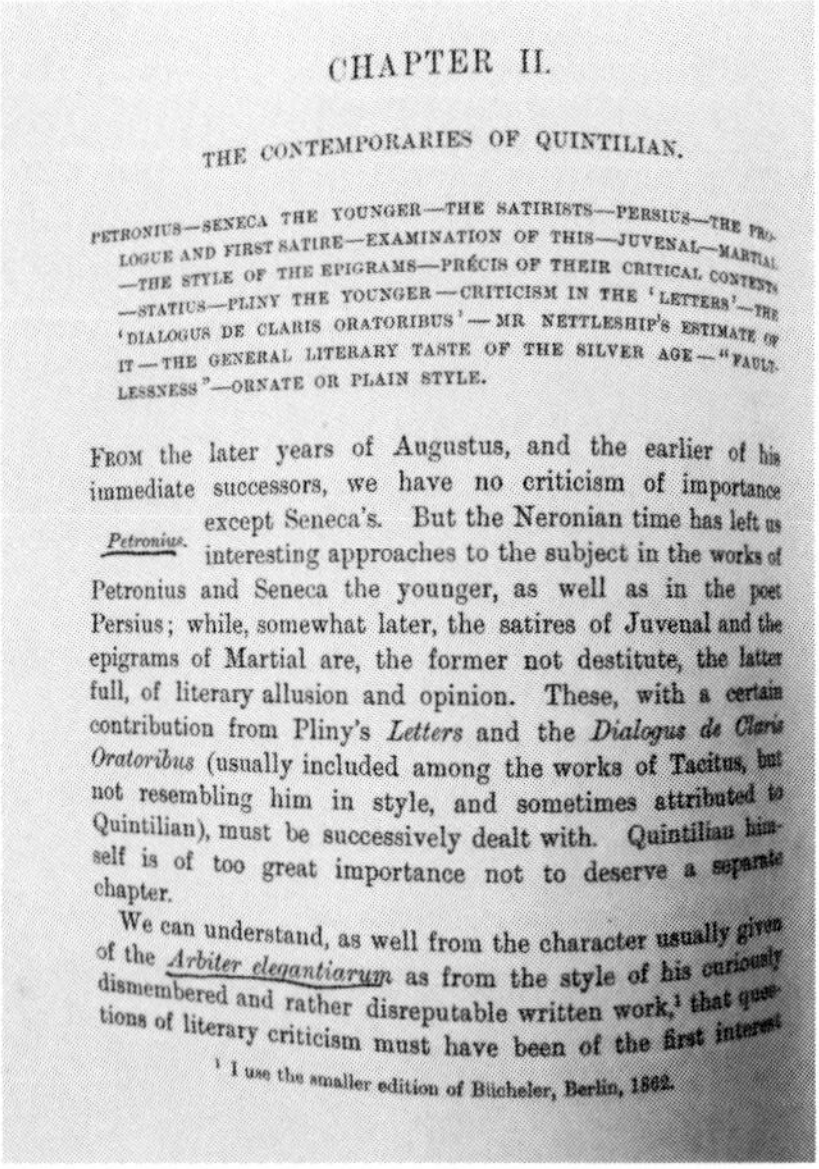

CHAPTER II.

THE CONTEMPORARIES OF QUINTILIAN.

PETRONIUS—SENECA THE YOUNGER—THE SATIRISTS—PERSIUS—THE PRO-LOGUE AND FIRST SATIRE—EXAMINATION OF THIS—JUVENAL—MARTIAL—THE STYLE OF THE EPIGRAMS—PRÉCIS OF THEIR CRITICAL CONTENTS—STATIUS—PLINY THE YOUNGER—CRITICISM IN THE 'LETTERS'—THE 'DIALOGUS DE CLARIS ORATORIBUS'—MR NETTLESHIP'S ESTIMATE OF IT—THE GENERAL LITERARY TASTE OF THE SILVER AGE—"FAULT-LESSNESS"—ORNATE OR PLAIN STYLE.

FROM the later years of Augustus, and the earlier of his immediate successors, we have no criticism of importance except Seneca's. But the Neronian time has left us interesting approaches to the subject in the works of Petronius and Seneca the younger, as well as in the poet Persius; while, somewhat later, the satires of Juvenal and the epigrams of Martial are, the former not destitute, the latter full, of literary allusion and opinion. These, with a certain contribution from Pliny's *Letters* and the *Dialogus de Claris Oratoribus* (usually included among the works of Tacitus, but not resembling him in style, and sometimes attributed to Quintilian), must be successively dealt with. Quintilian himself is of too great importance not to deserve a separate chapter.

Petronius.

We can understand, as well from the character usually given of the *Arbiter elegantiarum* as from the style of his curiously dismembered and rather disreputable written work,[1] that questions of literary criticism must have been of the first interest

[1] I use the smaller edition of Bücheler, Berlin, 1862.

センツベリー『批評史』「ペトロニウス」の項

式論』に四箇所の引用がみられる(7)ことから、『英文学形式論』の講義を行なった一九〇三（明治三十六）年頃に熟読したと思われる。

問題の語句は第二部「ローマ時代の批評」（Latin Criticism）の冒頭、「ペトロニウス」の項にみられる。センツベリーは批評家としてのペトロニウスを高く評価し、《趣味の審判者》《アービターエレガンシアルム》として一般に知られるその性格からも、また惜しくも損傷脱落が著しく、少々いかがわしいものとされる彼の著作の様式からも、おそらく文芸批評の問題こそが彼にとって最大の関心事であったと思われる。仮に『サテュリコン』の完全な版がみられるとしたら（『トリストラム・シャンディ』や『出世の道』よりは完全だったとして）この要素がきわめて大きい部分を占めるであろうことは疑いを容れない(8)。

と述べる。ここで漱石は‘*Petronius*’という見出しと‘*Arbiter elegantiarum*’（ともにイタリック原文）の句に下線を施しており[9]（前頁図版参照）、この語句をペトロニウスの異名として認識していたことはあきらかである。

センツベリーはさらに『サテュリコン』中にみられる修辞学批判（第一～二節）や叙事詩論（第百十八節）をほぼ全訳で紹介するなど、四頁にわたって詳細に論じたうえ、「総じてこの問題（文芸批評）に関する《審判者《アービター》》の発言をこれ以上知ることができないのはまことに残念と云わねばならない[10]」とも述べている。漱石はこの本で『サテュリコン』の内容にふれ、『トリストラム・シャンディ』と並べて論じられていることからも、あらためてペトロニウスに関心を抱いたのではあるまいか。

II　『ドリアン・グレイの肖像』――世紀末の耽美家

前章で述べたように、漱石は東大講師時代にはすでにジョンソンやセンツベリーの著作によって‘arbiter elegantiarum《アービター　エレガンシアルム》’の語義とその由来を知っていたことが確認された。しかしそれを代助の異名とした意味が充分腑に落ちたとはいえない。

そこで残る三作品、すなわち《趣味の審判者《アービターエレガンシアルム》》に擬せられるような人物を主人公とする三つの長篇小説――『クオ・ヴァディス』、『グリル・グレンジ』、『ドリアン・グレイの肖像』について検討してみたい。

このなかでも一見して『それから』との共通性を見出しやすいのが、オスカー・ワイルド作『ドリアン・グレイの肖像』であろう。美貌の青年ドリアン・グレイが永遠の美と快楽を求めて、退廃と悖徳の生活を送った末に破滅してゆく姿を描いた、世紀末耽美主義の代表作とされる小説である。一方『それから』についても、江藤淳が代助を「世紀末の趣味人」と位置づけ、そのイメージは「典型的な世紀末の色彩に彩られている」[11]とするなど、しばしば世紀末をキーワードとして論じられてきた。『ドリアン・グレイの肖像』において、問題の語句は、第十一章でドリアン・グレイが社交界の花形となってゆく様子を描いた中にある。

かれは……自分こそ、帝政ローマのネロ時代に出た「サティリコン」の作者の現代版となるかもしれぬと考え、なんともいえぬ快感を覚えもしたが、心の奥底ではやはり、単なる「趣味の判定家」となって、宝石のつけかた、ネクタイの結びかた、ステッキのつきかたに関する指南役となるだけでは満足できなかった。

(福田恆存訳・傍線引用者)

このように、ドリアン・グレイみずからを「『サティリコン』の作者」すなわちペトロニウスに擬し、世間が彼に求める役割を「趣味《アービター》の判定家《エレガンシアルム》」(*arbiter elegantiarum*・イタリック原文)と表現しているのである。

漱石手沢本をみると、この箇所にはとくに下線などはみられないが、それに続いて彼が関心の対象としたものを列挙するくだりで「study perfumes」（香水を研究する）、「music」（音楽）、「jewels」（宝石）、「embroideries」（刺繡）などの語句に一つ一つ下線が施されている。『それから』において代助がいかにも「趣味の人」（第十四章）らしく、舶来の香水を買ってきて寝室にふりまいて眠り（第十二章）、ピアノをたくみに弾きこなし（第七章）、兄嫁の新しい半襟の色をほめる（第三章）といったふるまいを示すのは、この作品の影響といえるかもしれない。漱石が『ドリアン・グレイの肖像』を購入したのは一九〇九（明治四十二）年三月、『それから』の起稿はその約二ヶ月後だから、何らかのヒントを得た可能性は充分考えられる。

この『ドリアン・グレイの肖像』第十一章には、ある一冊の本が色濃く影を落としている。それは第十章の終わりで友人から贈られたもので、第十一章の冒頭に「それから数年というもの、ドリアン・グレイはこの本の影響から脱することができなかった。……この本全体が、かれが生まれる前に書かれたかれ自身の伝記であるかのようにさえ思われたのだ」とある。この本とは、世紀末文学の最高峰ともデカダンスの聖書ともいわれる、ユイスマンスの『さかしま』にほかならない。『さかしま』の第三章で、主人公デゼッサントはペトロニウスについて「彼の心を真に捉えた作家」であり、「洞察力の鋭い観察家であり、繊細な分析家であり、素晴らしい絵画的な文章を書く作家でもあった」（澁澤龍彦訳）と言い、『サテュリコン』についても最大級の賛辞が数頁にわたって書きつらねられている。ドリアン・グレイがみずからをペトロニウスになぞらえているのも、その感化によると考えられるのである。

高階秀爾は『日本近代美術史論』において、代助を感覚的な世界に溺れることを好む「耽美主義者《エステート》」として捉え、「自分に特有なる細緻な思考力と、鋭敏な感応性」によって、他人のうかがい知ることのできない「趣味の王国」を作り上げる代助は、ある意味では、例えばユイスマンスの『さかしま』の主人公の分身である」と分析している。(12) こうしておいてみると確かに、ペトロニウスからデゼッサント、さらにドリアン・グレイを経て代助までが、一つの流れにつながるのである。

しかし漱石はけっして代助をドリアン・グレイのような人物として描こうとしたわけではない。彼は手沢本『ドリアン・グレイの肖像』の中扉に詳細な読後感を記しており、(13) 関心をもって熟読したことがうかがえるが、その冒頭には次のような厳しい言葉がみられる。

近代のヒーローのうちにて解すべからざるもの曰《いわ》く死の勝利の主人公曰くドリアングレー曰く煤煙の要吉。彼等は要するに気狂也。しかるも左《さ》も通常人であるかの如き権威を以て至当の如く叙述するが故に変也。

つまりドリアン・グレイを、ダヌンツィオ『死の勝利』や森田草平『煤煙』の主人公とともに、「要するに気狂也」と一言の下に退けているのである。ダヌンツィオと『煤煙』については、『それから』の作中で、代助が一定の関心を示しつつやや距離をおいた皮肉な意見を述べており、おそらく漱石の見解を代弁させたものとみられる。『ドリアン・グレイの肖像』についても同様に、興味をもって読み、ディテールを参考にしたところがあったとしても、共感よりは反発の方が強かったと思われる。

Ⅲ　『グリル・グレンジ』――恋におちた快楽主義者《エピキュリアン》

次にトマス・ラヴ・ピーコックの小説『グリル・グレンジ』について考えてみたい。ピーコックは十九世紀半ばに活躍した英国の諷刺作家で、八十年の生涯に七篇の小説と数多くの詩・戯曲・評論などを発表した。彼の小説は一貫して、郊外の宏壮な邸宅に学者・詩人・芸術家・哲学者など浮き世離れした奇人たちが集まり、気ままに議論を繰り広げるという独特のスタイルで書かれ、〈談話小説〉〈饗宴小説〉などと呼ばれている。本書第三章で論じたように、漱石は彼の代表作『クロチェット城』をはじめ小説全七篇を収録した作品集を読んでおり、『吾輩は猫である』にその投影がみられる。

ここで取り上げる『グリル・グレンジ』は、ピーコックが『クロチェット城』から三十年のブランクを経て、七十六歳の時に発表した最後の小説であり、彼の作品中もっとも円熟した〝小説らしい〟小説と言われている。

ピーコックはギリシア・ローマの古典文学に造詣が深く、喜劇や諷刺をこよなく愛したが、とりわけアリストパネスとペトロニウスを愛好し、自作にもしばしばその引用やパロディを用いている。ペトロニウスについては『クロチェット城』などいくつかの作品で引用や言及がみられ、(14)なかでも『グリル・グレンジ』は作品全体が彼へのオマージュと言っても過言ではない。

たとえばこの作品の各章冒頭には、題辞《エピグラフ》として古典の引用句が掲げられているが、全三十五章のうち巻頭を含む五つの章の題辞は、ペトロニウスからの引用である。これを含め、筆者の確認した限り少なくとも九ヶ所に、ペトロニウスとその作品（主として『サテュリコン』）が登場する。[15] この『グリル・グレンジ』は、喜劇と美食と文明批評を軸に展開する〈談話／饗宴小説〉であるが、あきらかに『サテュリコン』を——就中もっとも有名な場面である「トリマルキオの饗宴」を——念頭において書かれているのである。

物語の大詰め近い第三十四章では、オピミアンという老牧師（神学博士）が「トリマルキオの饗宴」中の二つの挿話をほぼ全文、ピーコック自身による英訳で、詳細に紹介している。この章は、登場人物が宴会の席で順に怪談を語って楽しむという、ピーコック作品でしばしばみられる趣向の場面であるが、その内容が「トリマルキオの饗宴」で語られる物語という、二重三重の入れ子構造になっている。こうした語り口じたい『サテュリコン』をふまえたものといえる。

このオピミアン師は、作品全体の狂言回し的存在であるとともに、古典文学に精通し美酒美食に目がないという、ピーコック自身を髣髴させる人物で、ことあるごとにペトロニウスを引用し、「トリマルキオの饗宴」について滔々《とうとう》と語る。じつはオピミアンという名前そのものが、「トリマルキオの饗宴」に出てくる百年もののヴィンテージ・ワインにちなんだものなのである。[16]

オピミアン師は第四章で《趣味の審判者《アービターエレガンシアルム》》（*Arbiter Elegantiarum*、イタリック原文）という言葉を口にする。彼自身《趣味の審判者《アービターエレガンシアルム》》的な役回りであるが、作者ピーコックがこの呼称によって意図したのはオピミアン師ではなく、ファルコナーという青年である。

ファルコナーはこの小説の実質上の主人公となる人物で、親の遺産で丘の上の古い塔を買いとり、古典籍や美術工芸品のコレクションに囲まれて、世間と隔絶した優雅な独身生活を送っている。《趣味の審判者《アービターエレガンシアルム》》という言葉は、初めて彼の住まいを訪れたオピミアン師が、その特異な暮らしぶりから『サテュリコン』の一節を連想してつぶやく独り言のなかに出てくる。したがってこの言葉は、表むきペトロニウスを指しているが、その実ペトロニウスを思わせるファルコナーを暗示しているのである。結婚や愛に信をおかず、独自の美意識で作り上げた世界に生きるファルコナーは、まさに《趣味の審判者《アービターエレガンシアルム》》の名にふさわしく、『さかしま』のデゼッサントやドリアン・グレイにも通じる快楽主義者《エピキユリアン》である。

しかしファルコナーは、モルゲーナという女性に出会って恋に落ちたことから次第に変わってゆく。結婚否定論者であった彼が、迷い悩んだ末に終にはその殻を破って愛を告白し、みずから築き上げた世界と訣別して、モルゲーナとともに新たな人生に踏み出すのである。ここにはペトロニウスともドリアン・グレイともまったく趣きの異なる、内省的な中に情熱をひめた若い《趣味の審判者《アービターエレガンシアルム》》の姿があり、それは「高等遊民」の生活を捨てて愛の告白にいたる代助とも重なるように思われるのである。

Ⅳ『クオ・ヴァディス』――影響の種々相

『ドリアン・グレイ』と『グリル・グレンジ』ではそれぞれ当代のペトロニウスを思わせる青年が主人公であったのに対し、『クオ・ヴァディス』にはペトロニウスその人が登場する。ポーランドの作家ヘンリク・シェンキェヴィチが一八九六（明治二十九）年に発表したこの長篇小説は、「ネロの時代の物語」という副題のとおり、暴君ネロによるキリスト教弾圧を背景に、ローマ人青年貴族とキリスト教徒の娘との恋を描いたもので、刊行後まもなく英訳されてたちまち世界的大ベストセラーとなった。

ヘンリク・シェンキェヴィチ

わが国でも一九〇〇（明治三十三）年に高山樗牛が最大級の賛辞をもって紹介したこと[17]から、一時は丸善に注文が殺到するほどのブームになった。樗牛が読んだのは、原作と同年に出たJ・カーティンによる英訳[18]で、もともと内村鑑三がカーティン本人から寄贈された本を佐藤迷羊が譲り受けたものだが、それを樗牛が借覧し、さらに上田敏、正宗白鳥、田山花袋、島崎藤村ら若い文学者たちの間で次々に回し読みされたという。[19]

一方、漱石手沢本は原作の翌年に出たビニオン／マレフスキー共訳による英訳で、留学中の一九〇一（明治三十四）年八月二十日、前述のセンツベリー『批評史』と同時に購入したものである。原作

漱石手沢本
英訳『クオ・ヴァディス』

が全七十四章で構成されているのに対し、ビニオン／マレフスキー訳では全体を三部に分けて章立てしており、原作の第二十三章が第Ⅱ部第一章に、第七十四章（最終章）が第Ⅲ部第三十一章になるといった違いはあるが、本文はおおむね原文に忠実な好訳である。手沢本には全篇にわたって十数箇所に下線・傍線や書き入れがみられ、興味をもって熟読したことがうかがわれる。また漱石は『文学論』第二編第三章において、皇帝ネロが自分の芸術的満足のためにローマを焼き払ったというエピソードを紹介し、「尚小説 *Quo Vadis* を参照せよ」と付記している。[20]

この『クオ・ヴァディス』という作品は、歴史小説・宗教小説・恋愛小説などさまざまな読み方ができることが大きな魅力となっているが、もう一つの見どころは、皇帝ネロとその趣味の指南役であるペトロニウスとの、親密な中に緊張と対立をはらんだ不思議な関係である。絶大な権力を誇るネロが、ペトロニウスに対してひそかに抱く羨望と劣等感、怖れといらだちは、ふと豊臣秀吉と千利休の関係を連想させるものがある。

この作品において、ペトロニウスは主要な登場人物であるとともに、視点人物としての役割も担っており、《趣味の審判者》という語句が、本来の意味すなわちペトロニウスの異名として、冒頭から最終章まで全篇にわたり十六箇所に用いられている。漱石手沢本では、'Arbiter Elegantiarum' とあるのは一箇所（第Ⅱ部第九章）のみで、それ以外は 'Arbiter of Elegance' が十四箇所、"'the arbiter'"（引用符原文）が一箇所と、ほとんどは英語で表記されているが、漱石にはもとのラテン語句と同じものとして理解されたであろう。(21)

作品の冒頭から、ペトロニウスは《趣味の審判者》として読者の前に登場する。

ペトロニウスは正午《ひる》ごろになってやっと目がさめたが、いつものようにひどく疲れていた。前の日、ネロの催した宴会に出たところ、それが深夜までつづいたのだ。しばらく前から、彼の健康は衰えを見せはじめていた。毎朝目がさめるとなにかしびれたような感じで、考えをまとめることができないと自分でもこぼしていた。しかし、朝の入浴と、手なれた奴隷たちのマッサージのおかげで、ゆるんだ血行が次第に早くなり、眠気も去り、頭もはっきりして、気力が戻ってきたので、湯の上がりぎわに立ち寄る塗油室《エラエオテシウム》から出てきたときには、まるで生まれかわりでもしたように、目は才気とよろこびにかがやいて、若返り、生気にあふれ、典雅でしかも堂々としたその風采はあのオトでさえくらべものにならないほどで、《趣味の審判者》という世間での彼の通り名もさこそとうなずかれるものがあった。

（木村彰一訳、以下同）

作者はこのように、ペトロニウスの目覚めから、入浴とマッサージによって徐々に生気を回復し、《趣味の審判者》にふさわしい姿をみせるまでを描き出す。この導入部からただちに連想されるのが、

『それから』の書き出しである。こちらもやはり代助の目覚めの描写で始まる。

誰か慌たゞしく門前を馳けて行く足音がした時、代助の頭の中には、大きな俎下駄《まないた》が空《くう》から、ぶら下つてゐた。けれども、その俎下駄は、足音の遠退《とおの》くに従つて、すうと頭から抜け出して消えて仕舞つた。さうして眼が覚めた。

枕元を見ると、八重の椿が一輪畳の上に落ちてゐる。代助は昨夕《ゆうべ》床の中で慥《たし》かに此花の落ちる音を聞いた。彼の耳にはそれが護謨毬《ごむまり》を天井裏から投げ付けた程に響いた。

まどろみから覚醒にいたる束の間に、五官への刺戟によって識閾下に生じたイメージの断片をすくいとり、いわば意識のながれを映し出したような、きわめて感覚的・映像的な文体である。代助の独特の感性はこの数行にもあらわれているが、この後のふるまいはさらに印象的である。「ぼんやりして、少時《しばらく》、赤ん坊の頭程もある大きな花の色を見詰めてゐた彼は、急に思ひ出した様に、寐ながら胸の上に手を当てゝ、又心臓の鼓動を検し始め」る。それから「枕元の新聞を取り上げ」て読むが、「やがて、倦怠《だる》さうな手から、はたりと新聞を夜具の上に落」し、次のようにほとんど気障とさえみえる行動を示すのである。

夫《それ》から煙草を一本吹かしながら、五寸許《ばか》り蒲団を摺《ず》り出して、畳の上の椿を取つて、引つ繰返して、鼻の先へ持つて来た。口と口髭と鼻の大部分が全く隠れた。煙は椿の瓣《はなびら》と蕊《ずい》に絡まつて漂ふ程濃く出た。それを白い敷布の上に置くと、立ち上がつて風呂場へ行つた。

其処で叮嚀に歯を磨いた。彼は歯並びの好いのを常に嬉しく思つてゐる。肌を脱いで綺麗に胸と背を摩擦した。彼の皮膚には濃《こまや》かな一種の光沢《つや》がある。香油を塗り込んだあとを、よく拭き取つた様に、肩を揺《うご》かしたり、腕を上げたりする度に、局所の脂肪が薄く漲《みなぎ》つて見える。かれは夫《それ》にも満足である。……代助は其ふつくらした頬を、両手で両三度撫でながら、鏡の前にわが顔を映してゐた。丸で女がお白粉《しろい》を付ける時の手付と一般であつた。実際彼は必要があれば、御白粉《おしろい》さへ付けかねぬ程に、肉体に誇りを置く人である。


これを『クオ・ヴァディス』の冒頭と比較してみると、まどろみからの目覚め、前夜の記憶と倦怠感、浴室でのマッサージを経て、生気を回復した肉体の美しさとナルシシズムへと、主人公にクロースアップしてゆく流れに、看過しがたい共通性が感じられる。このとき漱石の念頭には『クオ・ヴァディス』冒頭の描写が想起されていたのではあるまいか。

ペトロニウスの肉体美については、引用箇所につづいて「塗油室」でその「均整のとれたからだ」を香油で揉みほぐす場面にも「ローマの女たちがこの男を崇拝するのは、例の《趣味の審判者》というあだ名のもとになった縦横の機知や趣味のよさもさることながら、からだつきのうつくしさのせいでもあったのである」とある。漱石が代助の肉体について、「綺麗に……摩擦した」彼の皮膚には

「濃《こま》やかな一種の光沢《つや》」があり、「香油を塗り込んだあとを、よく拭き取つた様」だと描写しているのは、この「塗油室」の場面の投影とも考えられる。

ちなみに、野上弥生子は『秀吉と利休』（一九六三）執筆のきっかけが「河野（與一）さんが訳されたシェンケヴィッチの『クオヴァディス』の、ネロとペトロニウスの関係」を読んだことにあると明かしているが、(22) 利休の目覚めに始まるその書き出しは『クオ・ヴァディス』冒頭に驚くほど酷似しており、ことに河野訳との類似は著しい。『それから』とは約半世紀の隔たりがあるが、漱石門下である弥生子の作品だけに興味深い。

さて冒頭の類似と照応するように、『それから』最終章（第十七章）と『クオ・ヴァディス』第Ⅱ部終章（第二十一章／原著第四十一章）のあいだにも、注目すべき共通性が見出される。『それから』最終章で、代助は平岡に三千代との仲を告白し、彼女を譲り受けることは聞き入れられたものの、三千代の心臓病が悪化して逢うことを禁じられ、実家からは絶縁を言い渡されるという四面楚歌の中、職探しに炎天下の街へ飛び出してゆく。ここでは「世の中が真赤に」なる結びへの伏線として、赤い色と炎のイメージが繰り返しあらわれる。

この章のはじめで、代助は三千代の身を案じて深夜平岡家の周辺を彷徨するが、軒燈の硝子に貼り付いたヤモリの姿に不吉なものを感じる。

代助は守宮《やもり》に気が付く毎に厭な心持がした。其動かない姿が妙に気に掛つた。彼の精神は鋭さの余りから来る迷信に陥つた。三千代は危険だと想像した。三千代は今苦しみつゝあると想像した。三千代は今死につゝあると想像した。三千代は死ぬ前に、もう一遍自分に逢ひたがつて、死に切れずに息を偸《ぬす》んで生きてゐると想像した。……代助は恐ろしさの余り駆け出した。静かな小路の中《うち》に、自分の足音丈が高く響いた。代助は駆けながら猶恐ろしくなつた。足を緩めた時は、非常に呼息《いき》が苦しくなつた。……

其晩は火の様に、熱くて赤い旋風《つむじ》の中に、頭が永久に回転した。代助は死力を尽して、旋風の中から逃れ出様《よう》と争つた。けれども彼の頭は毫も彼の命令に応じなかつた。木の葉の如く、遅疑する様子もなく、くるりくるりと焔《ほのほ》の風に巻かれて行つた。

このように、代助は三千代に逢えないことの焦燥と不安から、ヤモリを凶兆と感じるような「迷信に陥」りパニック状態になるのである。

一方『クオ・ヴァディス』第Ⅱ部終章は、漱石が『文学論』で言及したローマ炎上の場面である。この章の主役はペトロニウスの甥にあたる青年貴族ウィニキウス（漱石手沢本ではVinitius）で、彼はペギ族の王女でキリスト教徒のリギアを命がけで愛し、ようやくネロから結婚の許しを得るが、その矢先ローマが大火に見舞われ都の大半が焼きつくされる。彼は恋人の身を案じて炎の中をさまよい、リギアの住まいに駆けつけるが彼女の姿はなく、不吉な想像に気も狂わんばかりになる。

突然、彼の耳に、いつかこの庭できいた陰気な声が響いてきた。近くの島で、アスクレピオスの神殿の近くにある獣苑が燃え出したのであろう。そのなかにいるあらゆるけものが、なかんずく獅子が、恐怖にかられていっせいに吼え出したのだ。戦慄がウィニキウスの全身を走った。これで二度目だ。あのときも、彼が全身全霊をあげてひたすらリギアのことを思っていた矢先に、あの恐ろしい声が、不幸の先触れのように、不吉な未来のふしぎな知らせのようにきこえてきたではないか。

とはいえ、それはほんの短い、瞬間的な印象で、野獣の吼え声よりももっと恐ろしい猛火の轟音が、彼の考えを別のことにそらせてしまった。リギアは呼び声にこそ答えなかったが、ことによるとこの危険に瀕した家の中で、気絶しているか、あるいは煙のために窒息しているのかもしれない。

パニック状態のウィニキウスには、猛獣の咆哮が凶兆として感じられ、最悪の想像にとらわれる。漱石はこのような心理状態に強い関心を抱いたとみえて、手沢本の該当箇所に傍線を施したうえ余白に'Superstition'（迷信）と書き入れている（次頁図版参照）。またこれに先立って、第Ⅱ部第十七章および第十八章にも獅子の咆哮に不吉な予感をおぼえる場面があるが、そこにも同様に傍線と'Superstition'の書き入れがみられ、さらに念を入れるように、表紙見返しにこの三箇所のページ数と'Superstition'という単語が記されている。

このことばに対するこれほどまでに強い関心は、おそらく『それから』における「迷信」と無関係ではあるまい。守宮《やもり》に対する代助の「迷信」は、猛獣の声を「不幸の先触れ」と感じるウィニキウスの〝Superstition〟が形を変えたものと考えられるのである。

また漱石はここで代助の心理状態を「火の様に、熱くて赤い旋風《つむじ》」や「焔《ほのほ》の風」というような言葉であらわしているが、これもローマ炎上の場面にみられる「火と煙の海は恐ろしい熱気を吹きつけ」(From the sea of fire and smoke darted an awful heat)、「灼熱した空気の奔流」(a mad eddy of heated air)といった表現の反映とみることができよう。

「焔《ほのほ》」のモチーフは、翌朝兄から絶縁を言い渡される場面にもあらわれる。

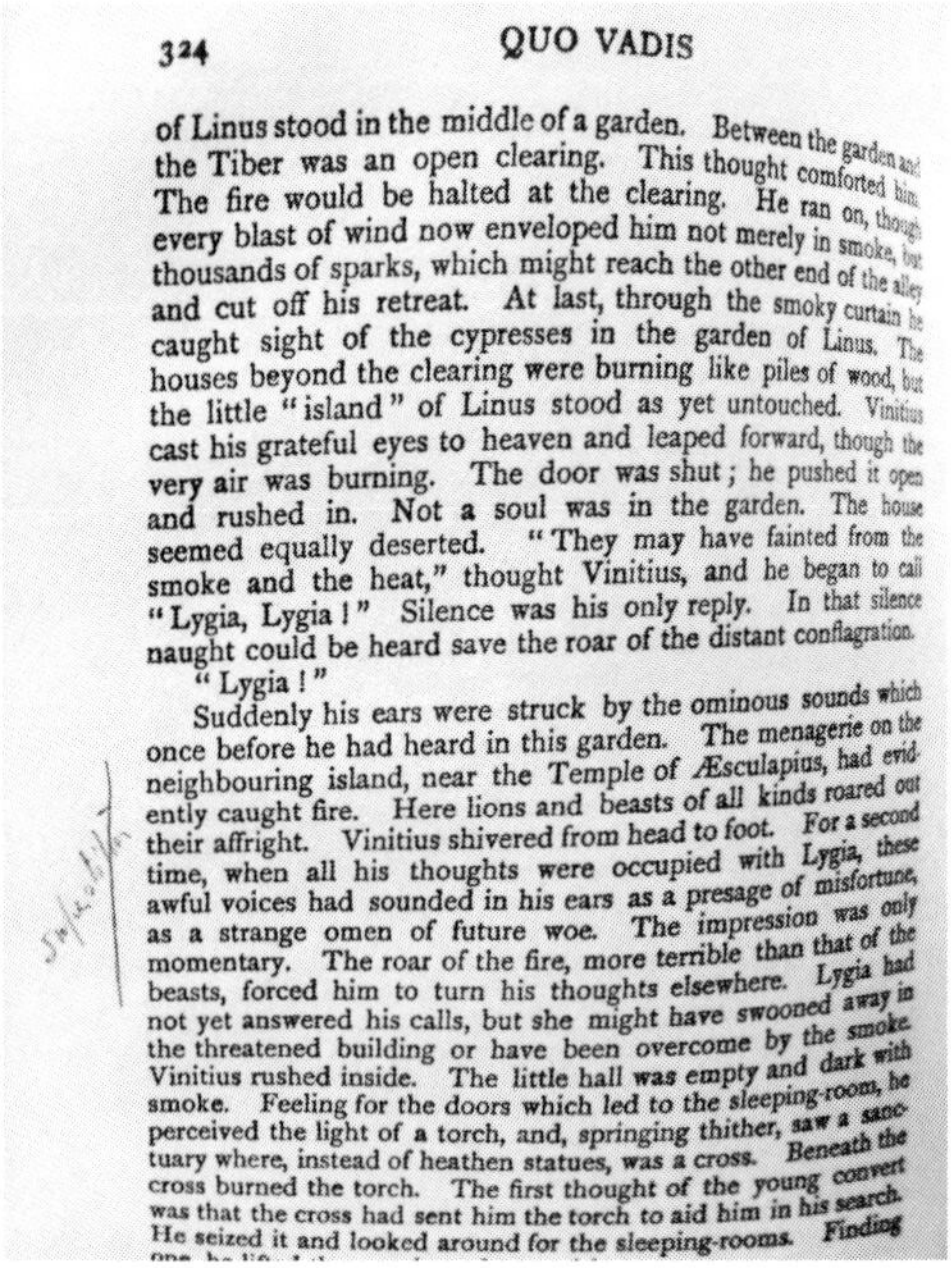
324 QUO VADIS

of Linus stood in the middle of a garden. Between the garden and the Tiber was an open clearing. This thought comforted him. The fire would be halted at the clearing. He ran on, though every blast of wind now enveloped him not merely in smoke, but thousands of sparks, which might reach the other end of the alley and cut off his retreat. At last, through the smoky curtain he caught sight of the cypresses in the garden of Linus. The houses beyond the clearing were burning like piles of wood, but the little "island" of Linus stood as yet untouched. Vinitius cast his grateful eyes to heaven and leaped forward, though the very air was burning. The door was shut; he pushed it open and rushed in. Not a soul was in the garden. The house seemed equally deserted. "They may have fainted from the smoke and the heat," thought Vinitius, and he began to call "Lygia, Lygia!" Silence was his only reply. In that silence naught could be heard save the roar of the distant conflagration.

"Lygia!"

Suddenly his ears were struck by the ominous sounds which once before he had heard in this garden. The menagerie on the neighbouring island, near the Temple of Æsculapius, had evidently caught fire. Here lions and beasts of all kinds roared out their affright. Vinitius shivered from head to foot. For a second time, when all his thoughts were occupied with Lygia, these awful voices had sounded in his ears as a presage of misfortune, as a strange omen of future woe. The impression was only momentary. The roar of the fire, more terrible than that of the beasts, forced him to turn his thoughts elsewhere. Lygia had not yet answered his calls, but she might have swooned away in the threatened building or have been overcome by the smoke. Vinitius rushed inside. The little hall was empty and dark with smoke. Feeling for the doors which led to the sleeping-room, he perceived the light of a torch, and, springing thither, saw a sanctuary where, instead of heathen statues, was a cross. Beneath the cross burned the torch. The first thought of the young convert was that the cross had sent him the torch to aid him in his search. He seized it and looked around for the sleeping-rooms. Finding

第2部最終章　書き入れ「superstition」(迷信)

三千代以外には、父も兄も社会も人間も悉《ことごと》く敵であつた。彼等は赫々たる炎火の裡《うち》に、二人を包んで焼き殺さうとしてゐる。代助は無言の儘、三千代と抱き合つて、此焔《ほのほ》の風に早く己れを焼き尽すのを、此上もない本望とした。

そして圧巻は、視界すべてが「赤」くなってゆく有名な結びである。

代助は暑い中を馳けない許《ばかり》に、急ぎ足に歩いた。日は代助の頭の上から真直に射下した。乾いた埃が火の粉の様に彼の素足を包んだ。彼はぢりぢりと焦《こげ》る心持がした。

「焦《こげ》る焦る」と歩きながら口の内で云つた。

飯田橋へ来て電車に乗つた。電車は真直に走り出した。代助は車のなかで、

「あゝ動く。世の中が動く」と傍《はた》の人に聞える様に云つた。彼の頭は電車の速力を以て回転し出した。回転するに従つて火の様に焙《ほて》つて来た。是で半日乗り続けたら焼き尽す事が出来るだらうと思つた。

忽ち赤い郵便筒が眼に付いた。すると其赤い色が忽ち代助の頭の中に飛び込んで、くるくると回転し始めた。傘屋の看板に、赤い蝙蝠傘を四つ重ねて高く釣るしてあつた。傘の色が、又代助の頭に飛び込んで、くるくると渦を捲《ま》いた。四つ角に、大きい真赤な風船玉を売つてるものがあつた。電車が急に角を曲るとき、風船玉は追懸《おつかけ》て来て、代助の頭に飛び付いた。小包郵便を載せ

た赤い車がはつと電車と摺れ違ふとき、又代助の頭の中に吸い込まれた。烟草屋の暖簾が赤かつた。売出しの旗も赤かつた。電柱が赤かつた。赤ペンキの看板がそれから、それへと続いた。仕舞には世の中が真赤になつた。さうして、代助の頭を中心としてくるりくるりと焔《ほのほ》の息を吹いて回転した。代助は自分の頭が焼け尽きる迄電車に乗つて行かうと決心した。

一方『クオ・ヴァディス』第Ⅱ部掉尾は先の引用に続く次のような描写で終わっている。

火はあたかも焼けつくような息を吐いて彼を追いかけるかのように、先へ進むにつれてたえず新しい煙の雲で彼を取り巻いたり、彼の髪や首や衣服の上に火の粉を散らしたりした。……じっさい口のなかはこげくさい煤の味がし、のどと肺は火のように熱かった。血がかっと頭へのぼって、時どきあらゆるものが真っ赤に見え、煙でさえも同じように真っ赤に見えた。そんなとき彼は、『この火は生きている！ 地べたに倒れて死んだほうがましだ』と思った。……突然、自分は是が非でもリギアに会って結婚しなければならない、そのあとですぐに死ぬのだという、ふしぎな、半ば熱に浮かされたような、末期の幻想にも似た確信が彼をおそった。

彼はいまや、さながら酒に酔った人のように、通りの向こう側からこちら側へとよろめきつつ走った。……いまはもう、ひとつひとつの地区が燃えているのでなく、ローマの都全体が、どこもかしこも燃えているように見えた。空は目のとどくかぎり赤かった。赤い夜が世界の上に降りてこようとしていた。

両者を比較してみると、恋人と結ばれ炎の中でともに死ぬことを空想するくだりや、視界すべてが赤くなってゆく幻想的な描写など、重なり合うところが多く、「焼けつくような息」（fiery breath）と「焔《ほのほ》の息」、「あらゆるものが真っ赤に見え」（everything about him seemed red）「空は目のとどくかぎり赤かった」（The heavens were red as far as the eye could see）と「世の中が真赤になつた」というように、細部の表現にいたるまで類似が認められる。

『クオ・ヴァディス』が現実の大火を描いているのに対し、『それから』が映し出すのは代助の感覚や幻想であり、そこに描かれた「焔《ほのほ》」は彼をとりまく危機的状況とほとんど狂気に瀕した極限の心理を具象化したものである。それが単なる修辞や比喩にとどまらず、あたかも現実に燃えさかる炎のような迫力を感じさせるのは、『クオ・ヴァディス』のローマ炎上の描写に負うところが大きいのではあるまいか。

しかし部分的に影響を受けたとしても、『それから』の到達点は『クオ・ヴァディス』から遥かに隔たっている。結びにむかって疾走し加速する文体と、溢れんばかりの「赤」のモチーフは、前衛的な散文詩や実験的映像のように、読者を眩惑し代助の体験しつつある感覚の渦にひきずりこむ。それはまた、静謐で緩慢な文体をもって半覚醒状態における意識の流れをうつしとった冒頭とも、みごとな対照をなしている。これが一九〇九（明治四十二）年の新聞に掲載されたことを考えると、あらためて漱石の「新しさ」に驚かざるをえない。
この頃はわが国の『クオ・ヴァディス』受容史においても重要な時期であった。一九〇五（明治三十八）年にシェンキェヴィチがノーベル文学賞を受賞して注目を浴び、『それから』連載の前年——一九〇八（明治四十一）年には、松本雲舟による最初の全訳『何處《いずこ》に往《ゆ》く』が刊行された(23)。この訳本は好評により版を重ね、「「何処へ行く」という言い方は流行語となり……『どこへ行こうか？』の意味で、学生間で「クウォ・ヴァディス」という言い方が流行した(24)」という。正宗白鳥『何処へ』が発表されたのもこの年である。

このような動きは漱石も当然承知していたであろう。『それから』最終章で、書生の門野が代助になげかける「今から何方《どちら》へ」という問いに『何處に往く《クオ・ヴァディス》』の響きを聴くのは、こじつけにすぎるだろうか。少なくとも代助に「arbiter elegantiarum《アービター エレガンシアルム》」という異名を与えたとき、それがペトロニウスのことであると理解する読者層の存在を、ある程度想定していたのではあるまいか。しかしじっさいには、雲舟訳は「全訳」といいながら全体の半分程度の抄訳にすぎず、とくにペトロニウスの登場場面はほとんど割愛されており、《趣味の審判者《アービターエレガンシアルム》》に類する語句やその訳語はまったくみられない。代助の異名にこめられた含意は未だ読者に理解されるべくもなかったのである。

『クオ・ヴァディス』の中でももう一つ注目しておきたいのは、この作品の最終章すなわち第Ⅲ部第三十一章（原著第七十四章）における、ペトロニウスの最期の場面である。

タキトゥス『年代記』第十六巻第十九節によれば、ペトロニウスはティゲリヌスの讒言によってネ

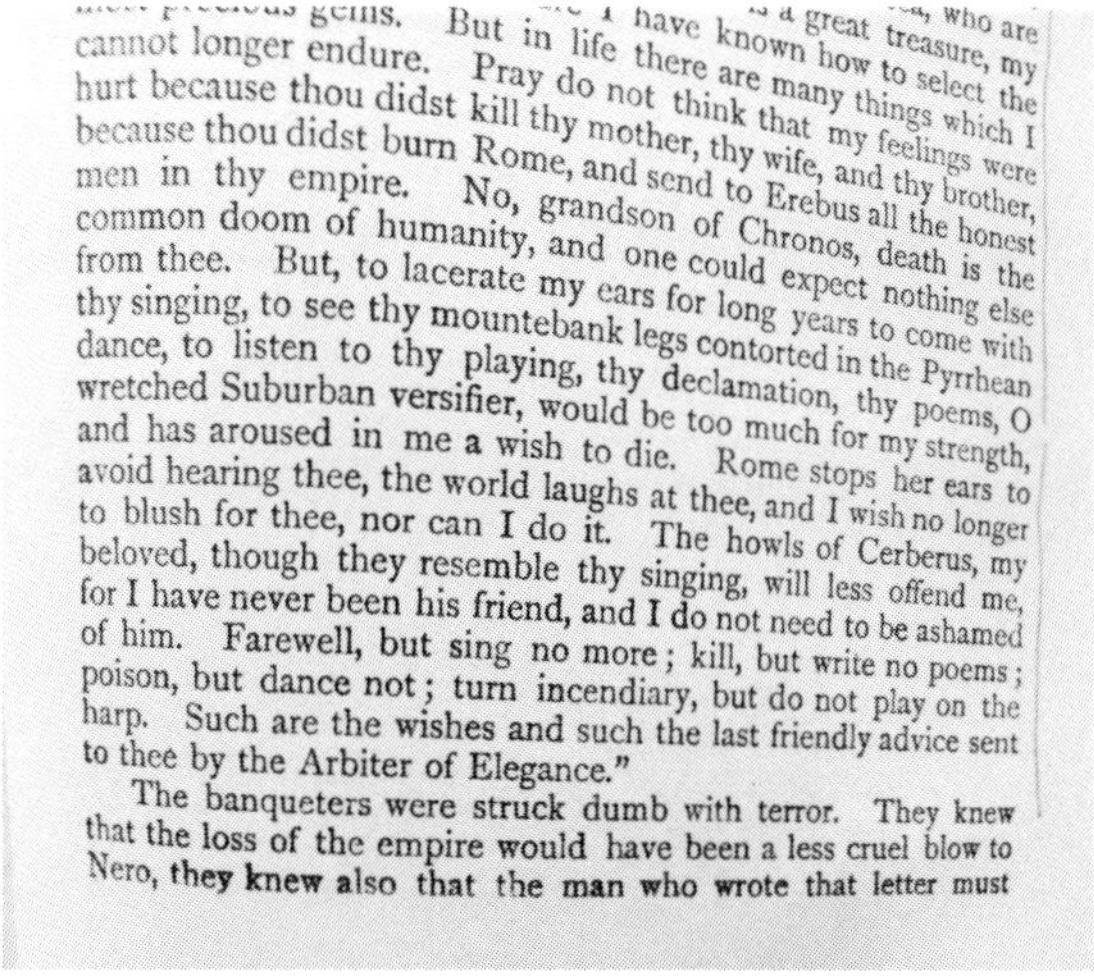

... who are
... is a great treasure, my
... I have known how to select the
most precious gems. But in life there are many things which I
cannot longer endure. Pray do not think that my feelings were
hurt because thou didst kill thy mother, thy wife, and thy brother,
because thou didst burn Rome, and send to Erebus all the honest
men in thy empire. No, grandson of Chronos, death is the
common doom of humanity, and one could expect nothing else
from thee. But, to lacerate my ears for long years to come with
thy singing, to see thy mountebank legs contorted in the Pyrrhean
dance, to listen to thy playing, thy declamation, thy poems, O
wretched Suburban versifier, would be too much for my strength,
and has aroused in me a wish to die. Rome stops her ears to
avoid hearing thee, the world laughs at thee, and I wish no longer
to blush for thee, nor can I do it. The howls of Cerberus, my
beloved, though they resemble thy singing, will less offend me,
for I have never been his friend, and I do not need to be ashamed
of him. Farewell, but sing no more; kill, but write no poems;
poison, but dance not; turn incendiary, but do not play on the
harp. Such are the wishes and such the last friendly advice sent
to thee by the Arbiter of Elegance."

The banqueters were struck dumb with terror. They knew
that the loss of the empire would have been a less cruel blow to
Nero, they knew also that the man who wrote that letter must

『クオ・ヴァディス』最終章　ペトロニウスの遺書
下から4行目に 'Arbiter of Elegance'、右余白全体に傍線

ロの不興を招き、反乱共謀の罪を着せられて、みずから命を絶つにいたったが、その流儀はいかにも彼らしい独特のものであった。腕の血管を切ってから、饗宴の席で「友人と閑談」したり「気儘にまどろんだ」りしながら、「自然に往生をとげたように」息絶えたのである。死に臨んでは、ネロの「破廉恥な行為」や「愚行」を詳しく遺言書に詳し、皇帝本人に送りつけたという。

　シェンキェヴィチはこの記述をもとに、プリニウス『博物誌』第三十七巻やプルタルコス『似て非なる友について』十九の記事と、ゆたかな作家的想像を加え、愛する女奴隷とともに従容として死を迎えるペトロニウスの姿を美しく描き出している。ネロに宛てた遺言書については、饗宴の席でペトロニウスみずから友人たちに読んできかせるという趣向をとっているが、その中で彼は皇帝に対し、殺人や放火をするのは勝手だが、詩や音

楽には二度と手を出してくれるなと綴り、「これが《趣味の審判者》（Arbiter of Elegance）が友人としてお贈りする最後のご忠告でございます」と結んでいる。[25] ネロにとってこれほど屈辱的であり、その劣等感に決定的な傷手を与える言葉はあるまい。

ちなみに最終章には《趣味の審判者》の語句が三度出てくるが、ペトロニウスがみずからそう名告るのは作中この遺言書の署名が最初で最後である。

漱石はこの場面に強い感銘を受けたらしく、手沢本にはこのくだり全体に四頁にわたって傍線が施されている（前頁図版参照）。また一九〇六（明治三十九）年頃の手帳に、『吾輩は猫である』第十一章で展開される自殺論の腹案とみられるメモがあり、

○生れる時には誰も熟考してから生れるものはないが死ぬ時には誰でも苦心する。金をかりる時には何の気なしに借りて返す時に心配する様なものだ。……

○金の返し方。死に方。ペトロニアス。ソクラチス。耶蘇。エムペドクリス。大燈国師等。（傍線引用者）[26]

と、「死に方」の例の筆頭にペトロニウスの名が挙げられている。これをみても、ペトロニウスの最期がいかに鮮烈な印象を残したか、うかがえよう。

＊

『クオ・ヴァディス』において、ペトロニウスは皇帝の権威や世間の規範に囚われることなく、鋭敏な美意識と強靭な批評精神をもって自由に生き、優雅さと韜晦の裏に烈しい覚悟をひめた人物として描かれている。代助は彼ほど理想化されてはいないが、'arbiter elegantiarum《アービター エレガンシアルム》'という異名があかされるとともに、それまで「のらくら」して安住していた「贅沢な世界」や'nil admirari《ニル アドミラリ》'のポーズを捨て、三千代とともに「自然の昔に帰る」ことを決意する。かつて菅沼が妹三千代を託そうとした《趣味の審判者《アービター エレガンシアルム》》代助は、単なる趣味人でもシニカルな批評家でも、「世紀末の耽美主義者」でもなかったのである。

『クオ・ヴァディス』第I部第六章で、ペトロニウスはウィニキウスにむかって「すぐれた美的趣味の所有者は得の高い人物にほかならない」(a genuine man of taste is also virtuous)と説く。漱石は手沢本のこの台詞に下線を施し、余白に'Petronius' view'(ペトロニウスの見解)と書き入れており、彼のペトロニウス観を示すものとして注目される。それとともにこの言葉は、漱石自身がその晩年、一九一六(大正五)年五月に日記にしるした

○倫理的にして始めて芸術的なり。真に芸術的なるものは必ず倫理的なり。

という箴言とも合致する。漱石の考える《趣味《アービター》の審判者《エレガンシアルム》》の本質は、この辺りにあったのかもしれない。

T・S・エリオットは連作詩集『荒地』の巻頭に、エズラ・パウンドへの献辞として、「トリマルキオの饗宴」の一節をラテン語で引用している。スコット・フィッツジェラルドは『偉大なるギャツビー』の初稿に、『トリマルキオ』（*Trimalchio*）というタイトルを記した。またSF作家ロバート・A・ハインラインは『夏への扉』の中で、タイムトラベルをする主人公の飼い猫を「審判者ペトロニウス」（Petronius the Arbiter）と名づけている。《趣味《アービター》の審判者《エレガンシアルム》》の系譜は、その美意識や批評精神とともに、二千年前から現代にいたるまで、さまざまにかたちを変えつつ受け継がれているといえるだろう。(27)

その系譜上の一人として考えるとき、新たな代助像があらわれてくるように思われるのである。

註

（1）従来の注解のなかに「趣味の審判者たちの意」（新潮文庫版「注」）など語句全体を複数とするものがあるが、これは誤りで「審判者《アービター》」は単数である。

（2）前者には Arbiter elegantiarum — The Arbitrator of elegances; the master of ceremonies (J. Wood, *Dictionary of Quotations, from Ancient & Modern, English & Foreign Sources*, London: Warne, 1893, p. 17)、後者には 'Elegantiae arbiter' Tacitus, *Annals, XVI*, 18. 'The arbiter of fashion.'（T. B. Harbottle, *Dictionary of Quotations*（*Classical*）, London: Sonnenschein, 1897 p. 55）とある。

（3） 本章中『年代記』の引用は国原吉之助訳『年代記』（下）（岩波文庫、一九八一）に拠り、ガルニエ古典叢書（*Annalium Liber* XVI, Classiques Garnier）の原文（羅仏対訳）を参照した。

（4） M. Schanz, C. Hosius, *Geschichte der römischen Literatur*（München, 1967）にある言葉。国原吉之助訳『サテュリコン』（岩波文庫、一九九一）解題中の引用による。

（5） 漱石文庫蔵、身辺自筆資料「英書目録20」。

（6）『文学評論』に引用された該当箇所（原文および漱石訳）の一部を次に掲げる。

We had many books to teach us our more important duties, and to settle opinions in philosophy or politics; but an *Arbiter Elegantiarum*, a judge of propriety, was yet wanting, who should survey the track of daily conversation, and free it from thorns and prickles, which tease the passer, though they do not wound them.

重大な倫理問題に関して義務の意義を説いたものはある。哲学、政治の大争論に断案を下したものはある。けれども日常談話の道程を測量して、通行人を傷つけない迄も、往来の煩ひになる茨、とげの類を取り除かうとした趣味の主宰者、礼法の判決者は是より以前にまだ出た事が無かつたのである。（漱石訳・傍線引用者）

（7）『漱石全集』第十三巻二八九〜二九〇頁。

（8） 原文は以下のとおり。

Petronius. ... We can understand, as well from the character usually *given* of the *Arbiter elegantiarum* as from the style of his curiously dismembered and rather disreputable written work, that questions of literary criticism must have been of the first interest to him. If we had the entire Satires（supposing that they ever were more entire than *Tristram Shandy* or the *Moyen de Parvenir*）, there can be very little doubt that this element would show itself in very large proportion.（Saintsbury, *op. cit.*, Book II Chap. II, p. 242. イタリック原文・下線漱石）

（9） この下線の存在についてはファリア・アンナ・マリエ「漱石のロンドン大学経験をめぐって」（『日本近代文学』第七六集、二〇〇七年五月）に指摘があるが、「少々いかがわしいものとされる」（rather disreputable）という記述からペトロニウス自身を「いかがわしい」人物と解するなど、内容にやや誤解がみられる。この部分は「彼の著作」つまり『サテュリコン』が表面上の猥雑さからポルノグラフィとみられやすいことを指したもので、センツベリーがペトロニウスを高く評価していることは全体の文脈からあきらかである。

（10） 原文は以下のとおり。On the whole, we must regret very keenly that we have not more of the Arbiter's remarks on the subject. (Saintsbury, *op. cit.*, p. 245)

（11） 江藤淳「「鈴蘭」と「白百合」――『それから』の世界」（『漱石論集』新潮社、一九九二）。

（12） 高階秀爾「青木繁」（『日本近代美術史論』講談社、一九七二）。のち講談社文庫（一九八〇）・講談社学術文庫（一九九〇）・ちくま学芸文庫（二〇〇六）に収録。

（13） 書き入れの全文は全集第二十七巻を参照。

（14） 『グリル・グレンジ』以外では、『エルフィンの災難』巻頭題辞（『サテュリコン』第五五節）・『クロチェット城』第九章（同第三節）・第十八章（同第一〇四節）などに引用・言及があり、また「美食と文明」（*Gastronomy and Civilization*, 1851）というエッセーでも「トリマルキオの饗宴」（同第三一～七八節）について詳述している。

（15） 言及のある九箇所は以下のとおり。①第一章 題辞（『サテュリコン』第九九節）・②第三章 題辞（同第三四節）③第四章 本文および自註（同第一〇九節）④第七章 本文および自註（「断章」）⑤第十章 題辞（出典未詳、著者名'Petronius Arbiter'）・⑥第十九章 本文・自註（『サテュリコン』第二節）・⑦第二十八章 題辞（出典未詳、著者名'Petronius Arbiter'）・⑧第三十一章 題辞（『サテュリコン』第三四節）⑨第三十四章 本文（同第六一～六四節）

（16） 第三章の題辞として、トリマルキオが「オピミアン・ワイン」について語るくだりが、ラテン語とピーコック自身の英訳で引用されている。

（17） 「小説の意義」（『文学評論』一九〇〇年六月）。『改訂註釈樗牛全集』第二巻（博文館、一九二六）所収。

（18）Jeremiah Curtin tr., "*Quo Vadis*" *a narrative of the Time of Nero.*（New York: Grosset & Dunlap, 1896）.

（19）『クオ・ヴァディス』の受容史については、八木光昭「ポーランド文学が日本近代文学に与えた影響　3シェンキェヴィチ文学移入の諸相」（阪東宏編『ポーランド入門』三省堂選書、一九八九）に詳しい。

（20）このほか『全集』第二十一巻に「ノート」としてまとめられた自筆メモ（いわゆる『文学論』ノート）の中に「西洋ノ小説ニハ顔ト心ノ関係ヲ人相見ノ様ニ評シテカク癖ガアル　*Quo Vadis* 283」との記述がみられる（三六六頁）。

（21）ポーランド語原書では、‘arbiter elegantiarum’ が四箇所、‘elegantiae arbiter’ と ‘arbiter elegantiae’ が各一箇所、残る十一箇所はその格変化した語形である（ポーランド語はラテン語同様、名詞も格変化する）。

（22）「軽井沢清談」（野上弥生子／谷川徹／大島清の鼎談）、『法政』一九六三年九月。『野上弥生子全集』第Ⅱ期第二十九巻（岩波書店、一九九一）所収。

（23）昭文堂から前篇（一九〇七年十二月）・後篇（一九〇八年三月）、一九〇八年八月の三版から合本で刊行。

（24）前掲八木論文（註19）。

（25）原文は以下のとおり。"... Farewell, but sing no more; kill, but write no poems; poison, but dance not; turn incendiary, but do not play on the harp. Such are the wishes and such the last friendly advice sent to thee by the Arbiter of Elegance."

（26）「断片三二E」、『漱石全集』第十九巻二〇六～七頁。

（27）わが国では芥川龍之介が、諷刺小説「不思議な島」（一九二五）において、批評家を揶揄的に ‘Arbiter elegantiarum’ と表現している。『芥川龍之介全集』第十巻（岩波書店、一九九六）所収。

第八章　『行人』とヴァルター・カレ――共鳴する孤独

I　『行人』の「独逸《ドイツ》の諺《ことわざ》」

『行人』は、一九一二（大正元）年十二月六日から翌年十一月十五日まで朝日新聞に連載され、一九一四（大正三）年一月に単行本として出版された長篇小説である。ともに後期三部作と称される前作『彼岸過迄』・次作『こころ』と同様、いくつかの物語の連なりによって全体をかたちづくる手法が用いられ、「友達」「兄」「帰ってから」「塵労」の四話で構成されている。しかし執筆中に漱石の体調が悪化したため、「帰ってから」（三十八）（一九一三年四月七日）から「塵労」（一）（同年九月十八日）までのあいだ、半年ちかく連載を中断しており、休載の前後で主題の変容や構想上の破綻のみられることがしばしば指摘されている。すなわち休載前の三話では、さまざまな男女や夫婦のエピソードを綴り合わせる中に、主人公一郎が自分の妻直と弟二郎の関係を疑って苦しむ姿が、主に二郎の視点から描かれているが、「塵労」においては、むしろ一郎の哲学的・実存的ともいうべき懊悩と不安が、一郎の友人Hの手紙によって明かされてゆくのである。

それを最も端的にあらわしているのが、「塵労」（三十六）において、一郎とHが交わすドイツ語句のやりとりである。一郎の不可解な言動を心配した二郎は、兄の同僚であるHに、一郎を旅行に連れ出して様子を知らせてくれるよう依頼する。ドイツ語句がみられるのは、旅先のHから二郎に届いた手紙の中で、伊豆修善寺の山中を散策した折の出来事を記した次のようなくだりである。

……私は兄さんを促して又山を下りました。其時です。兄さんが突然後から私の肩をつかんで、「君の心と僕の心とは一体何処迄通じてゐて、何処から離れてゐるのだらう」と聞いたのは。私は立ち留まると同時に、左の肩を二三度強く小突き廻されました。私は身体に感ずる動揺を、同じ様に心でも感じました。……

「Keine Brücke führt von Mensch zu Mensch.（人から人へ掛け渡す橋はない）」

私はつい覚えてゐた独逸《ドイツ》の諺《ことわざ》を返事に使ひました。無論半分は問題を面倒にしない故意の作略も交てゐたでせうが。すると兄さんは、「さうだらう、今の君にはさうより外に答へられまい」と云ふのです。私はすぐ「何故」と云つて聞き返しました。

「自分に誠実でないものは、決して他人に誠実であり得ない」

私は兄さんのこの言葉を、自分のどこへ応用していいか気が付きませんでした。

「君は僕のお守りになつて、わざわざ一所に旅行してゐるんぢやないか。僕は君の好意を感謝する。けれども左右《そう》いふ動機から出る君の言動は、誠を装ふ偽りに過ぎないと思ふ。朋友としての僕は君から離れる丈《だけ》だ」

兄さんは斯う断言しました。さうして私を其処へ取残した儘、一人でどんどん山道を馳け下りて行きました。其時私も兄さんの口を迸しるEinsamkeit, du meine Heimat Einsamkeit!（孤独なるものよ、汝はわが住居なり）といふ独逸語を聞きました。

（傍線引用者）

ここにみられる二つのドイツ語句のうち、一郎の口にする‘Einsamkeit …’については、ニーチェ『ツァラトゥストラ』（*Also Sprach Zarathustra*）第三部「帰郷」を出典とすることが夙《つと》に知られている。(1)だがもう一方の‘Keine Brücke …’については、「独逸の諺」とあるにもかかわらず、漱石の旧蔵書を含め、各種ドイツ語辞書や成句辞典等の類にも該当することわざは見当たらず、典拠は未だ詳らかにされていない。(2)

二〇〇九年には独文学者新井皓士氏がインターネット上のコラムにおいて、ローゼンツヴァイクの哲学書『救済の星』（一九二一）およびリヒャルト・フォスの長篇小説『二人』（一九一一）の中にこの語句の用例があることを指摘したが、『行人』とのかかわりにかんしては、前者は刊年からみて「出典ではありえない」、後者についても「相当長い小説であるから全巻の半ばあたりに出てくるこの文言を直接そこから書き抜いたとも思えない」としている。(3)

しかし筆者の調査したところ、この語句は第一次大戦前後のドイツにおいて、文学者や知識人のあいだにかなり浸透していたらしいことがわかってきた。新井氏の指摘以外にも、文学・心理学・社会学などさまざまな分野の文献に、この語句とその異文（類句）が見出されるのである（個々の用例および異同については後述する）。興味深いことに、そのほとんどが一九一〇～二〇年頃という短い期間に集中している。『行人』のドイツ語句のくだりが新聞掲載されたのは、一九一三（大正二）年十月二十八日だから、まさに時期を同じくしている――というよりむしろ多くの用例に先んじていると言ってよい。いったいこの語句の出典は何であり、なぜ特定の時期に用例が集中しているのか。そして漱石は何によってこの語句を知ったのであろうか。

このような問いを念頭に、数々の用例を比較検討して遡源的に考察を進めるうちに、筆者は一篇の詩にたどりついた。作者はヴァルター・カレ（Walter Calé）という青年である。この詩を収録した彼の作品集は一九〇七年に刊行されたが、そのとき彼はすでにこの世の人ではなかった。その三年前、ほとんど無名のうちに自死を遂げていたのである。

II　ヴァルター・カレ

今日ドイツでもヴァルター・カレの名を知る人は稀であり、おそらくわが国では紹介されたことがないと思われるので、はじめにその略歴を記しておこう。

ヴァルター・カレは一八八一年十二月八日、ユダヤ人実業家の長男としてベルリンに生まれた。大学では法学を学んだが、卒業を目前にした一九〇三年十一月、口頭試問を放棄して退学し、文学作品の創作と哲学研究に没頭する生活に入る。詩・小説・論文などの執筆のほか、ベルリン芸術科学協会での講演活動なども行なっていたが、一九〇四年十一月三日、突然書きためていた原稿の大部分をみずからの手で廃棄したのち、命を絶った。未だ二十三歳にも満たない若さであった。喪われた原稿の中には、「心理学的」(psychologischen)と銘打った長篇小説や、新プラトン主義哲学に関する大部な論文も含まれていたという。

彼の死を悼み才能を惜しむ友人たちは、偶然に廃棄を免れた草稿を丹念に収集整理し、著名な作家で批評家のフリッツ・マウトナーに閲読を依頼した。マウトナーは一読してたちまち心を動かされ、彼らの求めに応じて原稿の編集出版に尽力した。こうして一九〇七年、ベルリンの書肆フィッシャーから『遺稿集』(*Nachgelassene Schriften*)が刊行され、百篇を超える詩と詩稿、物語、小説や戯曲の断片、手帳に記されたエッセーやアフォリズムなどが陽の目をみることになった。本文約四百頁、巻頭にはマウトナーによる序文と、カレの友人にして本書の出版人であるブリュックマンが綴った四十頁に及ぶ小伝が付されている。

ヴァルター・カレ　肖像と署名

著者が無名でしかもすでに亡き人であるにもかかわらず、この『遺稿集』は予想外の好評をもって迎えられ、一九二〇年までに六刷を重ねた。ことに広く愛誦された作品の一つに、九七頁に掲載された次のような詩——といってもタイトルもない、詩の草稿もしくは断片というべきもの——がある。

君の差しだす手をとれば　そこに君を感じるけれど
にぎったその手の感触の　ほかには何も感じない

だって君の言葉は　僕には　むなしいただの息
僕の言葉も　君にとっては　同じこと
僕のからだに　君が絡ませた　両腕が
僕には遠く感じられ　君のいのちの奔流は
とくとくと脈を打ち　僕の知らぬ間に　流れ去る
そして　人から人へ　通じる橋はない

（訳および傍線引用者・以下同）

Du gabst mir deine Hand, da fühl' ich dich,
und nichts mehr fühl' ich als den Druck der Hand.

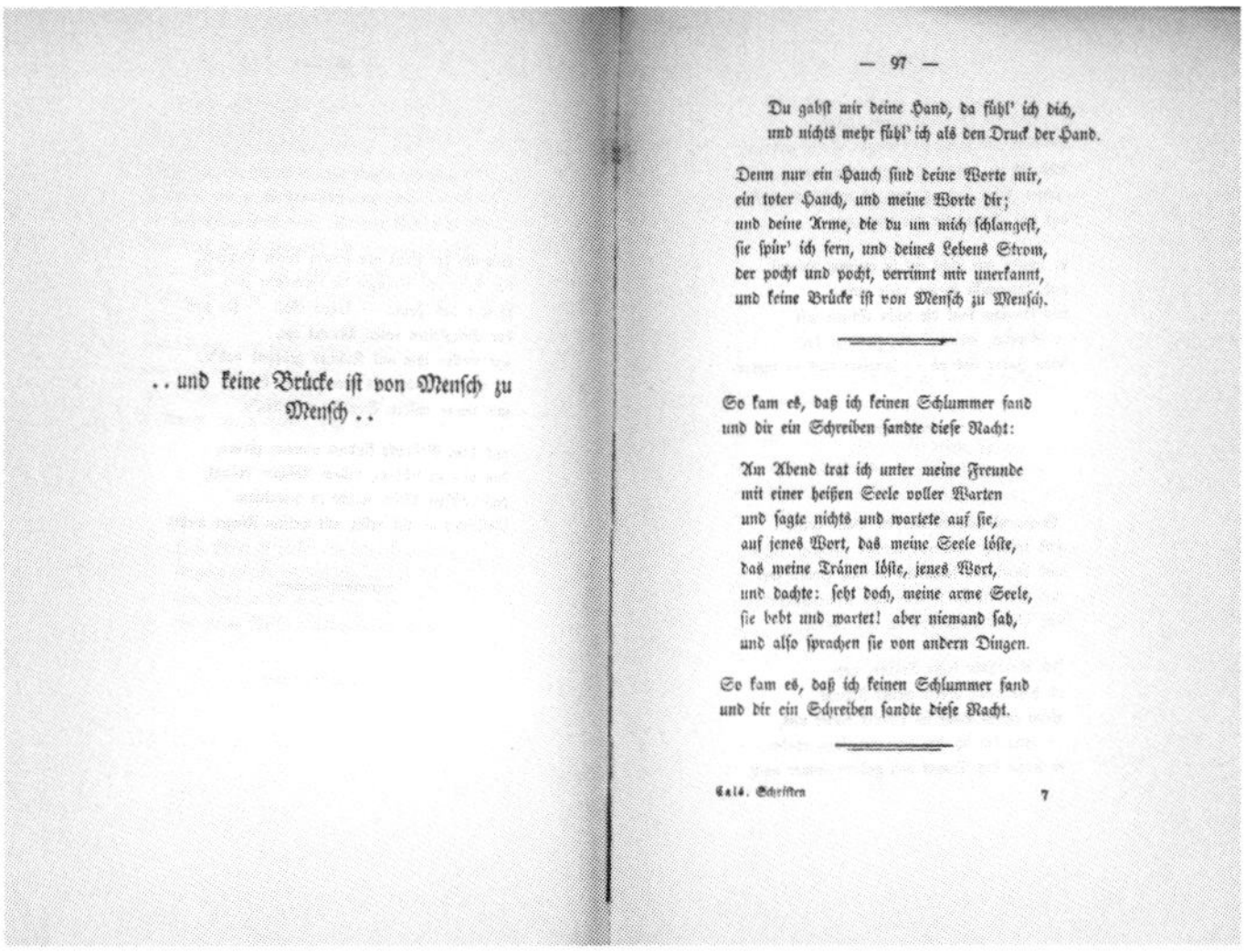
..und keine Brücke ist von Mensch zu Mensch..

— 97 —

Du gabst mir deine Hand, da fühl' ich dich,
und nichts mehr fühl' ich als den Druck der Hand.

Denn nur ein Hauch sind deine Worte mir,
ein toter Hauch, und meine Worte dir;
und deine Arme, die du um mich schlangest,
sie spür' ich fern, und deines Lebens Strom,
der pocht und pocht, verrinnt mir unerkannt,
und keine Brücke ist von Mensch zu Mensch.

So kam es, daß ich keinen Schlummer fand
und dir ein Schreiben sandte diese Nacht:

Am Abend trat ich unter meine Freunde
mit einer heißen Seele voller Warten
und sagte nichts und wartete auf sie,
auf jenes Wort, das meine Seele löste,
das meine Tränen löste, jenes Wort,
und dachte: seht doch, meine arme Seele,
sie bebt und wartet! aber niemand sah,
und also sprachen sie von andern Dingen.

So kam es, daß ich keinen Schlummer fand
und dir ein Schreiben sandte diese Nacht.

Calé, Schriften　7

ヴァルター・カレ『遺稿集』「und keine Brücke...」

Denn nur ein Hauch sind deine Worte mir,
ein toter Hauch, und meine Worte dir;
und deine Arme, die du um mich schlangest,
sie spür' ich fern, und deines Lebens Strom,
der pocht und pocht, verrinnt mir unerkannt,
und keine Brücke ist von Mensch zu Mensch.

孤独な青年のひそかなためいきにも似たこの八行詩は、多くの読者の心をとらえたようである。ことに注目をあつめたのが、結びの一行であった。『遺稿集』の編者もこの詩句に注目したらしく、見開き隣の頁に大きく抜き書きしている（図版参照）から、視覚的にもきわだって強い印象を与えたのであろう。同時代評にもこの詩句を引用したものが散見される(4)。

一九二〇年には、カレと同世代の表現主義詩人たちの作品を収めたアンソロジー『人類の薄明――若き詩歌の交響』(*Menschheits Dämmerung: Symphonie jüngster Dichtung*)が刊行された。抒情的なカレの作品は、表現主義とは対蹠的な位置にあり、この詩集には収録されていないのだが、それにもかかわらず、編者クルト・ピントゥスは序文のなかで、カレについて

一人の若い詩人が、表層から更に深く自己の内部に入りこもうと試みたが、外界の重みに潰え去った(ヴァルター・カレ)。

Wenn einer der jungen Dichter versuchte, tiefer von der Oberfläche in sich einzudringen, zerbrach unter der Last der Umwelt (Walter Calé). (S. X)

と記し、さらに若い詩人たちが各々の思いを鮮烈にうたいあげた詩の筆頭に

カレの絶望「そして人から人へ通じる橋はない」

Calés Verzweiflung "Und keine Brücke Ist von Mensch zu Mensch" ... (S. XII)

を挙げている。当時この詩句が広く親しまれ、カレの代表作であるとともに、時代の声を象徴する言葉となっていたことがうかがえよう。

『人類の薄明』は当時大きな反響を呼び、詩集としては異例の二万部を売り上げた。しかし約十年後の一九三三年、ナチスの焚書に遭い、多くの書冊が焼却された[5]。カレの詩句の引用例が二〇年代を境にみられなくなるのも、おそらくそうした政情の変化の結果と思われる。カレの一家のみならず、『遺稿集』刊行に尽力したマウトナーも書肆フィッシャーも、ユダヤ人であった。

さて第一次大戦前後、ドイツの知識人のあいだでカレの詩句が愛誦されていたことは確認できた。しかしこの詩句と『行人』の引用句のあいだには、次に示すように、細部ではあるが無視しがたい相異があり、両者を安易に結びつけることはできない。

A　カレ　und keine Brücke ist von Mensch zu Mensch.

B　『行人』Keine Brücke führt von Mensch zu Mensch.

比較してわかるとおり、Aでは行頭に接続詞‘und’（英語のandにあたる）があるが、Bにはない。またAでは動詞が‘ist’（英語のbe動詞にあたる‘sein’の活用形）であるのに対し、Bでは一般動詞である‘führt’（英語の‘lead’にあたる‘führen’の活用形）を用いている。したがってカレの詩句が『行人』の直接の典拠であるとは考えにくいのである。

とはいえ、両者はきわめてよく似ており、用例の時期もほぼ一致することから、なんらかの関係があると見る方が自然であろう。それを探るために、Bの用例についてさらに検討してみたい。

Ⅲ　詩句の用例と異同

ここで、管見に入ったB（『行人』と同形）の主な用例を刊年順に挙げておこう。

①リヒャルト・フォス『二人』（一九一一）
Richard Voß, *Zwei Menschen*（Stuttgart: J. Engelhorns）
②マックス・フリッシュアイゼン゠ケーラー『学問と現実』（一九一二）
Max Frischeisen-Köhler, *Wissenschaft und Wirklichkeit*（Leibzig und Berlin: B. G. Teubner）
③フリッツ・カーン『人種および文化民族としてのユダヤ人』（以下『ユダヤ人』）
Fritz Kahn, *Die Juden als Rasse und Kulturvolk*（Berlin: B. G. Teubner）
④フランツ・ローゼンツヴァイク『救済の星』（一九二〇）
Franz Rosenzweig, *Der Stern der Erlösung*（Frankfurt: Kauffmann）(6)

このうち①と④については、前述のとおり新井氏の指摘がある。各作品の内容をみると、①『二人』は、愛し合いながら家と宗教上の問題から結ばれない男女の悲劇を描いた長篇小説。②『学問と現実』は、哲学と心理学の領域にわたり、個人と社会とのかかわりを中心に論じた評論。③『ユダヤ人』は、タイトルどおりユダヤ民族について、人種・歴史・宗教・文化など多方面にわたり、社会学的・文化人類学的に論じたもの。④『救済の星』は、ユダヤ教とキリスト教との「対話」から啓示と救済を見出そうとする宗教哲学書である。このようにジャンルや内容はさまざまだが、いずれも名著あるいは話題作として広く知られ、版を重ねた作品である。

それぞれの作品について、用例の該当箇所を中心にいま少し詳しく検討すると、①『二人』では、問題の句は物語中盤となる第二部第三章、愛する女性の間近にありながら、みずからは聖職者となったため会うことも叶わない主人公パウルスの苦悩を描いた、次のようなくだりにある。

必死のおもいで探し求めあっていた二人は、めぐりあい、互いに嵐のように激しく惹かれあい、そして更に強い力によって再び引き裂かれるのである。互いを隔てる深淵の際にいま彼らは立っている。手を差し伸べては、むなしく空をつかみ、人間の大いなる悲劇をわが身の上に思い知る。男と女、けっして一人にはなりえない、二人の人間の悲劇である。

「人から人へ掛け渡す橋はない」のだ！

> Oder die zwei sich verzweiflungsvoll Suchenden finden sich; streben zueinander mit Sturmesgewalt; werden durch eine stärkere Macht wieder voneinander gerissen. An dem Abgrund, der sie scheidet, stehen sie nun. Sie strecken die Arme aus, umfassen die leere Luft und erleben an sich die große Tragödie der Menschheit: Mann und Weib; zwei Menschen, die nicht ein Mensch werden können; denn:
>
> “Keine Brücke führt von Mensch zu Mensch!”（S. 157）

ここでは問題の語句が引用符で括られていることに注目しておきたい。

②『学問と現実』においては、問題の語句は第二部現実認識の現象学／第二章自我と外界／1独在論（II Theil: Phänomenologie des Realitätsbewußtseins, 2 Kapitel: Ich und Außerwelt, 1. Der Solopsismus）の次のようなくだりにみられる。

> 単子（モナド）には中を覗いて見られるような窓がない[7]。それぞれの認識主体は、他者にとって完全に侵入不可能なものであり、各々がそれ自身一つの世界なのだ。……私たちはそれぞれ自分だけの生を生き、自分以外のことを知覚することは誰にもできない。言葉の厳密な意味において、他者の内面生活を共有することはできないのである。いかにあふれんばかりの献身や愛や苦痛や情熱も、この孤立状況を変える力はない。畢竟私たちは常に表皮を隔てて互いに切り離されてい

るのだ。「そして人から人へ掛け渡す橋はない。」

Die Monaden haben keine Fenster, in die man hineinsehen könnte. Jedes Erkenntnissubjekt ist dem anderen gegenüber vollkommen undurchdringlich, jedes eine Welt für sich. ... Jeder von uns lebt sein eigenes Leben, niemand kann außer sich empfinden; niemand im strengen Sinne des Wortes das Innenleben eines anderen teilen. Kein Übermaß von Hingabe, Liebe, Schmerz, Leidenschaft vermag diese Isolierung aufzuheben; schließlich bleiben wir immer durch unsere Epidermis voneinander getrennt. „Und keine Brücke führt von Mensch zu Mensch."（S. 257-8）

この用例にも引用符があり、さらに文頭にカレの詩句と同じく'und'が付いていることに留意したい。記述の内容も興味深いが、それについては後で述べることとする。

③『ユダヤ人』と④『救済の星』は、刊年からみて『行人』の典拠ではありえないのだが、参考のために確認すると、③『ユダヤ人』では第一章「人種」（Kap. 1 Rasse）において、民族どうしを隔てる障壁の比喩として、問題の語句が次のようなかたちで用いられている。

人種とはもはや、万里の長城のごとく、民族どうしを永遠に越えられないように隔てる――「そして人から人へ掛け渡す橋はない」という――障壁ではない。

Rasse ist nicht mehr die chinesische Mauer, die Völker für ewige Zeiten unübersteigbar trennt — “und keine Brücke führt von Mensch zu Mensch” — …（S. 17）

ここにもまた引用符と‘und’がみられる。

④『救済の星』では、第一巻第三章と第三巻第三章の二箇所に用例がみられ、いずれも引用符や‘und’は付いていないが、後者は次のように、‘daß’（英語の that にあたる）に導かれる従属節として用いられている（前者については後述する）。

一人の人間の体験などというものは、ある男が自分の友人について体験するというような場合、相手が自分に対して話すことを理解するというのが関の山である。一方ごく身近な人であっても、その人自身が他者について体験することを、自分も体験する、というようなことは、まったく不可能である。人から人へ掛け渡す橋はないという、あの無情な言葉が示しているのは、まさにこのことであって、人間相互の直接的な交流のことではない。……

… ist doch auch das Erleben eines Menschen, wie ein Mann seinen Freund erlebt, gar nichts weiter als daß der eine versteht, was der andre zu ihm spricht; während es nicht möglich ist, zu erleben, was selbst der nächste Mensch an andern erlebt; davon und nur davon, nicht vom unmittelbaren Wechselverkehr der Menschen untereinander, gilt das harte Wort, daß keine Brücke führt von Mensch zu Mensch.（S. 439）

文脈からも、読者にも馴染みのある言葉として引用していることがうかがえる。

このように、①、②、③の用例では問題の語句が引用符で括られ、④は引用の従属節となっている。つまりこれらの用例すべてが、引用句として用いられているのである。

また②と③では、カレの詩句と同じく、引用句の頭に‘und’がついているが、④の用例にかんしても、著者ローゼンツヴァイクは当初‘und’のある形で記憶していたらしい。『救済の星』刊行の三年ほど前に、友人に宛てた手紙の中に

「そして人から人へ掛け渡す橋はない」と、誰かがどこかに書いていました。
（“Und keine Brücke führt von Mensch zu Mensch”, steht irgendwo, ich weiss nicht bei wem.）

と記しているのである。(8)

これらの用例は、いずれも単文であるにもかかわらず、不要な接続詞‘und’が文頭にあるのは、それが元々カレの詩句の引用であったためではあるまいか。‘ist’と‘führt’の違いにかんしては、

連語（コロケーション）上、道や橋には‘führen’を用いるのが一般的であるため、“keine Brücke füuhrt”のかたちで記憶されやすく、流布する過程で動詞の入れ替わりが生じたと考えられる。

そこであらためてこれらの作品をカレとのかかわりという視点で検証すると、②・③にはベルリン、③・④にはユダヤという共通項が存在する（二三八頁参照）。

さらに①と③では、作品中に用例以外の箇所で、カレの名が言及されているのである。①『二人』では、作品の冒頭に

人はおのれに与えられた魂を持っているにすぎず、みずから魂を選びとったわけではない。
ヴァルター・カレ

Man besitzt nur die Seele, die sich uns gab, nicht die, die man sich nahm.
Walter Calé

という言葉が題辞として掲げられている。これは『遺稿集』に収録されたカレの日記の中の

Nur die Seele besitzt man, die sich einem gab, nicht die man sich nahm.（S. 385）

というアフォリズムを、一部代名詞や語順を変えて引用したもので、作者リヒャルト・フォスが『遺

稿集』を愛読していたことをうかがわせる。

なおこの小説『二人』は刊行後十年間で四十万部を売り上げ、第二次大戦後を含め映画化されること三度、物語の舞台は現在も観光名所となるなど、ドイツ国内では長きにわたってベストセラーであったが、この題辞がみられるのは初期の版のみで、後の版では削除されている。おそらくナチス政権時代に作品からユダヤ人カレの痕跡を消したものと思われる。

③『ユダヤ人』でも、第一章「人種」の引用以外に、第六章「ユダヤ人の文化」（Kap. 6, Die Kultur der Juden）において、《ドイツユダヤのパルナス》（“deutsch-judischen Parnaß”）と称されるほどドイツ文学界を席捲するユダヤ系詩人として、「ビスマルクが〝ゲーテ以降最高の抒情詩人〟と呼んだハイネ」（Heine, den Bismarck den “stärksten Lyriker nach Goethe” genannt hat）やホフマンスタールらとともに、ヴァルター・カレの名が挙げられている（S. 226）。

このように、『行人』型の用例はいずれもヴァルター・カレとのかかわりがみられ、カレの詩句が流布し愛誦される過程で派生した異文とみてよいであろう。

それでは漱石はこの語句にいったいどこで出会ったのであろうか。

Ⅳ　カレからケーラー、そして漱石へ

これまで述べてきたように、カレの詩句とその異文（『行人』型）は、一九一〇年代から二〇年代初

めのドイツの知識人や読者層のあいだに、かなり浸透していたと思われる。しかし漱石の旧蔵書・日記・書簡等のなかには、いずれの用例を含む資料も、カレにかんする言及も未だ見出されず、『行人』の直接の典拠を特定することは難しい。

ただ一つ、漱石蔵書中の雑誌記事に、この語句の引用と思われる箇所を確認することができた。ドイツの文芸雑誌『ノイエ・ルントシャウ（新評論）』（*Die Neue Rundschau*）一九一三年七月号の書評（Anmerkungen）欄の中に、「"daß keine Brücke von Mensch zu Mensch führet"」という、引用符付きの一節がみられるのである。

この雑誌は、カレの『遺稿集』を刊行したベルリンのフィッシャー社が発行する月刊の文芸評論誌で、一八九〇年に創刊され、リルケ、シュニッツラー、ハウプトマン、のちにはカフカなど、錚々たる文人たちが寄稿している。漱石は一九一一（明治四十四）年一月から一九一四（大正三）年十月まで購読し、一九一一年六月五日の日記に

　　暑　昨日と同じ北側の縁に出て、籐椅子に寐て、ノイエルンドシャウを見る

とあるように、このドイツ語で書かれた雑誌を愛読していた。なかでもトーマス・マン『ヴェニスに死す』の初出をはじめ、ニーチェの書簡、ベルクソンやH・G・ウェルズの論文、バーナード・ショーの批評などには、とくに丹念に目を通している。手沢本には数多の下線・傍線・印のほか、日本語

とドイツ語の書き入れが随所にみられ、漱石のドイツ語読解力が並々ならぬことにもあらためて驚かされる。

書評欄の記事が掲載されたのは、ちょうど『行人』執筆中（正確にいえば休載中）の時期にあたるが、同じ年の二月号と八月号の記事を、「塵労」（十五）および（三十八）の材源に用いているから[9]、この記事も読んでいた可能性は充分にある。しかし書評欄の細かいベタ記事なので、じっさいは目に付きにくかったと思われる。また引用句の部分が 'daß' ではじまる節（英語の that-clause にあたる）であるため、動詞が後置され、かつ接続法の活用形 'führet' になるなど、『行人』とは文の形が異なっている。したがってこの記事は、この語句が人口に膾炙していたことの証左とはいえるが、『行人』の直接の典拠とは考えにくい。

そこでさきに挙げた①～④の用例の中で考えると、刊年からみて典拠となりうるのは①『二人』と②『学問と現実』の二作である。確たる証拠がなく断言はできないが、筆者は今の時点では②が典拠ではないかと推定している。

そう考える理由の一つとして、この本は出版当時から日本でも比較的入手しやすく、広く読まれていたらしい。CiNii（国立情報学研究所学術情報ナビゲータ）で検索すると、全国の主要大学図書館に四十八冊、東大だけでも総合図書館のほか文・法・工・経済各学部などに七冊の所蔵があり、いずれも初版である。つまりけっして珍しい文献ではなく、漱石の目にふれる機会があっても不思議ではない。

一方、①『二人』の方は、前述のとおりドイツ国内では出版後十年間の発行部数が四十万部という大ベストセラーであったが、わが国では雑誌などで紹介された形跡もなく、CiNiiでヒットするのは七冊、それも後期の版で、東大ではシュネル文庫（オイゲン・シュネル博士旧蔵書）に一九二二年版が一冊あるのみである。もっとも漱石には、海外の新作や話題作を人にさきがけて読む「新し物好き」のところがあり、この小説を読まなかったとは言い切れないが、作品内容や該当箇所の文脈をみても『行人』とは関連性に乏しいのである。

だが筆者が『学問と現実』を典拠と推定する最大の根拠は、その内容、とりわけ問題の語句が出てくる箇所のコンテクストにある。著者ケーラーは哲学・心理学・教育学を総合した精神科学的教育学(geisteswissenschaftliche Pädagogik）の先駆者として知られ、幅広い領域にわたって多くの業績を残した人物で、漱石が敬愛したかのウィリアム・ジェイムズにも通じるところがある。また、カレとケーラーはともにベルリンの商家の出身で、年齢はケーラーの方が三歳年長だが、同じ時期にベルリン大学を拠点に哲学や精神科学理論を研究するなど重なり合う部分も多く、何らかの接点があった可能性がある。

『学問と現実』では個人と社会とのかかわりについて、哲学と心理学の境界を横断するような問題を、主に認識論の見地から扱っている。さきに紹介したように（二四〇頁参照）、問題の引用句をふくむくだりは、現実認識の現象学／自我と外界／独在論の中にあり、「個人的体験の孤独」（Einsamkeit der Eigenerfahrung）という見出しがついている。

ケーラーは「私たちはそれぞれ自分だけの生を生き、自分以外のことを知覚することは誰にもできない。……畢竟私たちは常に表皮を隔てて互いに切り離されているのだ。「そして人から人へ掛け渡す橋はない。」」と言う。彼がここで述べているのは、人間は本当の意味で他者と経験を共有することはできないという、存在論的あるいは認識論的「孤独」Einsamkeit の本質であり、まさに一郎の発した「君の心と僕の心とは一体何処迄通じてゐて、何処から離れてゐるのだらう」という悲痛な問いかけに通じるものである。

さらに注目すべきは、この直前にみられる次のような記述である。

私たちは互いに内面では常にかつ不可避的に他者である。……君の歯痛は私の歯痛ではなく、そうなることは決してありえない。仮にテレパシーあるいは何らかの合理的な手段によって、誰か他の人が抱くのと完全に同じ感覚を私のなかに生じさせることに成功したとしても、やはり二者の感覚すなわち私のそれと君のそれとは区別されなければならないであろう。内的経験にかかわるこうした体験は、いつの世も詩人たちの歌いかつ嘆いてきたところであるが、外的経験の場合も事情は同じである。

Wir sind einander innerlich immer und unaufhebbar fremd. ... Dein Zahnschmerz ist nicht mein Zahnschmerz und kann es niemals werden. Gelänge es selbst durch Telepathie oder etwas rationellere Mittel in mir vollständig das gleiche Gefühl zu erzeugen, das ein anderer besitzt, so würden immer noch zwei Gefühle, nämlich meines und deines zu unterscheiden sein. Und ebenso wie mit diesen Erlebnissen der inneren Erfahrung, welche die Dichter aller Zeiten besungen und beklagt haben, verhält es sich mit denen der äußeren.（S. 257）

これからただちに連想されるのが、『行人』「塵労」（十二）で、一人暮らしを始めた二郎が久しぶりに実家に帰った際に、妹お重が語る、兄一郎の奇妙な言動の話である。

その話によると、兄は此頃テレパシーか何かを真面目に研究してゐるらしかつた。彼はお重を書斎の外に立たして置いて、自分で自分の腕を抓《つね》つた後「お重、今兄さんは此処を抓つたが、お前の腕も其処が痛かつただらう」と尋ねたり、または室の中で茶碗の茶を自分一人で飲んで置きながら、「お重お前の咽喉は今何か飲む時のやうにぐびぐび鳴りやしないか」と聞いたりしたさうである。

ここでの一郎の行動は、ケーラーが提示した「テレパシーあるいは何らかの合理的な手段によって、誰か他の人が抱くのと完全に同じ感覚を私のなかに生じさせる」という仮定の内容を、現実に試みたものとみることもできる。経験を他者と共有することの不可能性の問題を、哲学的思索とともに、テレパシーという超心理学の領域からも捉えようとする関心のありようは、ケーラーときわめて近いところにあるといえよう。

こうした視点で読み直してみると、④『救済の星』の著者ローゼンツヴァイクも、該当箇所（二四三頁参照）に「ごく身近な人であっても、その人自身が他者について体験することを、自分も体験する、というようなことは、まったく不可能である。人から人へ掛け渡す橋はないという、あの無情な言葉が示しているのは、まさにこのことであって、人間相互の直接的な交流のことではない」と記し、経験の共有／伝達の不可能性をあらわす言葉として、問題の語句を引用している。

このようにケーラー『学問と現実』（一九一二）・漱石『行人』（一九一三）・ローゼンツヴァイク『救済の星』（一九二一）の三者に主題や表現の類似がみられるのだが、刊年などからみて、おそらくカレと近い位置にいたケーラーが『遺稿集』を、その後漱石とローゼンツヴァイクがそれぞれ『学問と現実』を読んだと考えられる。彼らは各々この言葉を「孤独」の本質をあらわすものとして銘記し、著書に記したのではあるまいか。

V　共鳴する〈孤独〉

漱石が『行人』に「独逸の諺」として記したドイツ語句は、ヴァルター・カレの詩句が『遺稿集』の読者（ケーラーにせよ他の誰かにせよ）を経由し、一部かたちを変えて伝えられたものであった。第一次大戦前後のドイツの青年や知識人にとって、この言葉にはどこか心に深く響くものがあったようである。

フリッツ・マウトナーは『遺稿集』の序文で、カレの詩をはじめて目にした時の衝撃と感動を「来たるべき抒情詩の夜明けを告げる鐘の響きが聞こえたような気がした」と表現し、「文学史はその名を銘記し、こう言うにちがいない——二十世紀の初め、大いなる抒情詩の小さき至純なる音叉がかく鳴り響いた、と」と予言した。[10] マウトナーはこのほかにも、「鐘」「音」「響き」「調べ」「鳴り響く」といった聴覚的語彙をくりかえし用いて、カレの詩の美しさを表現している。

同時代評に目を向けると、G・シュタンゲ（本章註4参照）はカレを「沈黙の声」（die Stimm der Stille）と呼び、ヘルティ、ヘルダーリン、トラークルら夭折詩人の系譜につらなるものとした。テオドル・レッシングは「その作品のすべてにある独特の調べが響いている」と記し、彼を「人知れず谷間に美しく咲いた一輪の花」に喩えた。[11]

アルベルト・ゼーゲルは、カレの詩には高い評価を与えなかったが、彼のニーチェ研究における「驚くべき洞察力」に注目し、彼を「狂気に陥らざるニーチェ」（Niezsche nicht verfallen）と呼んだ。[12] たしかにカレはみずからを詩人というより哲学の徒と考えていた節があり、日記にも

O Freundin Einsamkeit!（おお　愛しき女《ひと》　孤独よ）（S. 326）

という詩句や、

Die Nuancen sind das Unüberbrückbar.（ニュアンスは架橋不能なものである。）（S. 388）

というアフォリズムなど、ニーチェを思わせることばが散見される。この問題についてはさらに検討が必要であろう。

カレの亡くなった翌年にあたる一九〇五年、ドレスデンで「ブリュッケ」（Die Brücke）という若い芸術家グループが誕生した。彼らは一九一〇年からベルリンに拠点を移して活動し、ミュンヘンの「青騎士」（Der Blaue Reiter）とならぶドイツ表現主義の端緒となった。「ブリュッケ」の名称は「未来への架け橋」を意味し、一説では『ツァラトゥストラ』第四部の

あなたがたは橋にすぎない。より高い者たちが、あなたがたを渡ってかなたへ進んでいかんことを！

Ihr seid nur Brücke: mögen Höhere auf euch hinüberschreiten!

という一節に由来するともいわれている。カレの詩句が表現主義詩人たちにまで愛誦されたのは、こうした時代の空気と無縁ではあるまい。

「ブリュッケ」は一九一三年に解散し、同じ年に日本では 'Keine Brücke …' の詩句が『行人』に引用されて朝刊の紙面に載った。こうした暗合にはそれじたい意味があるわけではないが、第一次大戦前後のドイツと、『行人』の作品世界のあいだには、なんらかの文化的・心理的シンクロニティが存在していたような気がしてならない。

ここで重要なのは、漱石がどこでこの句に出会ったにせよ、そこに同時代のドイツの知識人たちと同じものを感じとり、それをみずからの問題として受けとったことである。『行人』においてこの語句を口にするのは、漱石自身の投影と思われる主人公・一郎ではなく、友人のHであり、一郎はそれに対して『ツァラトゥストラ』の言葉をもって反論している。それは単に孤独であることに絶望するのではなく、また安易に「絆」や「連帯」を求めるのでもなく、むしろ孤独であること、「個」であることを「わが住居」(meine Heimat)とし、みずからの立脚地とするという意思の表明であるように感じられる。

'Einsamkeit' とは、字義からいえば、ひとり(孤)であること、ひとつ(個)であることを表し、それじたい喪失・欠落・寂寥を意味するものではない。古来、孤独感や寂しさを表現した文学作品は数多あるが、わが国の文学において、『行人』に描かれたような孤独、妻とも弟とも無二の親友とも、けっしてつながりえない、絶対的な〈孤独〉Einsamkeit という状況そのものを、主題として描ききったのは、漱石が最初だったのではあるまいか。

一九二〇年、ヒトラー率いるドイツ労働党は国家社会主義ドイツ労働者党 NSDAP(ナチス)と改称し、一九三二年には第一党として権力を掌握する。二〇年代後半になると、カレの作品もその引用句もまるで存在しなかったかのように消し去られた。それからわずか数年のうちに「本を焼くところでは終いに人間を焼く」[13]というハイネの言葉が現実となったのである。

しかしカレの作品は、そうした時代を超えてひそかに読み継がれ、今なお愛誦する人々も、けっして数多くはないが、確実に存在している。一九八九年には、その名も *Und keine Brücke ist von Mensch zu Mensch* という、かの詩句をそのままにタイトルに冠したカレの詩集が上梓された[14]。簡素な紙表紙でわずか三十二ページの、書物というより小冊子に近いような体裁のものだが、それだけに出版者の想いが感じられる。

ローゼンツヴァイクは『救済の星』のなかで、さきほど引用した第三巻第三章のほかにもう一箇所、第一巻第三章にも問題の語句を引用し、次のように記している。

> 人はみな常にそれぞれが自分ひとりであり、それぞれが〈自己〉であり続ける。そこにはいかなる結びつきも生じない。……そしてそれにもかかわらず、あらゆる〈自己〉の内部で、同じ音声が、すなわち自分だけの〈自己〉という感覚が、鳴り響くのである。人から人へ掛け渡す橋はないにもかかわらず、こうした同一性の伝播が無言のうちに行なわれる。……それは〈自己〉から〈自己〉へと、ひとつの沈黙からもうひとつの沈黙へと、行なわれるのである。

Jeder bleibt für sich, jeder bleibt Selbst. Es entsteht keine Gemeinschaft. ... und dennoch klingt in allen der gleiche Ton, das Gefühl des eigenen Selbst. Diese wortlose Übertragung des Gleichen geschieht, obwohl noch keine Brücke führt von Mensch zu Mensch. ... sie geschieht von Selbst zu Selbst, von einem Schweigen zum andern Schweigen.（S. 88-89）

人間存在の絶対的孤独を真に認識したとき、ひとりひとりの内部で同じ音声が鳴り響き、沈黙から沈黙への伝播がなされるという、この逆説めいた言葉は、カレの詩句にこそふさわしいかもしれない。ヴァルター・カレという「小さき至純なる音叉」が発した「沈黙の声」は、さまざまな人と作品を介して、孤独から孤独へ、沈黙から沈黙へと伝わっていった。漱石もまた、間接的にではあるが、その声をたしかに聴きとり、みずからの作品のなかに響かせていた。それはいわば孤独の共鳴であり、一郎の投げかけた問いに対する一つの答えが、そこに暗示されているように思われるのである。

註

（1）『ツァラトゥストラ』第三部「帰郷」（Die Heimkehr）に次のような一節がある。

おお、孤独よ。孤独というわたしの故郷よ。あまりにも長く、私は異郷の荒蕪のなかに荒蕪の生をすごした。それゆえわたしはいま涙とともにおまえのふところに抱かれるのだ。……おお、孤独よ。わたしの故郷である孤独よ。

おまえの声は、なんというしあわせとやさしさをたたえて、わたしに語りかけることだろう。（手塚富雄訳）

Oh Einsamkeit! Du meine Heimat Einsamkeit! Zu lange lebte ich wild in wilder Fremde, als daß ich nicht mit Thränen zu dir heimkehrte! …

Oh Einsamkeit! Du meine Heimat Einsamkeit! Wie selig und zärtlich redet deine Stimme zu mir!

漱石は『ツァラトゥストラ』の英訳 *Thus Spake Zarathustra. A Book for All and None.* A.Tille tr.（London: T.Fisher Unwin, 1899）を精読し、手沢本に膨大な書き入れを残している。また一九〇九（明治四十二）年七月十一日には生田長江から『ツァラトゥストラ』の翻訳について相談を受けており、ドイツ語原書にも目を通していたと思われる。漱石のニーチェ受容については、杉田弘子「漱石の『猫』とニーチェ」（『漱石の『猫』とニーチェ——稀代の哲学者に震撼した近代日本の知性たち』白水社、二〇一〇、初出『武蔵大学人文学会雑誌』七巻四号、一九九四年十二月）参照。

（2）『漱石全集』第八巻（岩波書店、一九九四）注解（藤井淑禎）等、『ツァラトゥストラ』第二部「夜の歌」や第三部「快癒しつつある者」に類似箇所を指摘する説もあるが、該当箇所の原文は、前者（Das Nachtlied）では ‘die kleinste Kluft ist am leszten überbrücken.’、後者（Der Genesende 2）では ‘die kleinste Kluft ist am schwersten zu überbrücken’（いずれも「最も小さい溝は、最も橋をかけにくい」の意）と、『行人』の語句とは文型も意味もまったく異なり、これが典拠とは考えられない。

（3）「かこつけて（1）——一葉と漱石の「橋」」、「Sanseido Word-Wise Web［三省堂辞書サイト］クラウン独和辞典——編集こぼれ話」（72）、二〇〇九年十一月三十日。http://dictionary.sanseido-publ.co.jp/wp/2009/11/30/crown-dokuwa-72/［最終閲覧二〇一七年十月十三日］

（4）Gerhard Stange, ‘Walter Calé — ein Schicksal’, Das literarische Echo, *Die Literatur* Jg. 28 (Stuttgart: 1926), S. 330-332 など。

（5）『人類の薄明』は戦後一九五九年に再刊され、今なおドイツ表現主義の代表的詩集として高く評価されている。

発行部数は二十世紀末までに十六万部を超えたという。

（6）③と④にはそれぞれ内藤順太郎訳『人種及文明国人としての猶太人』（東亜社猶太研究叢書第一巻、一九二三）および村岡晋一／細見和之／小須田健共訳『救済の星』（みすず書房、二〇〇九）という邦訳があり、いずれもすぐれた訳で参考にさせていただいたが、筆者の解釈と齟齬する部分があり、本稿では拙訳を用いた。

（7）これはライプニッツ（一六四六〜一七一六）の『モナド論』にある次のような有名な言葉をふまえている。

モナドには、そこを通って何かが出はいりできるような窓はない。

（工藤喜作／竹田篤司訳、下村寅太郎責任監修『スピノザ　ライプニッツ』中央公論社　世界の名著三〇、一九八〇）

Les Monades n'ont point de fenêtres, par lesquelles quelque chose y puisse entrer ou sortir.

（Gottfried Wilhelm Leibniz, *Monadologie*, 1714）

ライプニッツの原著はフランス語であるが、早くからドイツ語に訳されて広く知られており、たとえば一七二〇年刊のハインリヒ・ケーラー（Heinrich Köhler）訳には

Die Monaden jedoch haben keine Fenster, durch welche irgend etwas ein- oder auszutreten vermöchte.

とある。なお『学問と現実』の著者は、母の再婚相手と養子縁組したためフリッシュアイゼン＝ケーラー（Frischeisen-Köhler）という複合姓（Doppelname）になったが、旧姓はケーラー（Köhler）で、この翻訳者と同姓である。これが偶然か、両者の間になんらかの関係があるかは不詳。

（8）一九一八年四月二十三日付 Margrit Rosenstock-Huessy 宛書簡。The Eugen Rosenstock- Huessy Fund ホームページ内 Gritli Letters（Gritli Briefe）参照。http://www.erhfund.org/online-article/gritli-letters-gritli-briefe-1918/#ap［最終閲覧二〇一七年十月十三日］

（9）一九一三年二月号所載 Maeterlink, 'Über das Leben nach den Tode'（メーテルリンク「死後の生について」）が「塵労」十五（同年十月四日掲載）の、八月号所載 Albert Hass, 'Pariser Bohemezeitschriften'（アルベルト・ハース「パリ放浪文士録」）が「塵労」三十八（十月三十一日掲載）の題材として用いられている。『漱石全集』第八巻注解

および小宮豊隆「行人の材料」（『漱石　寅彦　三重吉』岩波書店、一九四二、末尾に「一一・一二・二二」［一九三六年十二月二十二日］の日付あり）参照。

（10）原文は以下のとおり。... hatte ich den Klang der Glocke zu vernehmen geglaubt, die den Morgen der kommenden Lyrik einläutet. ... wird die Literaturgeschichte den Namen anmerken. Wird sagen müssen: so tönte zu Beginn des 20. Jahrhunderts eine kleine reine Stimmgabel der großen Lyrik.（Fritz Mauthner, Vorwort, *Nachgelassene Schriften*, S. IX-XVI）

（11）原文は以下のとおり。Doch tönte aus diesem allem eine eigene Musik. ... Er war eine Blume, die im Abgrund zur Shönheit erblähte, aber kein Auge war da, um sich ihrer zu freuen.（Theodor Lessing, 'Walter Calé', *Der jüdische Selbsthaß*, Berlin: Jüdischer Verlag, 1930, S. 152-166）

（12）Albert Soergel, 'Walter Calé', *Dichtung und Dichter der Zeit*（Neue Folge. Leipzig 1925）, Neuausgabe（Düsseldorf: 1961）Band1, S. 715-7.　なお一九六一年刊増補改訂版の編者クルト・ホホフは、序文のなかで、かつてゼーゲルが評価しなかったカレなどの詩人たちについて、再評価が必要であると述べている（S. 6）。

（13）原文は以下のとおり。Dort, wo man Bücher verbrennt, verbrennt man am Ende auch Menschen.（Heinrich Heine, *Almansor: Eine Tragödie*, 1823）

（14）Bernhard Langer hresg., *Und keine Brücke ist von Mensch zu Mensch*（Fulda: Gallimathias Verlag, 1989）.

あとがき

そろそろ二冊目の論文集をまとめなくては……と考えはじめたのは、もう五年以上も前のことである。しかし種々の事情からなかなか思うに任せず、年が明けるたびに今年こそはといいながら果たせぬまま、月日が流れていった。折しも昨年から今年にかけて漱石歿後百年と生誕百五十年がつづき、昨年は私の所属する学会でも、それにちなんだワークショップが企画され、私自身、司会兼発表者として携わる機会を得た。そうしたなかで、この記念すべき年のうちに論文集を出版したいという気持ちが強くなり、この春、前著の出版からほぼ十五年ぶりに、慶應義塾大学出版会を訪ねたのである。幸いにも希いどおり年内刊行にむけて、具体的な話が進み始めた矢先、母が倒れるなど不測の事態がいくつか続き、当初の予定からは日程がかなり遅れてしまった。「漱石イヤーズ」も残りわずかとなった今、なんとかこうして刊行までこぎつけられたことに、まずは安堵している。

本書に収録した論文の初出誌と初出時のタイトルは、次のとおりである。

第一章　「「漱石文庫」逸聞考」『文学』隔月刊一巻二号（岩波書店・二〇〇〇年三月）
第二章　「漱石の愛蔵書」『図書』六三〇号（岩波書店・二〇〇一年十月）
「英学から英文学へ――漱石の修業時代」『文学』隔月刊一巻三号（岩波書店・二〇〇〇年五月）
第三章　「奇人たちの饗宴――『吾輩は猫である』とT・L・ピーコックの〈談話小説〉」『夏目漱石における東と西』（思文閣出版・二〇〇七年二月）
第四章　「ロンドンの異邦人たち――漱石・カーライル・シャープ」『比較文学』五五巻（日本比較文学会・二〇一二年三月）
第五章　「江藤淳『漱石とアーサー王伝説』の虚構と真実――死者を愛し続ける男の物語」『三田文学』八四巻八〇号（三田文学会・二〇〇五年二月）
第六章　「漱石とブラウニング――「ストレイシープ」と「ダーターフアブラ」をめぐって」『文学』隔月刊七巻一号（岩波書店・二〇〇六年一月）
第七章　「《趣味の審判者《アービター・エレガンシアルム》》の系譜――ペトロニウスから代助まで」『比較文学』五二巻（日本比較文学会・二〇〇九年三月）
第八章　「ヴァルター・カレと漱石　共鳴する孤独――『行人』のドイツ語句をめぐって」『比較文学』五九巻（日本比較文学会・二〇一七年三月）

各章は初稿の発表時期に十数年のひらきがあるため、一冊にまとめるにあたって、書き直す必要のある箇所も多く、また初出のさい紙幅の都合で削らざるをえなかった部分を復元するなど、全体にわたって改稿を施した。とくに第一章と第二章は、十五年以上前に発表した三篇の論考を二章としており、大幅に書き改めている。

本書ができあがるには多くの方々の力を頂戴しており、ここに謝辞を記したい。

もう十年以上前のことになるが、エッセイスト半藤末利子氏はご多忙のなか、漱石山房にかんする拙稿に丁寧に目を通したうえ、記述の誤りを正して下さった。漱石の孫にして松岡譲の四女である半藤氏にお目にかかり、じかにお話をうかがうことができたのは、まさに夢のようなひとときだった。同じころ、『文学』編集長（当時）星野紘一郎氏と日比谷高校百周年記念資料館の中村由紀子氏と三人で、小宮豊隆旧邸を訪ね、三女小宮里子氏と四女脇昭子氏にお会いして尊父の書斎や旧蔵書を見せていただいた。小宮・脇両氏がともに故人となられた今となっては、忘れられない思い出である。松岡譲と小宮豊隆という二人の存在がなければ、おそらく漱石蔵書は戦禍を免れなかったにちがいない。漱石研究者たるもの、この二人には足を向けて寝られないと常々思っていたが、ゆかりの方々と出会っていっそうその思いを強くした。

先ほどの星野氏には編集者の目から見たさまざまなことを学ばせていただき、中村氏からは府立一中・一高・日比谷高校関係の資料について多大の協力を得た。彼女は私の大学時代からの友人で、じつは小宮邸訪問のきっかけも、彼女が散歩中たまたま「小宮豊隆」の表札を発見したことであった。

聖徳大学人文学部八木光昭教授（当時）には、『クオ・ヴァディス』ポーランド語原書など大切な資料を快く貸与していただいた。大阪大学言語文化研究科中直一教授には、日本におけるドイツ文学研究資料の収集にご尽力いただいた。ミュンスター大学教育学部院生イェシカ・ヴェデマイヤー氏には、ヴァルター・カレ関係の資料収集にご協力いただいた。

学会での発表や初稿掲載にさいして、貴重なご意見やご教示をいただいた諸先生・諸先輩・学究諸氏にも、一々お名前は記さないがここでお礼申し上げる。なかでもヴァルター・カレにかんする発表のさい、故シャウマン　ヴェルナー大正大学教授（当時）から、カレの詩句がドイツ語ネイティヴ・スピーカーの耳にいかに強く響くかを教示いただいたことは、私にとって衝撃であり、詩というもの、言葉というものの力を教えられた思いであった。ここに記して感謝をささげたい。

東北大学附属図書館には、再三にわたって、漱石文庫の閲覧・撮影および本書への掲載を許可していただき、慶應義塾大学・北海道大学・福岡大学の各図書館でも、資料の閲覧・複写を許可いただいた。佐藤伸宏東北大学教授・川上新一郎慶應義塾大学斯道文庫教授（当時）・中村三春北海道大学教授には、その都度、また長年にわたって、力添えと友誼をいただいてきたことに、あらためてお礼申し上げたい。

慶應義塾大学出版会の村上文さんには、不安と焦りでいっぱいの私を「大丈夫です！」の一言で勇気づけ、適切なアドバイスで軌道修正していただいた。本は著者一人でつくるものではなく、編集者との二人三脚であることを痛感した半年間であった。

最後に、いつも私を見守り、それぞれの言葉で力を与えてくれる友人たち、そして学会配付資料作成などの作業から、写真撮影やデータ処理、資料検索やドイツ語の読解まで、どんな場面でも家内工業のように協力し、本当は気の小さい私を応援してくれた家族に、心から感謝の気持ちを伝えたい。いつもありがとう、これからもよろしく、と。

二〇一七年十一月

著者

参考文献

I　本書で中心的に扱った作家の著作・日記・書簡など

夏目漱石

『漱石全集』全十六巻［昭和四十年版「菊判」全集］（岩波書店・一九六五〜六七）、同追加　二巻（一九七六）

『漱石全集』全二十八巻・別巻一［平成五年版全集］（岩波書店・一九九三〜九六）、同・第二次刊行（二〇〇二〜〇四）

『定本漱石全集』第一巻〜十四巻（岩波書店・二〇一六〜刊行中）

『名著復刻　漱石小説文学館』［初版復刻］十四点十六冊（日本近代文学館・一九八四）

村岡勇編『漱石資料——文学論ノート』（岩波書店・一九七六）

トマス・ラヴ・ピーコック　Thomas Love Peacock

The Works of Thomas Love Peacock. 3 vols.（London: R. Bentley & Son, 1875）

Crotchet Castle（London: Cassell & Co., 1887）

The Novels of Thomas Love Peacock（London: G. Newnes, 1903）

The Novels of Thomas Love Peacock. ed.with Introductions and Notes by D. Garnett.（London: Rupert Hart-Davis, 1948）,

『夢魔邸』梅宮創造訳（旺史社・一九八九）
ウィリアム・シャープ（フィオナ・マクラウド）　William Sharp (Fiona Macleod)
Literary Geography (London: Pall Mall Publications, 1904)
William Sharp & E. A. Sharp, *Progress of Art in the Century & A History of Music in the 19th Century*. The 19th Century Series. (London/Edinburgh: W. & R. Chambers, etc., 1906)
Fiona Macleod, *Where the Forest Murmurs: Nature Essays* (London: Office of 'Country Life', 1906)
フィオナ・マクラウド『かなしき女王　ケルト幻想作品集』松村みね子訳（ちくま文庫・二〇〇五）
フィオナ・マクラウド『ケルト民話集』荒俣宏訳（ちくま文庫・一九九一）

江藤淳
『夏目漱石』（東京ライフ社・一九五六）
『われらの文学』「江藤淳　吉本隆明」（講談社・一九六六）
『漱石とその時代　第一部〜第五部』（新潮社・一九七〇〜九九）
『一族再会　第一部』（講談社・一九七三）
『決定版　夏目漱石』（新潮社・一九七四）
『漱石とアーサー王伝説――「薤露行」の比較文学的研究』（東京大学出版会・一九七五）
『なつかしい本の話』（新潮社・一九七八）
『新編　江藤淳文学集成』5（河出書房新社・一九八五）
『漱石論集』（新潮社・一九九二）
『渚ホテルの朝食』（文芸春秋社・一九九六）
ロバート・ブラウニング　Robert Browning

Select Poems of Robert Browning. English Classics. (New York: Harper & Bros., 1896)
The Poetical Works of Robert Browning. 2 vols. (London: Smith, Elder & Co., 1900)
『男と女　ロバート・ブラウニング詩集』大庭千尋訳（国文社・一九七七、新装版・一九八八）
ヘンリク・シェンキェヴィチ　Henryk Sienkiewicz
Quo Vadis. A Tale of the Time of Nero. tr. by Binion & Malevsky (London: Routledge, 1901)
『クォヴァディス　ネロの時代の物語』全三冊、河野与一訳（岩波文庫・一九五四）
『クオ・ワディス』全三冊、木村彰一訳（岩波文庫・一九九五）
ヴァルター・カレ　Walter Calé
Nachgelassene Schriften (Berlin: S. Fischer, 1907)
Und keine Brücke ist von Mensch zu Mensch (Fulda: Gallimathias Verlag, 1989)

Ⅱ　邦文文献

1　単行本・論文

青江舜二郎『狩野亨吉の生涯』（明治書院・一九七四、のち中公文庫・一九八九）
有元志保『男と女を生きた作家――ウィリアム・シャープとフィオナ・マクラウドの作品と生涯』（国書刊行会・二〇一二）
安藤文人「「海鼠の様な文章」とは何か――『吾輩は猫である』と〈アナトミー〉」（『比較文学年誌』三十四号、早稲田大学比較文学研究室・一九九八年三月）
飯島武久「『吾輩は猫である』と『トリストラム・シャンディ』――類似的技法を中心として」（『山形大学

紀要』九巻一号、一九七八年二月）
――「『吾輩は猫である』における「遊び」と「逸脱」――『トリストラム・シャンディ』と関連して」（『山形大学紀要』九巻四号、一九八一年一月）
石川悌二『夏目漱石――その実像と虚像』（明治書院・一九八〇）
板垣直子『漱石文学の背景』（鱒書房・一九五六）
伊藤誓『スターン文学のコンテクスト』（法政大学出版局・一九九五）
大岡昇平『小説家夏目漱石』（筑摩書房・一九八八）
大村喜吉『漱石の英語』（本の友社・二〇〇〇）
岡三郎『夏目漱石研究』第一巻（国文社・一九八一）
――「新資料・自筆『蔵書目録』からみる漱石の英国留学――Malory 購入時期などの確定」（青山学院英文学会『英文学思潮』一九九六年十二月）
狩野亨吉著／安倍能成編『狩野亨吉遺文集』（岩波書店・一九五八）
柄谷行人『増補　漱石論集成』（平凡社ライブラリー・二〇〇一）
川島幸希『英語教師　夏目漱石』（新潮社・二〇〇〇）
河村民部『セオドア・ワッツ＝ダントン評伝――詩論・評論・書評概説と原文テキスト付』（英宝社・二〇一五）
――『漱石を比較文学的に読む』（近代文芸社・二〇〇〇）
神田祥子『漱石「文学」の黎明』（青簡舎・二〇一五）
木戸浦豊和「東北大学附属図書館「漱石文庫」について」（『日本近代文学』七八号・二〇〇八年五月）
木村毅「個人内に於ける両性の争闘」（『新潮』一九二〇年十二月）

――『比較文学新視界』（八木書店・一九七五）
小坂晋『漱石の愛と文学』（講談社・一九七四）
『小林勇文集』第四巻（筑摩書房・一九八三）
小宮豊隆『漱石　寅彦　三重吉』（岩波書店・一九四二）
――『漱石の芸術』（岩波書店・一九四二）
――『人のこと自分のこと』（角川書店・一九五五）
斎藤勇『蔵書閑談』（研究社・一九八三）
佐々木靖章『夏目漱石　蔵書（洋書）の記録――東北大学所蔵「漱石文庫」に見る』（てんとうふ社・二〇〇七、増補改訂版・二〇〇八）
守随憲治『真の教育者杉敏介先生』（新樹社・一九七三）
菅原克也「一人称語りと聞き手――夏目漱石『坊っちゃん』とR・L・スティーヴンソン「ファレサアの浜」」（『比較文学研究』百号・東大比較文学会・二〇一六年六月）
杉田弘子『漱石の『猫』とニーチェ――稀代の哲学者に震撼した近代日本の知性たち』（白水社・二〇一〇）
鈴木一郎『ホラティウス　人と作品』（玉川大学出版部・二〇〇一）
鈴木善三『イギリス諷刺文学の系譜』（研究社出版・一九九六）
高階秀爾『日本近代美術史論』（講談社学術文庫・一九九〇）
髙宮利行「漱石と三人の中世英文学者」（『慶應義塾大学言語文化研究所紀要』第十四号・一九八二年十二月）
高山宏『アリス狩り』（青土社・一九八一）
塚本利明『漱石と英文学――『漾虚集』の比較文学的研究』（渓流社・一九九六、改訂増補版・二〇〇三）

中野記偉「芥川龍之介におけるR・ブラウニング体験――『戯作三昧』に関連して」（上智大学文学部紀要『英文学と英語学』十三・一九七七年二月）
――「創作の秘密　芥川龍之介『枯野抄』がR・ブラウニングから得たもの」（上智大学文学部紀要『英文学と英語学』二十七・一九九一年三月）
夏目鏡子（述）／松岡譲（筆録）『漱石の思ひ出』（改造社・一九二八、岩波書店・一九二九、改版・二〇〇三）
原田隆吉『原田隆吉図書館学論集』（雄松堂出版・一九九六）
原武哲『夏目漱石と菅虎雄――布衣禅情を楽しむ心友』（教育出版センター・一九八三）
半藤末利子『漱石の長襦袢』（文藝春秋社・二〇〇九）
福原麟太郎『夏目漱石』（荒竹出版・一九七三）
松岡譲『漱石先生』（岩波書店・一九三四）
――『ああ漱石山房』（朝日新聞社・一九六七）
松村昌家『明治文学とヴィクトリア時代』（山口書店・一九八一）
宮井一郎『夏目漱石の恋』（筑摩書房・一九七六）
向山義彦「日本英文学の「独立宣言」と、漱石―芥川の伝統路線に見える近代日本文学の運命」（佐藤泰正編『芥川龍之介を読む』梅光学院大学公開講座論集第五十一集、笠間書院・二〇〇三）
森澤夕子「尾崎翠の両性具有への憧れ――ウィリアム・シャープからの影響を中心に」（『同志社国文学』一九九八年三月）
安田保雄「芥川龍之介の比較文学的研究――「藪の中」を中心として」（『解釈と鑑賞』一九五八年八月）
――「芥川は『指輪と本』を読んでいたか――「藪の中」再考」（『国文鶴見』二号・一九六七年三月）

柳田泉『明治文学研究第一巻　若き坪内逍遙』（春秋社・一九六〇、復刻・日本図書センター・一九八四）
吉賀憲夫『旅人のウェールズ――旅行記でたどる歴史と文化と人』（晃学出版・二〇〇四）

『芥川龍之介全集』第九巻・第十巻・第十七巻・第十八巻（岩波書店・一九九六～九七）
『定本上田敏全集』第一巻・第二巻（教育出版センター・一九七八）
『内田魯庵全集』第六巻（ゆまに書房・一九七四）
『定本尾崎翠全集』上・下巻（筑摩書房・一九九八）
『幸田成友著作集』第七巻（中央公論社・一九七二）
『薄田泣菫全集　随筆篇』第七巻（創元社・一九三九）
高山樗牛『改訂註釈樗牛全集』第二巻（博文館・一九二六）
『新渡戸稲造全集』別巻（教文館・一九三六、再版一九八七）
『野上弥生子全集』第十三巻（岩波書店・一九八二）、同・第二期第二十九巻（一九九一）
正岡子規『子規全集』第十一巻（講談社・一九七五）

解釈学会編『夏目漱石・森鷗外の文学――『解釈』所収論文集』（教育出版センター・一九七三）
川澄哲夫編『資料日本英学史1下　文明開化と英学』（大修館・一九九八）
中央大学人文科学研究所編『ケルト復興』（中央大学出版部・二〇〇一）
塚本利明編『比較文学研究　夏目漱石』（朝日出版社・一九七八）
土居光知他監修『日本の英学一〇〇年　明治編』（研究社・一九六八）
富田仁編『比較文学研究　芥川龍之介』（朝日新聞社・一九七八）

日本比較文学会編『漱石における東と西』(主婦の友社・一九七七)
阪東宏編『ポーランド入門』(三省堂選書・一九八九)
松村昌家編『大手前大学比較文化研究叢書4　夏目漱石における東と西』(思文閣出版・二〇〇七)
『東京府立第一中学校沿革誌』(一九〇三、復刻版一九八九)
『東北帝国大学五十年史』(一九六〇)
『日比谷高校百年史』(一九七九)
『丸善百年史――日本近代化のあゆみと共に』(丸善・一九八〇)

2　雑誌特集号など

『英語青年』「夏目漱石生誕百年記念号」(研究社・一九六七年七月)
『英語青年』(研究社・一九七三年四月、一九八三年六月、八月、十月)
『季刊藝術』一巻一号~四号(季刊藝術社・一九六七年四月~六八年一月)
『国文学』「特集　江藤淳・その軌跡と現在、特集2夏目漱石」(學燈社・一九七五年十一月)
『国文学』「夏目漱石　比較文学の立場から」(學燈社・一九八三年十一月)
『新小説　文豪夏目漱石追悼号』(春陽堂・一九一七年一月)
『漱石研究』第十四号(翰林書房・二〇〇一)
『三田文学』第八十四巻八十号「[没後五年]特集・江藤淳」(三田文学会・二〇〇五年二月)

3　翻訳文献

ウォッツ゠ダントン『エイルヰン物語』戸川秋骨訳（国民文庫刊行会・一九一五）
フリッツ・カーン『人種及文明国人としての猶太人』内藤順太郎訳（東亜社猶太研究叢書第一巻・一九二三）
アーサー・シモンズ『ブラウニング詩作品研究への手引き』松浦美智子訳（クォリティ出版・二〇〇〇）
『ヘンリー・ジェイムズ短篇集』大津栄一郎訳（岩波文庫・一九八五）
『スピノザ　ライプニッツ』世界の名著三〇、工藤喜作／竹田篤司訳、下村寅太郎監修（中央公論社・一九八〇）
タキトゥス『年代記』（下）国原吉之助訳（岩波文庫・一九八一）
『G・K・チェスタトン著作集　評伝篇3　ウィリアム・ブレイク／ロバート・ブラウニング』中野記偉訳（春秋社・一九九一）
ニーチェ『ツァラトゥストラ』手塚富雄訳（改訂版、中公文庫・一九七三）
『ラフカディオ・ハーン著作集』第八巻「詩の鑑賞」、篠田一士・加藤光也訳（恒文社・一九八三）
同・第十巻「英文学畸人列伝」、由良君美ほか訳（恒文社・一九八七）
プリニウス『プリニウスの博物誌』全三巻、中野定雄／中野里美／中野美代訳（雄山閣出版・一九八六）
プルタルコス『似て非なる友について　他三篇』柳沼重剛訳（岩波文庫・一九八八）
ペトロニウス『サテュリコン』国原吉之助訳（岩波文庫・一九九一）
『ホラティウス全集』鈴木一郎訳（玉川大学出版部・二〇〇一）
フランツ・ローゼンツヴァイク『救済の星』村岡晋一／細見和之／小須田健共訳（みすず書房・二〇〇九）
オスカー・ワイルド『ドリアン・グレイの肖像』福田恆存訳（新潮文庫・一九六二）
――「芸術家としての批評家」、『オスカー・ワイルド全集』4、西村孝次訳（青土社・一九八九）

Ⅲ　欧文文献

Able, A. H., *George Meredith and Thomas Love Peacock: A Study in Literary Influence* (New York: Phaeton Press, 1970)

Alaya, Flavia, *William Sharp: "Fiona Macleod," 1855-1905* (Cambridge, MA: Harvard UP, 1970)

Berdoe, Edward, *The Browning Cyclopædia* (London: S. Sonnennschein & Co., 1898)

Butler, Marilyn, *Peacock Displayed: A Satirist in his Context* (London: Routledge & Kegan Paul, 1979)

Carlyle, Thomas, *Sartor Resartus: The Life & Opinions of Herr Teufelsdröckh*. illustrated by E. J Sulllivan (London: G. Bell & Sons, 1900)

Chesterton, G. K., *Robert Browning* English Men of Letters (London: Macmillan & Co., 1903)

Dawson, Carl, *His Fine Wit: A Study of Thomas Love Peacock* (U. of California Press, 1970)

Duckworth, F. R. G., *Browning: Background and Conflict* (1931; repr. Hamden, CT: Archon Books, 1966)

Frischeisen-Köhler, Max, *Wissenschaft und Wirklichkeit* (Leibzig und Berlin: B. G. Teubner, 1912)

Harbottle, T. B., *Dictionary of Quotations (Classical)* (London: Sonnnenschein, 1897)

Hardy, F. E., *The Early Life of Thomas Hardy* (London: Macmillan & Co., 1928)

Hearn, Lafcadio, *Appreciations of Poetry* (New York: Dodd, Mead & Co., 1916)

——, *Some Strange English Literary Figures of the Eighteenth and Nineteenth Century in a Series of Lectures by Lafcadio Hearn*. ed. by R. Tanabe (Tokyo: Hokuseido, 1927)

Horatius, *Horace: Satires, Epistles and Ars Poetica,* trans. by H. Rushton. The Loeb Classical Library

（Cambridge, MA: Harvard UP., 1929）
Kahn, Fritz, *Die Juden als Rasse und Kulturvolk*（Berlin: B. G. Teubner. 1920）
Lessing, Theodor, *Der jüdische Selbsthaß*（Berlin: Jüdischer Verlag, 1930）
Meredith, George, *The Letters of George Meredith*. ed. by C. L. Cline. 3 vols.（Oxford: Clarendon Press, 1970）
Meyers, Terry L., *The Sexual Tensions of William Sharp: A Study of the Birth of Fiona Macleod*（New York: Peter Lang, 1996）
Mills, Howard, *Peacock: his Circle and his Age*（Cambridge UP, 1969）
Morris, William, *Art and Its Producers, and the Arts and Crafts of Today*（London: Longmans & Co., 1901）
Mukayama, Y.（向山義彦）*Browning Study in Japan: a Historical Survey, with a Comprehensive Bibliography*（Tokyo: Maeno Publishing Company, 1977）（前野書店・一九七七）
Nietzsche, Friedrich Wilhelm, *Also Sprach Zarathustra*（Teddington: The Echo Library, 2007）
——, *Thus Spoke Zarathustra: A Book for All and None*. trans. by A. Tille（London: T. Fischer Unwin, 1899）
Orr, Mrs. Sutherland, *A Handbook to the Works of Robert Browning*（London: G. Bell & Sons, 1899）
Priestly, J. B., *Thomas Love Peacock*（London: Macmillan & Co., 1927, repr. 1966）
Raleigh, Walter, *On Writings and Writers*（London: Books for Libraries Press, 1926）
Rosenzweig, Franz, *Der Stern der Erlösung*（Frankfurt: Kauffmann, 1921）
Saintsbury, George, *A History of Criticism, and Literary Taste in Europe*. Vol. 1（Edinburgh: Blackwood, 1900）
Sharp, Elizabeth A., *William Sharp（Fiona Macleod）: A Memoir*（London: Heinemann, 1910; 2nd. ed. in 2

vols., 1912; repr. Honolulu: UP of the Pacific, 2004)
Shelley, P. B., *Essays and Letters*. Camelot Classics (London: W. Scott, 1887)
Soergel, Albert, *Dichtung und Dichter der Zeit* (Neue Folge. Leipzig 1925; Neuausgabe, Düsseldorf 1961)
Symons, A., *An Introduction to the Study of Browning* (London: J. M. Dent & Co., 1906)
Tacitus, *Annalium Liber* XVI. (Classiques Garnier)
The Works of John Ruskin. Library Edition. 39 vols. (London: George Allen, 1906) Vol.6.
Voß, Richard, *Zwei Menschen* (Stuttgart: J. Engelhorns, 1911)
Wilde, Oscar, *The Picture of Dorian Gray* (Oxford World's Classics, 2006)
——, *The Critic as Artist: Critical Writings of Oscar Wilde*. ed. by Richard Ellemann (New York: Random House, 1969; repr. U. of Chicago Press, 1982)
Williams, David, *George Meredith: His Life and Lost Love* (London: Hamish Hamilton, 1977)
Wood, J., *Dictionary of Quotations, from Ancient & Modern, English & Foreign Sources* (London: Warne, 1893)

Die Neue Rundschau. 46 Hefte. (Berlin: S. Fischer, Jan. 1911-Okt. 1914)
Litzinger & Smalley ed., *Browning: The Critical Heritage* (London: Routledge & Kegan Paul, 1970)
Menschheits Dämmerung: Symphonie jüngster Dichtung, hrsg. von Kurt Pinthus (Berlin: Ernst Rowohlt, 1920)
The Oxford English Dictionary. 2nd ed. 12 vols plus supplement (Oxford: Clarendon Press, 1937-38)
Siegel, J. P. ed., *Thomas Carlyle: The Critical Heritage* (London: Routledge & Kegan Paul, 1971)

図版所蔵一覧

二六頁、二八頁、三〇頁、六三頁、六四頁、一五三頁、二〇〇頁、二〇九頁、二一六頁、二二一頁　東北大学附属図書館漱石文庫蔵（筆者撮影）
三一頁『漱石全集』第二十五巻、岩波書店、一九九三より
八〇頁左「ピーコック肖像」ロンドン、ナショナル・ポートレイト・ギャラリー蔵
八〇頁右「メアリ・エレン肖像」オックスフォード、アシュモリアン博物館蔵
九四頁　E・J・サリヴァン画『衣装哲学』（筆者蔵）より
一二六頁右《聖ジョージと王女サブラの結婚》ロンドン、テイト・ブリテン蔵
一二七頁右上《フローラ》マンチェスター、ウィットワース美術館蔵
一五〇頁『ロバート・ブラウニング全詩集』第一巻（筆者蔵）より
二三三頁、二三五頁　ヴァルター・カレ『遺稿集』（著者蔵）より

著者
飛ヶ谷美穂子（ひがや・みほこ）
札幌市生まれ。近代文学研究者。日本比較文学会理事。
慶應義塾大学文学部文学科国文学専攻卒業。同大学院文学研究科修士課程修了。
著書に『漱石の源泉　創造への階梯』（慶應義塾大学出版会、2002年）、共著に『夏目漱石における東と西』（思文閣出版、2007年）など。

漱石の書斎
――外国文学へのまなざし　共鳴する孤独

2017年12月25日　初版第1刷発行

著　者――――飛ヶ谷美穂子
発行者――――古屋正博
発行所――――慶應義塾大学出版会株式会社
〒108-8346　東京都港区三田2-19-30
TEL〔編集部〕03-3451-0931
〔営業部〕03-3451-3584〈ご注文〉
〔　〃　〕03-3451-6926
FAX〔営業部〕03-3451-3122
振替　00190-8-155497
http://www.keio-up.co.jp/
装　幀――――真田幸治
組　版――――株式会社キャップス
印刷・製本――中央精版印刷株式会社
カバー印刷――株式会社太平印刷社

Printed in Japan ISBN978-4-7664-2490-4

人名索引

本文中に出現する人名・作品名のページ数を示した。なお、註に出現する場合はそのページ数も示した。

ナ行

ハ行

マ行

ヤ・ラ・ワ行

作品名索引

アルファベット

Carlyle's House Catalogue　89
'My Friends in the School'（わが学友たち）　54, 88
Progress of Art in the Century & A History of Music in the 19th Century（William Sharp & E. A. Sharp）　102
'The Country of Carlyle'　90
The Songs, Poems, and Sonnets of William Shakespeare　102
Und keine Brücke ist von Mensch zu Mensch（Walter Calé）　255
Where the Forest Murmurs: Nature Essays（Fiona Macleod）　102

ア行

『アエネーイス』（ウェルギリウス） *Aeneis*　68
「青木繁　日本近代美術史ノート3」（高階秀爾）　138
『悪夢の僧院』（ピーコック） *Nightmare Abbey*　65-67, 77, 79
『アーサーの死』（マロリー） *Le Morte d'Arthur*　124
『朝日新聞』　iii, 16-17, 117, 137, 159, 193, 229
「アディソン伝」（ジョンソン） 'Life of Addison'　198-199
アーデン・シェイクスピア（シェイクスピア） *The Works of Shakespeare* (*Arden Shakespeare*)　25, 156, 180
『嵐が丘』（ブロンテ） *Wuthering Heights*　148, 177
『荒地』（T. S. エリオット） *The Waste Land*　224
『遺稿集』（カレ） *Nachgelassene Schriften*　233-235, 237, 244-246, 251-252
『衣装哲学』（カーライル） *Sartor Resartus: The Life & Opinions of Herr Teufelsdröckh*　56, 88, 94, 108, 197
『何處に往く』（シェンキェヴィチ著・松本雲舟訳）　220
《イゾルデ》（ビアズリー） *Isolde*　139
『偉大なるギャッツビー』（フィッツジェラルド） *The Great Gatsby*　224
『一族再会』（江藤淳）　128, 132-134, 136, 141
「一貫したる不勉強」　41, 46, 48-49, 53
『ウィリアム・シャープ（フィオナ・マクラウド）――回想記』（エリザベス・シャープ） *William Sharp (Fiona Macleod): A Memoir*　104, 110-111
『ウィリアム・シャープ――「フィオナ・マクラウド」, 1855-1950』（アラヤ） *William Sharp: "Fiona Macleod," 1855-1905*　100, 111, 113
『ウィリアム・ブレイク論』（スウィンバーン） *William Blake, a critical essay*　120
『ウィリアム・モリス初期詩集』挿絵（ハリスン） *Early poems of William Morris*　127
『ヴェニスに死す』（マン） *Der Tod in Venedig*　246
『ヴォルスングとニブルングの物語および初期エッダ歌謡集』（モリス訳） *Völsunga Saga: The Story of the Volsung and Niblungs, with Certain Songs from the Elder Edda*　121
『うづまき』（上田敏）　170-171
『海は甦える』（江藤淳）　133

『英国詩歌集成』（ジョンソン） *The Lives of the Most Eminent Emglish Poets* 27, 29, 36, 198-199
『英国詩人伝』（ジョンソン） *The Lives of the Most Eminent English Poets* 35, 199
『英詩の歴史』（ウォートン） *The History of English Poetry* 27-28, 35
『英文学形式論』 108, 199-200
『英文学史』（オリファント夫人） *Literary History of England* 118
『英文学便覧・英国作家篇』（アンダーウッド） *A Handbook of English Literature. British Authors* 50-51
『エイルウィン』（ウォッツ＝ダントン） *Aylwin* 96
『エゴイスト』（メレディス） *The Egoist* 81
『エルフィンの不運』（ピーコック） *The Misfortunes of Elphin* 65
『黄金伝説』（ウォラギネ） *Legenda aurea* 122
《王女ギネヴィア》（モリス） *Queen Guenevere* 138
『オセロ／ハムレット』（シェイクスピア） 26
『オックスフォード英語辞典』 *Oxford English Dictionary* 148, 195
『男たち女たち』（ブラウニング） *Men and Women* 148-150, 152-153, 155, 178
《オフィーリア》（ミレー） *Ophelia* 26, 120, 128
『オーロラ・リー』（ブラウニング夫人） *Aurora Leigh* 151-152

カ行

『海舟余波』（江藤淳） 133
『海潮音』（上田敏訳） 149
《海浜風景》（藤島武二） 125
「薤露行」 115-117, 119, 121, 124, 126, 128, 139-142
『学鐙』（雑誌） 14, 39, 87, 125
『学問と現実』（フリッシュアイゼン＝ケーラー） *Wissenschaft und Wirklichkeit* 238-240, 247-248, 251, 258
『かなしき女王　フィオナ・マクラオド短編集』（松村みね子） 105, 113
「カーライル博物館」 87-88, 92-94, 99, 107
『硝子戸の中』 42
『カリュドンのアタランタ』（スウィンバーン） *Atalanta in Calydon* 119
『季刊藝術』（雑誌） 129, 136, 138-140
『喜劇論』（メレディス） *Essay on Comedy* 82
「騎馬像と胸像」（ブラウニング） The Statue and the Bust 158, 153, 165-166, 169-172, 174, 176, 184, 189
『救済の星』（ローゼンツヴァイク） *Der Stern der Erlösung* 231, 238-239, 241-243, 251, 255, 258
『近代画家論』（ラスキン） *Modern Painters* 155-156, 180
『「グィネヴィアの弁明」その他の詩』（モリス） *Defence of Guenevere and Other Poems* 119-120
『クオ・ヴァディス』（シェンキェヴィチ） *Quo Vadis* 198, 201, 208-209, 212-214, 218-221, 223, 227
『草枕』 26, 82, 120, 164, 175
『虞美人草』 17, 137
『グリル・グレンジ』（ピーコック） *Gryll Grange* 65, 77, 80, 198, 201, 205-206, 208, 226
『クロチェット城』（ピーコック） *Crotchet Castle* 62-65, 70, 77-79, 205,

226
『芸術講演集　古建築物保護協会設立記念』（モリス）　*Lectures on Art. Delivered in Support of the Society for the Protection of Ancient Buildings*　121
『「芸術とその創造者」および「今日の美術工芸」』（モリス）　*Art and Its Producers, and the Arts and Crafts of Today*　121-123
「袈裟と盛遠」（芥川龍之介）　150, 183
『ケルト民話集』（マクラウド）　105
『行人』　229, 231-232, 237-238, 241, 245-248, 250-251, 254, 257
『国文学』（雑誌）　124, 139
『こころ』　229
『心の花』（雑誌）　105
『壺葬論』（ブラウン）　*Hydriotaphia*　147
「こほろぎ嬢」（尾崎翠）　105-106, 113

サ行

『さかしま』（ユイスマンス）　*À rebours*　138, 203-204, 207
『サテュリコン』（ペトロニウス）　*Satyricon*　197, 200-203, 206-207, 225-226
『三四郎』　103-104, 147-148, 156, 159, 161, 163-166, 169-170, 176
『サンダース・ユニオン・リーダー』　*Sanders' Union Reader*　45, 47
『三太郎の日記』（阿部次郎）　12
『サンドラ・ベロニ』（メレディス）　*Sandra Belloni*　82
『散文と詩の研究』（スウィンバーン）　*Studies in Prose and Poetry*　119
『シェリー随筆書簡集』　*Essays and Letters*　78-79, 85
「詩伯「テニソン」」　117
『詩集』（メレディス）　*Poems*　81
『自然真営道』（安藤昌益）　14
「自転車日記」　22
《シドニア・フォン・ボルク》（バーン＝ジョーンズ）　*Sidonia von Bork*　138
『死の勝利』（ダヌンツィオ）　*Il Trionfo della Morte*　204
『シャグパットの毛剃り』（メレディス）　*The Shaving of Shagpat*　82
『シャトラール』（スウィンバーン）　*Chastelard*　119
『修辞学——学校・大学・独習用教本』（ヘヴン）　*Rhetoric: A Text-Book, designed for Use in Schools and Colleges, and for Private Study*　50-51
『出世の道』（ド・ヴェルヴィル）　*Le Moyen de parvenir*　200
『書簡詩』（ホラティウス）　*Epistulae*　175
「処女作追懐談」　50, 53
『処女マリアン』（ピーコック）　*Maid Marian*　65-67, 77, 79
『神曲』（ダンテ）　*La Divina Commedia*　20, 34, 166
『人種および文化民族としてのユダヤ人』（カーン）　*Die Juden als Rasse und Kulturvolk*　238-239, 241, 245
『新潮』（雑誌）　113, 115, 181
『人類の薄明——若き詩歌の交響』　*Menschheits Dämmerung: Symphonie jüngster Dichtung*　236-237, 257
『ステューディオ』（雑誌）　*The Studio*　124
『スペクテーター』（雑誌）　*Spectator*　111, 199
《聖ジョージと王女サブラの結婚》（ロセッティ）　*St. George and the Princess Sabra*　124, 138
《聖母マリア》（バーン＝ジョーンズ）　*Virgin Mary*　127

「漱石山房の冬」（芥川龍之介）　7, 33
『漱石とアーサー王伝説——「薤露行」の比較文学的研究』（江藤淳）　115, 117, 119-120, 124-125, 128, 126, 142-143
「漱石と英国世紀末芸術」（江藤淳）　124, 139, 145
「漱石と自分」（狩野亨吉）　20
『漱石とその時代　第五部』（江藤淳）　115, 134-136, 142
「漱石とラファエル前派」（江藤淳）　138
「漱石二十三回忌」（小宮豊隆）　8
『ソーデロ』（ブラウニング）　*Sordello*　153, 157
『それから』　138, 169, 193, 195, 202-204, 208, 211, 213, 216, 219-220

タ行

ダイトン註版全集（シェイクスピア）　*The Works of Shakespeare*　25, 35
『第七官界彷徨』（尾崎翠）　106
『タトラー』（雑誌）　*The Tatler*　199
『ダンテ・ゲイブリエル・ロセッティ——記録と研究』（シャープ）　*Dante Gabriel Rossetti: A Record and a Study*　98
『地上の楽園』（モリス）　*The Earthly Paradise*　119, 121
《チャタートンの死》（ウォリス）　*The Death of Chatterton*　80
『ツァラトゥストラ』（ニーチェ）　*Also Sprach Zarathustra*　231, 253-254, 256-257
『デイヴィッド・コッパーフィールド』（ディケンズ）　*David Copperfield*　148
『帝国文学』（雑誌）　4, 87
『哲学雑誌』　117-118, 179
『テニスン詩集』　125
『テニスン全集』　154
『東京朝日新聞』　20, 34, 181
『当世書生気質』（坪内逍遥）　51
『何処へ』（正宗白鳥）　220
『トム・ジョウンズ』（フィールディング）　*Tom Jones*　148
『ドリアン・グレイの肖像』（ワイルド）　*The Picture of Dorian Gray*　198, 201-204
『トリストラム・シャンディ』（スターン）　*The Life and Opinions of Tristram Shandy, Gentleman*　56, 62, 83, 197, 200-201
『トリマルキオ』（フィッツジェラルド）　*Trimalchio*　224
『ドン・キホーテ』（セルバンテス）　*Don Quixote*　28-29, 36

ナ行

ナイト註キャビネット版全集（シェイクスピア）　*The Works of William Shakespeare*　24
ナイト註挿絵入り版全集（シェイクスピア）　*The Works of William Shakespeare*　24, 26
「渚ホテルの朝食」（江藤淳）　141, 146
『なつかしい本の話』（江藤淳）　141
『夏への扉』（ハインライン）　*The Door into Summer*　224
『夏目漱石』（江藤淳）　115, 134, 143
《南山松竹圖》　7
『似て非なる友について』（プルタルコス）　221
『日本近代美術史論』（高階秀爾）　145, 204
『ニュー・ナショナル・リーダー』　*Barnes's New National Readers*　44-45
『年代記』（タキトゥス）　*Annales*　195-197, 220, 224
『ノイエ・ルントシャウ（新評論）』（雑

誌） *Die Neue Rundschau*　246
『新機関（ノーヴアム・オーガナム）』（ベーコン） *Novum Organum*　27, 35
『野分』　158-159

ハ行
『煤煙』（森田草平）　204
『博物誌』（プリニウス） *Naturalis Historia*　221
『八犬伝』（馬琴）　60
『パラセルサス』（ブラウニング） *Paracelsus*　151-152, 179
『万国史』（スウィントン） *Swinton's Outlines of the World History*　47
『万国史』（パーレー） *Peter Parley's Universal History*　47
『彼岸過迄』　97, 229
『ピーコック小説集』 *The Novels of Thomas Love Peacock*　63-64, 81-82, 84
『ビーチャムの生涯』（メレディス） *Beauchamp's Career*　82, 164
『秀吉と利休』（野上弥生子）　213
『ピパが通る』（ブラウニング） *Pippa Passes*　149
『批評史』（センツベリー） *A History of Criticism*　198-200
『批評論』（ポープ） *An Essay on Criticism*　175
ファーネス編集註版全集（シェイクスピア） *A New Variorum Edition of Shakespeare*　25
『フィロビブロン（書物への愛）』（ド・ベリー） *Philobiblon*　123
『諷刺詩』（ホラティウス） *Satires*　148, 166, 172-175
『二人』（フォス） *Zwei Menschen*　231, 238-239, 244-245, 247
『ブラウニング研究の手引き』（アーサー・シモンズ） *An Introduction to the Study of Browning*　152
『ブラウニング作品ハンドブック』（オア夫人） *A Handbook to the Works of Robert Browning*（*Mrs Orr*）　151, 155-156
『ブラウニング詩選』 *Select Poems of Robert Browning.*　150-151, 156, 180
『ブラウニング事典』（バードゥ） *The Browning Cyclopædia*　152, 156, 171, 183
『フランケンシュタイン』（メアリ・シェリー） *Frankenstein*　79
「プルーストと《アール・ヌーヴォー》——曲線の美学」（岩崎力）　139
『ブレイク詩集』　154
《フローラ》（バーン＝ジョーンズ／モリス） *Flora*　127
『文學界』（雑誌）　138, 146
『文学地誌』（シャープ） *Literary Geography*　90, 92-95, 98, 101, 103, 109
「文学と私」（江藤淳）　128, 135
『文学評論』　158, 175-176, 181, 199, 225-226
『文学論』　53, 99, 107-108, 120, 157, 181, 209, 214
『文章世界』（雑誌）　38-39
『ヘッドロング・ホール』（ピーコック） *Headlong Hall*　61, 65, 72
『ペルメル・マガジン』（雑誌） *The Pall Mall Magazine*　93
ヘンリー・アーヴィング版全集（シェイクスピア） *The Works of William Shakespeare*　25
「奉教人の死」（芥川龍之介）　172
「僕の昔」　41-42
『坊っちやん』　6, 97, 140, 143, 175
『ホトトギス』（雑誌）　55, 87, 110
『ほまれの殿堂』（ポープ） *The Temple of Fame*　175

『ポール・クリフォード』（ブルワー＝リットン） *Paul Clifford* 30-31
『ホレースに倣いて』（ポープ） *Imitations of Horace* 175

マ行

『三田文学』（雑誌） 104, 115, 140, 145
『乱れ髪』（与謝野晶子） 125
『明星』（雑誌） 125
『明暗』 6, 175
『メリンコート』（ピーコック） *Melincourt* 65, 69, 72, 77
『モダン・ラヴ』（メレディス） *Modern Love* 81

ヤ・ラ・ワ行

「藪の中」（芥川龍之介） 150, 183
『指輪と本』（ブラウニング） *The Ring and the Book* 153, 183
『漾虚集』 121, 123-125, 137-139, 143
『読売新聞』 10
『夜と朝』（ブルワー＝リットン） *Night and Morning* 30-31
『ライオネスのトリストラム』（スウィンバーン） *Tristram of Lyonesse* 120-121
「落第」 44, 46-48, 54
『リチャード・フェヴァレルの試練』（メレディス） *The Ordeal of Richard Feverel* 81
《両親の家のキリスト》（ミレー） *Christ in the House of His Parents* 139
レオポルド・シェイクスピア（シェイクスピア） *The Leopold Shakespeare* 25
『ロセッティ詩集』 154
『ロバート・ブラウニング』（チェスタトン） *Robert Browning* 152, 157
「倫敦消息」 28
「炉辺にて」（ブラウニング） *By the Fireside* 149, 153, 159, 161-162, 164-165, 176, 184
「ロンドン・漱石・ターナー」（江藤淳） 137, 145
「倫敦塔」 87
『ロンバルド女王ロザマンド』（スウィンバーン） *Rosamond, Queen of Lombards* 119
『吾輩は猫である』 iii, 4, 32, 39, 55-60, 62, 64, 67, 69-70, 72, 74, 76-77, 81-82, 84, 87-88, 99, 123, 143, 157, 174, 197, 205, 222